文春文庫

英雄の悲鳴

ラストライン7

堂場瞬一

文藝春秋

目次

英雄の悲鳴

ラストライン7

第一章　特捜

1

江田美優《えだみゆ》、二十一歳、大学三年生。大分県出身、多摩市在住。順調に単位を取得して、今はアルバイトに精を出している。卒業後に、フランスに留学希望。アルバイトは、そのための資金稼ぎだ。

円安が続く中、アルバイトを頑張っても、無事に留学生活が送れるとは思えないが……本人も不安になっているかもしれない。いつも心配そうな表情を浮かべているのはそのせいではないだろうか。

しかし、心配する必要はまったくない。江田美優、君は留学に行けない。何故なら、間もなく死ぬから。だから、居酒屋で我慢して、酔っ払い相手のバイトをしなくてもいい。もう嫌な仕事はやめて、好きなことをしなさい。例えば恋人の島谷圭介《しまたにけいすけ》と旅行に行くとか。

たくさんの想い出を作ればいい。死ぬ直前、君の脳裏に浮かぶのは、一番楽しかった想い出だ。今のうちに記憶を飾り立て、脳裏に焼きつけておきなさい。

それが君の、死ぬ準備だ。

俺が必ず、綺麗に殺してやる。


刑事として駆け出しの頃、岩倉剛《いわくらごう》は先輩から奇妙な教訓を叩きこまれた。

「暇だ、と言うな」

先輩はその意味を教えてくれなかったが、後に岩倉は自分なりに解釈して納得した。刑事、特に捜査一課の刑事は、事件が起きた時に動く。それが「忙しい」状態。刑事が忙しいということは、イコール事件が起きて世間がざわついているという意味だ。だから暇な方がいいわけで、その平和な状況に不満を漏らしてはいけないというわけだ。

ただし、つい言いたくなる時はある——今がまさにそうだった。

五十代になってから始まった所轄勤務に自ら終止符を打ち、警視庁捜査一課に戻って十ヶ月。その間、特捜になる事件が一件あったが、あっという間に解決してしまった。そして岩倉はこの四月に五十六歳になり、暇を持て余す日々が続いている。

「暇だ、と言っちゃいけない」

つぶやくと、隣に座る伊東彩香《いとうあやか》が、「はい？」と怪訝《けげん》そうに言って岩倉を見た。

「昔、そういう教訓を先輩から聞いたことがある。警察は暇な方がいいんだ」

「ああ……何となく分かります。暇だって文句を言ってると、事件が起きそうですよね」

「そうなんだよなあ」岩倉は頭の後ろで手を組み、背中をぐっと反らした。

「何で今、それを言います？」

「だから……」

暇だと言ってはいけない。

彩香が軽く笑って「言い換えます。アイドリング状態って感じですね」と言った。

「今のはすれすれの表現だ」岩倉は警告を与えた。

「でも私、三月に異動してきて、一ヶ月以上何もなしですよ」

「俺は十ヶ月で、特捜が一件だけだ」岩倉は溜息をついた。「いい加減、体が鈍《なま》るよ」

「そういうことも、言わない方がいいんじゃないですか？　鈍りそうだったら、柔道か剣道の稽古で体を鍛えたら？」

「俺はもう、そういうことをやる年齢じゃないんだ」元々、警察官に必須の柔道も剣道も、そんなに好きでも得意でもない。「追跡捜査係で暇潰しでもしてくるか」

捜査一課の一部門である追跡捜査係は、未解決事件を捜査し直すのが役割で、岩倉も以前、一時的に籍を置いていたことがある。岩倉としては、得意の記憶力を活かせる職場でもあったし、今は将来のこと——定年後のことも考えている。未解決事件を分析する本を出版したいのだ。既に候補の事件はリストアップしている。自分なりに、頭の中で考えもまとめている。しかしデータは揃えていない……追跡捜査係では、そういうデータにもアクセスできるだろう。岩倉は、こと事件に関しては異常な記憶力の持ち主で、自分が捜査した事件については、一度事情聴取しただけの人間の携帯番号まで覚えていたりするのだが、そもそもタッチしていないことは、覚えようがない。しかし、追跡捜査係も、「暇潰しのため」という理由では、捜査資料を見せてくれないだろう。

「暇潰し、もよくないんじゃないですか。仮にも事件のことなんですから」

「まあな」

彩香は、南大田署時代に刑事として仕事を始め、岩倉が指導した。手取り足取り教えなくても、自らどんどん知識を吸収してしまう優秀な人材で、所轄勤務から本部捜査一課の特殊犯捜査係に抜擢された。立てこもり事件、人質事件など、リアルタイムで動いている事件に対応する精鋭部隊であり、希望しても簡単に配属される部署ではない。そして、そういう特殊な事件は頻発するわけではなく、特殊犯捜査係が出動する機会も、当然少ない。長年そこに在籍しながら、一度も現場を踏まない、という刑事も少なくない。それでも、普通の刑事には縁がない短機関銃やガス銃など特殊な武器の取り扱い、さらに突入訓練などもあり、普段から忙しい。彩香は一度現場で岩倉と一緒になり、撃たれたことがある。岩倉の責任というわけではないのだが、その件以来、何となく彼女に借りがあるような気がしていた。

「君も特殊班の訓練に参加したらどうだ？」

「冗談じゃないです。装備は重いし、きついし……そもそも私、武闘派でも行動派でもないですからね。心理学講座は面白かったですけど」

立てこもり事件における犯人の説得も、特殊犯捜査係の大きな仕事である。それをこなすために、相手を落ち着かせ、投降させる「説得力」が必要だ。取り調べとはまた別の能力が要求されるわけで、そのためには犯罪心理学などを学ぶ必要も出てくる。

「その辺は、取り調べにも生きるかもしれないな」

「生かすチャンスがないですけどねえ」

「お疲れ様です」

声をかけられ、振り向く。同じ捜査一課強行犯係の刑事・大友鉄《おおともてつ》だった。妙に疲れた表情――そうか、彼は昨日まで、豊島中央署の特捜本部に入っていたのだ。

「昨日、打ち上げだったんだろう？」

「ええ」

「長かったな。三ヶ月だろう？」

「それぐらいはよくありますけど、とにかく困ったマル被で」

「落としのテツでも苦労したのか」

「いやいや、マル被がお前の前に座れば、黙って喋る――」

「落としのテツなんて、とてもとても。まだまだ修業が足りません」大友が首を捻《ひね》る。

「そんなことないですって。それはただの都市伝説です」大友が苦笑した。「毎回苦労してますよ」

「そうか？」

「まったく、参りました」大友が大袈裟に顔の前で手を振った。「今回の容疑者は、逮捕されて一週間、完全黙秘でしたから」

「そいつはずいぶん、我慢強い犯人だな」岩倉はうなずいた。人間、長時間喋らないでいるのは至難の業なのだ。「どうやって喋らせた——いや、落とした？」

「それはおいおいお話ししますよ。たまには奢《おご》って下さい」

「そうだな」これだけ暇な状態が続くと、呑みに行ってもいいかな、という感じになってくる。「じゃあ、時間を見て声をかけるよ」

「でも、そろそろ忙しくなるんじゃないですか？　捜査一課全体は忙しいですし」

それは間違いない。捜査一課は今、若い女性ばかりが犠牲になった連続殺人事件の捜査に追われているのだ。事件はこの一年に集中して発生しており、十代後半から二十代前半の高校生、大学生ばかりが犠牲になっていた。手口が共通していることから同一犯の犯行と見られているが、犯人の手がかりはまったくない。捜査一課の四つの係が順次担当したが、四件目が発生した段階で、機動捜査隊、近隣の所轄などから応援の刑事が投入され、刑事総務課の刑事企画係がそれらを統合して、本部に合同特捜本部を置く異例の体制になっていた。ただし岩倉は蚊帳《かや》の外……殺人事件の捜査を担当する捜査一課の強行犯捜査係は七つあるが、必ずいくつかはアイドリングの待機状態になっている。全員がフル回転で仕事をしていると、次の事件が起きた時に担当する人間がいなくなってしまうからだ。

「そういうことを言ってると、事件が起きるんだよ」

「ですね。失礼しました」

一礼して、大友が自席の方へ戻っていく。ずっと所轄の特捜本部に詰めていて、捜査一課の自分の席に来るのは久しぶりではないだろうか。

「大友さん、相変わらず格好いいですよね」溜息をつくように彩香が言った。

「おいおい」

「五十歳を過ぎて、あれは奇跡ですよ」

「いや、あいつはあいつなりに歳取ってきてるぜ」

「それが、いい感じの歳の取り方ですから、不思議なんですよ。何かコツでもあるんですかね」

「直接聞いてみればいいじゃないか」年齢なりに……いや、実年齢よりも老けていると実感することが多い岩倉としては、いくら暇潰しでも、気楽に続けたい会話ではなかった。「そういうこと言ってると、旦那にヤキモチ妬《や》かれるぞ」

「大友さんを見るのは、美術品の鑑賞みたいなものですから。それに旦那も、相変わらずアイドル趣味で」

特殊犯捜査係での日々はクソ忙しかったはずだが、彩香はいつの間にか結婚していた。その話を聞いた時に、岩倉は腰を抜かしそうになった。そういう気配はまったくなかったのだが……聞くと、同じ女性アイドルにハマっていた時期があって、ライブ会場で知り合ったのだという。

「君は?」

「今は旦那につき合ってるだけっていう感じですね。でも旦那も、徐々に薄れつつあるというか……推しの子が辞めちゃったのがきっかけです。今は、その子が出ているライブのDVDを見て、心の傷を癒しています」

「そうか……」この会話も、これ以上続けるとまずい。岩倉はついていけなくなる。話題を変えないと、と思った瞬間、係長の鹿野《かの》の目の前の電話が鳴った。書類から目も上げずに受話器を取った鹿野が、一瞬で立ち上がる。係の全員が鹿野を見た。

「分かった。それでは直ちに出動します。ええ、町田署に集合で」

叩きつけるように受話器を置いて、鹿野が声を張り上げる。

「町田署管内で殺しだ。全員、町田署へ移動。状況が変われば、途中で指示を飛ばす。急げ!」

蹴飛ばされたように刑事たちが立ち上がる。全員がばたばたしている中で、岩倉は取り敢えず、立ち上げたばかりのパソコンをシャットダウンした。そのまま鹿野の席へ近づく。鹿野は電話を受けた時には一瞬で顔を真っ赤にしたが、速やかに落ち着いたようだった。元々小太りで、興奮するとすぐに顔が赤くなる。血圧が心配で、岩倉はこの年下の上司を興奮させないように気をつけてきた。

「今の電話、所轄ですか」

「ああ——俺は上に報告してから行きますから、ちょっと遅れます。ガンさん、所轄で仕切りをお願いします」鹿野の方でも、岩倉に対しては丁寧に話す。この係では最年長だから……警察の中では、階級と年齢の「捩《ねじ》れ」のような状況がよく生じるので、年齢の離れた警察官同士が、互いに敬語で話し合う場面がよく出てくる。

「了解です。もしかしたら、一連の事件の流れですか」連続殺人だとしたら——どうしても興奮で頭が熱くなる。

「いや、今回は被害者は男性です。三十歳ぐらい。しまった、肝心なことを言い忘れたな……」鹿野が舌打ちした。

「後で、メッセンジャーで情報を共有しますよ」

「まだ身元は判明していない。遺体が見つかったばかりなんですよ」

「係長は、しばらくこっちにいてもらった方がいいかもしれませんよ」岩倉は忠告した。

「情報をまとめて、ここから捜査員を動かした方が効率的じゃないですか？　町田までは結構時間がかかりますよ」東京メトロの霞ケ関駅から千代田線を使い、代々木上原で小田急線に乗り換えか。覆面パトを飛ばしていく連中もいるが、こちらもそれなりに時間がかかるだろう。いや、車だともっと遅くなるか……首都高三号線から東名の下りは常に渋滞している。今はまだ午前九時、都内へ向かう上り車線が渋滞するのは仕方ないにしても、何故か下り線も混み合うのだ。微妙に長い登りが続く道路構造のせいとしかいいようがない。いずれにせよ、サイレンを鳴らしても、あまり効果はないだろう。

「連絡は、第二係の方へ切り替えてもらいますよ」特捜の設置は、強行犯捜査第二係が担当するのが通例だ。「俺も後からすぐに現場に出ます」

「了解です」

岩倉は彩香を伴って捜査一課を出た。よくないと分かっていても、どうしても浮き足立ってしまう。

「暇だ、はよくないですけど、忙しくてラッキー、もまずいですよね」

「ああ。その件では何か新しい格言を作って、君が後輩に伝えてくれ」

「分かりました」

悲惨な事件で、はしゃいではいけない。事件には真摯《しんし》に向き合うべきだ……しかし岩倉は、気持ちが昂《たかぶ》るのを抑えられなかった。


途中で連絡が入り、所轄ではなく現場へ向かうことになった。遺体は既に署に引き上げられたが、岩倉たちが遺体を見ても、分かることは多くない。そこは検視の専門家に任せた方がいいのだ。そして、現場で調べることも多い。

というわけで、まずは現場へ向かうことにしたのだが、岩倉はそもそも場所について勝手に思いこんでいたことが分かった。町田なら小田急小田原線かＪＲ……ではなく、現場の最寄駅は小田急多摩線の黒川駅だった。そこから現場の公園までは、歩いて二十五分ほど。すっかり出遅れた感じになってしまったが、現場保存は所轄でしっかりやっているだろう。こちらが心配しても仕方がない。

ようやく現場にたどり着いた時には、軽く汗をかいていた。今日は気温が高く、途中には坂もあったせいだ。岩倉は上着を脱ぎたくなったが、脱いで腕にかけていると邪魔になる……岩倉は常に「寒いよりは暑い方がまし」という考えで、夏場でもシャツ一枚ということはない。駆け出しの頃、春先に現場に出て夜中まで動き回っていた時に、寒くて難儀した記憶が鮮明なのだ。ただし最近の地球温暖化は厳しく、さすがに服装を見直さなければ……という気にはなっている。

「何か……何でこんなところに遺体が？」彩香が怪訝そうに言った。「ここ、夜中でも入れるんですかね？」

「だろうな」

公園によっては、利用時間が決まっていて、夜間は閉鎖されるところもある。ただし基本的にオープンスペースだから、フェンスやネットを乗り越えれば簡単に中に入れる……そしてここが二十四時間オープンしているかどうかは、所轄の連中に聞けば分かるだろう。

公園の芝生広場は手前から奥にかけて、緩やかな丘になっている。現場は、その丘の脇にある長い階段を半分ほど登った場所だ。犯人は特に遺体を隠そうという意図はなかったようだ。実際、早朝に公園を散歩していた近所の人が、すぐに見つけたぐらいなのだから。

現場では鑑識活動が行われている。広く規制線を張り、要所要所で制服警官が警戒しているが、さすがに野次馬の姿はない。住宅地や歓楽街ならともかく、ここは公園の中なのだ。

岩倉は制服警官を摑まえて、現場を仕切っている人間を割り出した。町田署刑事課長の友永《ともなが》。岩倉は面識はなかったが、当たりの柔らかそうな男だった。すらりとした長身で、薄手のコートを羽織っている。コートを着る陽気ではないのだが……自分と同じように、寒さが苦手なタイプかもしれない。

「すみませんねえ、捜査一課さんは連続殺人事件でお忙しいでしょうに」

「いえいえ」今のは皮肉……ではないだろう。「うちは待機中ですから。まあ、これが一連の事件だったら焦《あせ》りますけどね」

「被害者が男性ですから、それは違うでしょう」

友永に案内されて、岩倉たちは現場を確認した。階段の途中の踊り場に、小さな三角形のコーンがいくつか置いてある。ここが遺体が遺棄されていた場所……やはり犯人には、遺体を隠す意図はなかったのだろう。しゃがみこんで、低い位置から現場を見る。階段はコンクリート張りで、一段一段の奥行きは深く、幅もかなり広い。踊り場はさらに奥行きが深い。コンクリートの上に血が散っている。範囲は狭い……遺体の位置のすぐ近くだ。ということは、犯人はここで被害者を刺すか切りつけるかして殺したと見ていいだろう。

「何か、遺留品はありましたか？」

「それが、何もないんです」

「スマホも？」

「財布も」友永がうなずいて言う。

今時、財布はともかくスマートフォンを持たずに出歩く人はいないだろう。犯人が持ち去った――強盗事件か、あるいは被害者の身元を隠す必要があったか。顔見知りの犯行の場合、犯人が自分につながる材料を断ち切るために、被害者の身元を隠す工作に出ることがある。

「犯人は、顔見知りっぽい感じですね」

「現場が現場だから、見ず知らずの他人同士が一緒に来るとは思えない」友永がうなずいて同意した。

「この辺、夜中のデートスポットとかじゃないんですか？」

「そういう話は、あまり聞きませんね。ここは、特に何もない場所なので。まあ、金がない若い連中が、公園をラブホテル代わりに利用することはあるかもしれないけど」

「だったら、夜中でも人がいる感じですか？」

「そういうこともありますが、少なくとも今まで、トラブルは聞いたことがないですね」

「これは……難儀するかもしれません」

「そうなんですよ。公園周辺でも、聞き込みが難しい感じです」

「とはいえ、やらないわけにはいきませんね。取り敢えずうちの係長からは、現場周辺での聞き込みを指示されています」

「うちの若い連中もいますから、早速始めますか。今、ここへ集めますから、担当を割り振りしましょう」

「お願いします」

そこへ、鑑識の係員と話していた彩香が戻ってきた。

「遺留品らしきものがあったそうです」

「スマホも財布も見つかっていないっていう話だったけど」

「ええ。ただ、凶器らしい刃物とネックレスがありました。刃物は遺体の下に隠れた感じです。それと、ネックレスが現場に落ちていました」

「重要な手がかりじゃないか」岩倉は、友永に対する疑念を抱いた。肝心なことを話してくれないとは……ただ、課長だからといって、真っ先に報告を受けるものではない。たった今見つかったかもしれないのだ。「刃物は？」

「刃渡り二十センチ、大型のナイフです。血痕あり――それで凶器と判断しています」

手帳を見ながら彩香が言った。「鞘《さや》は近くに落ちていました。デザイン、サイズ的に、そのナイフの鞘と見て問題ないかと」

「ネックレスは？」

「女性用らしいです。まだ現物は見ていないですけど、華奢《きやしや》な感じだったそうですよ」

「被害者のものじゃない？」

「男性が必ず、ゴツい金のネックレスをするとは限りませんけど……とにかく、署で確認してみましょう。それで何か分かるかもしれません」

「犯人が女性とか？　揉《も》み合っている時にネックレスが外れた可能性は？」

「ないとはいいませんけど……どうでしょう」彩香が首を捻る。「ガンさんの見立てはどうですか？」

「まだ材料が少な過ぎる」岩倉は首を横に振った。

そう、捜査の方向性を左右するような材料は、今のところはない。刃物やネックレスも手がかりになるかどうか……嫌な予感がした。

殺人事件の捜査には、定番の手がかりがある。現場に残された物証、被害者の交友関係、目撃者、そして最近は防犯カメラ——そう、これを忘れていた。岩倉は彩香を連れて、友永のところへ赴いた。

「防犯カメラのチェックはどうですか？」

「周辺については、これからです。公園の防犯カメラは、市に確認中です」

ろうか。

もしも公園に防犯カメラがあるにしても、出入り口やトイレぐらいだろう。犯人がわざわざそこを避けて動いていたとは思えないが、映っている可能性は低いのではないだろうか。

「了解です」

岩倉は、以前読んだミステリ小説を思い出していた。人の足跡もない氷原で遺体が見つかる。周囲何平方キロにも人の気配はなく、遺体の近くに誰かがいた証拠もない。果たして遺体はどうやってそこに——この状況も似たようなものではないか。夜中、誰もいない公園の中は、足跡がない氷原と同じようなものではないだろうか。

「厄介だぞ」岩倉は彩香に忠告した。

「私もそんな予感がします。根拠はないですけど」

「それが一番怖いんだ。俺は勘は当てにしてないけど、悪い勘ほど当たるっていうジンクスは信じている」

彩香が嫌そうな表情でうなずいた。彼女も、そういうジンクスを実感できるぐらいには経験を積んでいる。

2

聞き込みが始まったが、岩倉と彩香は現場を離脱して町田署に向かった。遺体を確認して、遺留物を見る。その後は鹿野を手伝って、特捜本部の立ち上げもしなければならない。岩倉は必ずしも係のナンバーツーという立場ではないのだが、最年長なので、鹿野のサポートに回ることも多い。

まず、遺体の確認。三十歳ぐらいの男性で、身長は百七十三センチ、体重は七十キロ前後と見られる。頭は丸刈りにして、両耳にはピアスの穴。かなりいかつい風貌だった。口の脇に、短い白い糸がついている……タオルか何かの繊維のようだ。濃紺の長袖Tシャツの上に、黒いミリタリージャケット。下はカーキ色の、幅が広いパンツだった。流れ出した血で、ベルト部分から股にかけてがかなり黒くなっている。靴が片方ない……右足にだけ、汚れたスニーカーを履いている。近くにいた若い署員に確認した。

「あ、左の靴は現場に落ちていて、回収しました」

「他に何か、気になることはあるかな？」

「まだ検視前ですので……」

「いや、君の目で見て、だ」

「――かなりの恨みを持った犯人かと」若い署員が遠慮がちに言った。

「根拠は？」

「腹を滅多刺しです。よほど恨みがないと、ここまで激しく刺さないと思います」

「いい線だよ」岩倉はうなずいた。「あるいは、恐怖に駆られていたのかもしれない。相手を確実に殺さないと、自分がやられるかもしれないと恐れた」

「はい——勉強になります」真顔で、若い警官が敬礼した。

「いいね。警察官はオッサンになっても、ずっと勉強だぜ」我ながら年寄りめいた台詞だと思ったが、これは事実だ。逆に、何も学ばなくなったら刑事は終わりだと思う。

実際に、遺体の腹部は傷だらけだった。濃紺のTシャツはずたずたになり、胸の辺りまでが血に濡れている。死因は失血死だろうか。

「女性が犯人かもしれないな」

「刺された位置ですか？」彩香が言った。

「腹だけど、結構位置が低い。へその下なんだよな。マル被よりも背の低い人間が、刃物を腰だめにして刺したら、こんな感じになるだろう」

「でも、刺し過ぎじゃないですか？」彩香が傷を覗《のぞ》きこんだ。「立ったままじゃないですよね？　これだけ激しく刺したら、被害者は倒れるでしょうし……倒れた相手に馬乗りになって刺し続けた感じです」

「当たってると思う」岩倉は、被害者のジャケットの袖を指差した。右袖が破れて、下の濃紺のTシャツが覗いている。「犯人は馬乗りになった時に、被害者の腕を踏んだかもしれない。そういう汚れもあるし……それで袖が破れた。かなり必死になって抑えこんだんだと思う」

「でしょうね」

「このジャケット、本格的なミリタリージャケットじゃないかな。それこそ、米軍お墨つきのミルスペック……それだけしっかりしたジャケットの袖が破れるのは、よほどのことだと思う」

「ですね。あるいは巨漢の犯人だったとか」

「それもあり得る」

「いずれにせよ、相当激しい格闘だったのは間違いないですね」

「そう考えると、相手はやっぱり男かな。女性だと、体格差があってどうしようもないことが多いだろう」

「でも、女性が男性を刺し殺したケースはいくらでもありますよ。必死になれば……それに凶器があれば何とかなります」

「確かに過去には、そういう事件もあった」岩倉はうなずいた。「平成二十六年に目黒中央署管内で起きた殺しの被害者は、百八十五センチ、百キロの巨漢の男性だった。犯人は別れ話で揉めていた恋人で、身長百五十四センチ。その彼女が、刺し殺した」

「それは体格、違い過ぎませんか？」

「だけど、事実だ」

「そういうことがあるんですねえ」彩香が感心したように言った。

「ああ……遺留物を確認しよう」

「了解です」

三階の会議室が特捜本部に使われることになっており、現場で発見されたナイフとネックレスは既にそこに運びこまれていた。

刃物はかなり大きなナイフ……刃渡り二十センチだから、ちょっとした包丁のようなものだ。デザイン的には、刃と柄の間にある手の保護用の「ヒルト」がかなり大きいのが特徴だ。ヒルトは、手が滑った時に、刃で手を切らないようにするためのパーツだが、普通はここまで大きくない。刃の幅は細い。折り畳み式ではなく刃が剝《む》き出し。鞘も現場で見つかっていた。

刃には血痕が残っている。既に茶色くなっていたが、抽象画のように細い血痕がいく筋もついている。岩倉には見慣れたものだった。ビニールの証拠品袋に入った凶器を、彩香は顔をくっつけんばかりにして凝視している。新人の頃は、遺体を見て気を失いそうになっていたのだが、すっかり慣れたということだろう。刑事としてはいいことだが、人としては……遺体などに慣れている人生が幸せとは思えない。

「ブランド名がありますね」上体を起こして彩香が報告した。

「どこだ？」

「刃のつけ根のところです」

言われて岩倉もナイフを凝視したが、残念ながら今の視力でははっきり見ることはできない。そろそろ老眼鏡を持ち歩かないといけないと思っているのだが、そうすると自分の老いを認めるようで嫌だった。

「すまん、俺の目では無理だ」

「ええと、これ、シュナイデンって読むんですかね」

彩香が綴りを読み上げた。schneiden……ドイツ語っぽい響きがある。岩倉はスマートフォンを取り出して「schneiden」を検索した。予想通りドイツ語で、「切る」の意味。いかにも刃物メーカーの名前らしい。もっとも、日本の刃物メーカーの名前が「切る」だったら妙な感じがするだろう。英語圏の国へ持っていったら「Kill（殺す）」と呼ばれてしまう。

「ドイツの刃物メーカーだな」さらに検索して岩倉は言った。「たぶん、そんなに珍しいものじゃない。通販サイトで普通に売ってる」

「後で調べてみますよ。でも、特にスペシャルな感じのナイフじゃないですから、ここから犯人につながるかどうかは分かりませんけどね」

「昔、追跡捜査係でナイフが手がかりになって事件が解決したことがある」

「ガンさんが手がけた事件ですか？」

「いや、俺が係を出てからだ。ジャンビーヤっていう、アラビアで使われていた独特な形状のナイフが凶器だった」

「これは、特殊なものではなさそうですね」

刃は細く真っ直ぐ。柄は木製だが、凝った装飾が施されているわけではなく、滑り止めが刻まれているだけだ。大きめのヒルトを除けば実用一点張りという感じで、アウトドアなどで使うものかもしれない。

「ま、調査はやらないといけない……ネックレスはこっちか」

「はい」ネックレスの入ったビニール袋を手にした瞬間、彩香が素早くうなずく。「これ、ジェーンですね」

「有名なブランド？」

「国内のブランドで……二十代ぐらいまでの女性に人気ですよ。私はもう、卒業しましたけど」

「男性がするものじゃない？」

「フェミニンなデザインですからね」

フェミニン——女性らしいということか。チェーン部分は銀色、ごく細く、太めの糸という感じもする。小さな花が一つついている……これが胸元にくるのだろう。

スマートフォンを操作していた彩香が、「ああ」と声を上げた。

「人気の商品みたいですよ」

「そうなのか？」

「メーカーサイトの売り上げランキングで、ネックレス部門一位です。価格は税込で二万二千五百円」

「高いのか？　安いのか？」

「ほどほどですね。大学生がちょっと背伸びすれば買えるし、働いている人なら、自分へのご褒美的な感じです」

「恋人へのプレゼント用としては？」

「ありですね」

「ということは、購入者が男か女かも分からない」

「ですね。追跡は相当難しいと思います。かなり多数出ている商品ですし、現金で購入した購入者は、追いかけようがないと思います」

「そうか……」岩倉は首を捻った。「男がつけるようなものでないとすれば、被害者のものとは思えない。かといって、犯人が落としていったとも断定できないんだよな。取り敢えず、メーカーに問い合わせて、どういう商品なのか、どれぐらい数が出ているのかは調べておこう。追跡可能かどうかは、それから判断すべきだな」

「分かりました」彩香がうなずく。「私が聴いておきます。取り敢えず電話で確認してみますけど……町田にいるのがきついですね。直接聴きたいところです」

「都心なら動きやすいけど、しょうがない」岩倉はそこで、若い刑事に視線を向けた。

「所持品は、ゼロなんだな？」

「いえ、鍵だけありました。ポケットに入っていて――」

「何だ、早く言ってくれよ」

「すみません！」

若い刑事が思い切り頭を下げたので、岩倉は「いや、いいんだ」と慌てて言った。警察官になると、警察学校で必ず寮生活を経験する。そこで共同生活を送るうちに鍛えられて、精神的に図太くなるものだが、最近の若手はどうもひ弱だ。少しでも怒ると萎縮してしまうので、指導方法が難しい。岩倉は本部勤務なのでまだましだが——所轄での修業を終えて本部に異動してくるのは、二十代半ばから後半になってからだ——所轄の人間は大変だろう。二十代前半、駆け出しの若手を教えるのは、相当気を遣うはずだ。岩倉自身も、捜査一課に戻る前、立川中央署にいた時には、若手の指導に難儀していた。

「それで？　鍵は？」

若い刑事が、証拠品袋に入った鍵を渡してくれた。飾り気のないキーリングに、二つの鍵がついている。一つは家、一つは車のようだ。こいつは手がかりになる……岩倉はバッグからラテックス製の手袋を取り出してはめ、証拠品袋から鍵を取り出した。自宅の鍵は、タッチ式のオートロック対応などではない、昔ながらの金属製。一方、車の方はタチ自動車のスマートキーだった。岩倉は車のキーをあらためて、小さなボタンを発見した。押してみると、キーの底部がすっと抜ける。

「ちょっと照らしてくれないか？」岩倉は彩香に頼んだ。特捜の置かれる会議室は照明が暗く、老眼が進んだ目には細かい作業はきつい。岩倉が、空いていたテーブルにそっとキーを置くと、彩香がマグライトを取り出して上から照らしてくれた。あまり触らないように気をつけながら観察して、キー自体を開けられるらしい穴を発見する。先ほど引き抜いた底部には、細長い棒がついており、その先を穴に差しこんで持ち上げると、蓋《ふた》部分があっさり外れた。スマートキーとはいっても、物理的な構造はそれほど複雑ではないようだ。

基盤部分が剝き出しになる。ボタン電池が一つ……細かく見ていくと、シリアルナンバーらしきものが見えた。それをスマートフォンで撮影し、さらに念の為にメモする。メーカーが分かり、シリアルナンバーが判明しているということは、このキーの持ち主——被害者の身元が分かるかもしれない。

「こいつは手がかりになりそうだ。俺は、メーカーに確認してみるよ」

「取り敢えず、現場はいいですよね？ こっちの手配をしてから合流すれば」

「ああ」

「現場へ戻る前に、ご飯食べられますかね」彩香がいきなり深刻な表情で言った。

「メーカーさんの反応次第だけど、飯ぐらいはちゃんと食いたいな」今、午後一時。岩倉も既に、エネルギー切れを感じていた。

最近、岩倉の食生活は充実しているとは言い難い。つき合いがすっかり長くなった二十歳年下の恋人、女優の赤沢実里《あかざわみのり》とすごす時間が少なくなっているのだ。彼女が一緒でなければ、食事は適当でいい——よくないこととは分かっているが、食べることに真剣になれないのだ。腹が膨《ふく》れればいい、という感じ。

岩倉が立川中央署から本部勤務になって、彼女との物理的距離は近くなったのだが、今は彼女が忙しい。母親の看病で、自宅で縛りつけられる時間が長くなっているし、しかも七月からの連続ドラマへの出演が決まって、その準備も始まっている。「昔に比べれば効率がよくなって、二十八時終了なんてことはない」と実里は言っているが、それでも撮影に追われて、次第に余裕がなくなっていくだろう。

今回は、かなり話題を集める作品になりそうなのは間違いなく、実里も気合いが入っている。それに加えて母親の世話……岩倉は彼女の邪魔だけはしないようにと心がけていた。だから食事も一人で摂る――離婚を前提に家を出てからずっと一人暮らしを続けてきたので、朝食はしっかり食べるように自分に習慣づけてきたのだが、最近はそれも面倒になってきていた。今朝はバナナ一本に野菜ジュースという寂しい食事だった。本部に上がってからコーヒーを一杯飲んだだけで、完全に燃料切れという感じがする。

「ご飯、食べたいですよね」彩香が真剣な口調で言った。

「何だよ、君、朝飯は食べてないのか？」

「今朝はちょっとバタバタしまして……ちゃんと食べてる時間がなかったんです」

「お互い、朝飯ぐらいはしっかり食べないとな」

「ですね……取り敢えず、メーカーに電話してみます」

「ああ。作業が終わったら、飯の心配をしようか」

「あの……自分、何か仕入れてきましょうか？」若い刑事が恐る恐るといった感じで申し出た。

「いや、それじゃ申し訳ないよ」岩倉は遠慮した。「君は雑用係じゃない。捜査するのが仕事なんだ」

「でもこの辺、食事ができる店はあまりないんです」

「そうなのか？」町田署は小田急、そしてJRの町田駅から少し離れていて、近くに繁華街がない。

「ええ。我々も、普段は署の食堂が多いんです」

「分かった」岩倉は財布を取り出し、二千円を抜いて若い刑事に渡した。「コンビニぐらいは近くにあるよな？」

「はい、隣です」

「これで、サンドウィッチと握り飯、飲み物を目一杯買ってきてくれ。君の分もだ」

「いいんですか？」申し訳なさそうに言って、若い刑事が二千円を受け取った。

「頼む。足りなかったら貸しておいてくれ」

「了解です。すぐ戻ります」

若い刑事が出ていくと、彩香が溜息をついた。

「コンビニ飯ですか……」

「人間って不思議なものでさ。事件がなくて暇だと不満。事件が起きて、コンビニ飯になると不満。俺たちはどこで満足するんだろうか」

「はいはい」彩香が呆れたように言った。「ガンさん、何だか村の長老みたいになってますよ」

「俺もそういう歳だよ……昼飯の前にコーヒーを奢ろう。下に自販機があった」

「百円コーヒーですよね？　コンビニのコーヒーの方が……」

「お互い、朝飯をちゃんと食べなかった罰ってことにしておこうか」

彩香が恨めしそうな表情を浮かべる。恨めしいのはこっちも同じだ、と岩倉は思った。

一階に降りて、交通課の前にある自販機に向かう。コーヒーは百円ではなく百十円だったが、それはまあ、いい。ブラックのコーヒーを二つ買おうとして財布を取り出した瞬間、自販機の隣にある地域課がざわついているのに気づいた。もしかしたら事件で新たな展開か？　署の交番などを統括する地域課は、初動捜査で人を出すことも珍しくない。交番勤務の警察官は、普段は自分が所属する交番で地域の安全を守る業務に従事している。しかし何か大きな事件があれば、署の「資産」としてそちらの捜査に参加することもあるのだ。こちらが置き去りにされたまま、現場から地域課に応援要請が出てもおかしくはない。

気になって、財布を尻ポケットに戻し、地域課に足を踏み入れた。課長が怪訝そうな表情を向けてきたが、岩倉はすぐに頭を下げて「捜査一課の岩倉です」と名乗った。

「ああ」地域課長が少し表情を緩め、うなずいた。

「公園の事件の関係で、何かありました？　ばたついてるみたいですけど」

「いやいや、そっちとは関係ないですよ。女性です」

「女性？」

「今朝、怪我していた女性を保護したんですが、病院からいなくなりましてね」

「事件ですか？」だったら刑事課にも話が回ってきそうなものだが、課長の友永は何も言っていなかった。

「いや、そういう感じではない——そもそも何も喋らないんですよ。訳ありな感じですけど、病院で検査して、手当をして……入院して様子を見ることになったんです」

「暴行事件では？」その事実を人に知られるのを嫌がって、自分の中だけに呑みこんでしまう人もいる。

「それはないようですけどね。ちょっと厄介そうな相手だから、落ち着いたところで女性警官に事情聴取を任せようと思ってたんだけど、いきなりいなくなった」

「逃げ出した感じですかね？」

「それが分からないから、今調査中で……署員を病院に行かせました」

「何だか、署内全体がばたついている感じですね」

「いやいや、うちはそれほどでも。刑事課に渡す案件かどうかを判断できないのは、困ったものですけどね。今のところは、特捜に手間をかけるような話じゃないですよ」

「失礼しました。好奇心旺盛なもので」

「捜査一課の刑事さんは、だいたいそんな感じでしょう」

「まったく、仰《おっしゃ》る通りです」

一礼して地域課を辞去し、コーヒーを二つ買って特捜本部に戻る。警務課の人間が来て、テーブルを並べたり、コピー機を設置したりしている。昔は、特捜本部ではコピー機が必須の存在だったが、今はそうでもない……文書や画像は、メールかメッセージアプリでやり取りしてしまう。

彩香の前にコーヒーを置くと、彼女はちょうど電話を終えたところだった。

「何かありました?」いきなり訊ねる。「ずいぶん時間がかかったみたいですけど……」

「地域課で油を売ってた。怪我して保護した女性が、病院から抜け出したらしい」

「それ、こっちの事件に関係は……」彩香が疑わし気に言った。

「いや、関係ないだろう。ちょっとしたお騒がせだと思うよ」とはいえ、岩倉としては少し気になる。あまり聞かないケースであり、重大事件ではなくても、何か面倒な事情が背後にありそうな感じではあった。とはいえ、気になっているだけでは動けない。今注力すべきは殺しの捜査だ。

「そうですか……」

「そっちはどうだった?」

「やっぱり難しいですね」彩香が肩をすくめる。「ジェーンの本社に話を聴いたんですけど、販売されたものの追跡は難しいそうです。クレジットカードの追跡は可能ですけど、範囲を広げ過ぎると、とんでもなく煩雑な作業になります。一つだけ可能性があるとしたら、保証書ですね」

「保証書は、買った本人が保管するものじゃないのか?」

「あ、会社に送る保証書もあるんですよ。いつ何を買ったかを知らせておけば、修理やメインテナンスの時に役にたつんです……とはいえ、そこまで高価な商品じゃないですから、どちらかというと会社側がユーザーを囲いこむための作戦だと思いますけどね。今、それを調べてもらっています。問題の商品は『リトルフラワー』という名前で、品番はJLF001。それで保証書をチェックしてもらっています」

「分かりそうか？」

「電子化されてるそうですから、保証書をチェックするのは面倒じゃないと思います。時間がどれだけかかるかは分かりませんけど……コーヒー、いただきます」

「じゃあ、俺も電話作戦を始めるよ」

コーヒーを一口飲んで、自動車メーカーの代表番号を調べた。警察の捜査では、企業の担当部署と直接話をすることが多いのだが、まずは広報に話を通してもらった。広報というと、宣伝活動やマスコミ対応が仕事という感じなのだが、実際には対外的に問題が生じた時の防御壁としての機能もある。警察が捜査に入る時も、まず広報に話を通して――というのが普通のやり方だ。そもそも、企業のどの部署が担当することなのか、分からない場合も多い。

タチ自動車の広報課に電話を入れると、女性社員が応対してくれた。

「警視庁捜査一課の岩倉と申します。捜査に協力をお願いしたいんですが」

「どういうことでしょうか」女性の広報課員は歯切れのいい声で応対してくれたが、何か疑っている様子もあった。

「実は、所有者が不明のキーがあるんです。そこから所有者を割り出せるでしょうか」

「キーにもよりますが……」

「スマートキーですから、最近の車のものだと思います。分解したら、シリアルナンバー的なものが分かったんですが……これと、車のナンバーをリンクさせることはできますか？」

「ええと……はい、可能ですけど、ちょっと時間がかかります」

「そうなんですか？」

「おそらく、そちらで見られたのはキー自体のシリアルナンバーではなく、パーツの製造番号です。シリアルナンバーは、通常の目視では分からないんです。特別な機械を使って確認しないと」

「そうなんですか？」

「非接触型の技術を利用しているんです。Ｓｕｉｃａなどと同じですね。それを読み取らないといけないので」

「それは、どうすれば分かりますか？　御社に持ちこむ？」

「いえ、販売店ならどこでも大丈夫です。お近くの販売店で調べていただければ。それでシリアルナンバーが分かったら、改めてご連絡いただけますか？　その後は弊社の方でチェック可能です」

「助かります」ストレートにはいかないが、ワンクッション程度でキーの持ち主には辿《たど》り着けそうだ。これならまだ、手間はかからない捜査と言っていいだろう。

電話を切り、彩香に向かってOKサインを出してみせた。彩香が恨めしそうな表情を浮かべる。自分は上手くいかなかったのに岩倉は……とでも思っているのかもしれない。こういうのは単なるタイミングの問題に過ぎないことが多いのだが。

説明しようとした時に、若い刑事がコンビニエンスストアの袋をぶら下げて戻って来た。

「お疲れ」

「はい……これ、お釣りです」

取っておいてくれ、というのも格好つけ過ぎな感じがしたので、岩倉は受け取った釣り銭をそのまま背広のポケットに入れた。

「食べながら作業を続けよう。ところで君、名前を聞いてなかったな」

「前田《まえだ》です。前田優吾《ゆうご》です」

「前田君は、ここで何の仕事を仰せつかってるのかな？」

「留守番です」

「ああ……それはいいや」

「え？　でも……」

「まだ特捜は立ち上がっていないから、電話番も必要ない。ちょっと俺と出かけないか？」

「捜査ですか？」

「被害者の身元に関する重大な捜査だ。手伝ってくれ」

「しかし、課長に……」

「いいわよ、何か文句を言われたら、私がかばっておくから」彩香が言った。「私は電話待ちで動けないから、ついでに留守番してる。そもそも留守番なんかしてても、勉強にならないわよ」

「彼女が言う通りだ。実地で仕事するのが、一番勉強になるぜ」

「はあ……いいんですか？」

「いいんだよ」岩倉はサンドウィッチの袋を乱暴に破いて齧《かじ》りついた。「腹ごしらえしたら出かけるぞ。君もさっさと食えよ。早飯も刑事の大事な能力だ」

3

町田市内にあるタチ自動車の販売店は、署からは微妙に遠かった。前田が覆面パトカーを出してくれたので、岩倉は助手席に収まる。岩倉は前田の出身地や、署での普段の仕事の話などをしてリラックスさせようとしたが、前田は硬いままで返事は短い……考えてみれば、自分は彼の父親と言ってもいい年齢なのだ。

そう言えば、娘の千夏《ちなつ》も大学四年生になった。就職を考えねばならない年齢なので、何度か就活のことを聞いてみたのだが「ちゃんと考えてるから」というだけで、具体的なことは教えてくれない。

かつての家族も、今はすっかりバラバラだ。大学教授の妻とは、長い別居生活を経て正式に離婚が成立した。どうしても気が合わないのは、結婚当初から分かっていて、いずれ離婚することは、二人とも早い段階から口にしていた。しかし千夏が生まれ、中学から大学までエスカレーター式の学校に入ると、離婚の話は棚上げ……本当かどうか分からないが、千夏の入った学校は、両親が離婚すると、高校、大学に進学する際の内申書の点数がぐっと低くなるという噂があった。誰かに確かめることもできず、ひとまず離婚はしないということを決めての別居生活が始まった。その後で岩倉は実里と出会い、千夏は無事に大学生になって――結局一貫校とは別の大学に進学した――もう就職する年齢である。娘との絆が消えたとは思っていないが、最近は岩倉をスポンサーにして買い物や食事をすることも少ない。自立というか、父親のことなどどうでもよくなってくる年齢なのだろうか。寂しいが、そういうものかもしれない。人生にはまだ何度も、変革のタイミングがくるだろう。

前田の運転は慎重で、妙に時間がかかった。販売店の駐車場に車を乗り入れると、ふっと溜息をつく。

「何だよ、緊張するような場面じゃないだろう」

「いやあ、先輩を乗せると緊張します」

「俺相手に緊張してもしょうがないぜ」

「でも岩倉さんは、捜査一課の伝説の刑事だと聞いていますから……」

「悪い伝説じゃないのか？」

「とんでもない記憶力の持ち主だとか」

「宴会芸みたいなものだよ。あまり捜査の役には立たない」よく驚かれるのだが、岩倉の感覚では「ちょっと便利」レベルだ。わざわざメモせずとも、重要なことは忘れない、という程度の話である。

「勉強させて下さい」

「そういうのって、あまり上手く説明できないものだけどな……行くぞ」

前田は岩倉と一緒に歩こうとしない。あまりにも遠慮がちなので、岩倉は戸惑ってしまった。いくら駆け出しの刑事でも、一緒に組んで仕事をしている時は相棒である。変に引かれたら、ぎくしゃくしてしまう——という風に説明しようと思ったが、「だから遠慮するな」と締めたら、さらに遠慮してしまいそうな感じがする。岩倉は、自身は決してとっつきにくいタイプではないと思っているのだが。

販売店では、事情を説明するとすぐに店長が出てきた。盗難車などの捜査で販売店に来ることは多いから、向こうも警察への対応には慣れているのだ。

岩倉がスマートキーのことを説明し、現物を見せると、店長はすぐに反応した。

「現行型『ティエラ』の、初期モデルのものだと思います。五年ほど前のモデルですね」

「『ティエラ』は、小型のSUVですよね」警察官は誰でも、車に詳しくなる。車が絡む犯罪も多いので、普通に仕事をしているだけでも、車について学ぶようになるのだ。岩倉も、日本で現在走っている車の情報は、定期的にアップデートすることにしていた。

「二〇一九年のモデルの可能性が高いですね。シリアルナンバーを調べれば、はっきりします」

「知りたいのは、このキーが合致する車の持ち主なんです。こちらでは分かりませんか？」

「うちで購入されたお客様なら、登録で分かりますが、他の店舗や中古車販売店で売られたものの場合は、分かりかねます。それは――」

「本社の方で、ですね」岩倉はつい口を挟んだ。

「ええ。シリアルナンバーを照会してもらって下さい。捜査には協力すると思います」

「そもそも、販売店でシリアルナンバーをチェックするように教えてくれたのが、本社の広報でした」

「失礼しました……ちょっとお待ち下さい」店長が立ち上がる。「お待ちの間、車でも見ていただければ」

「どうも」

そう言われても、岩倉には車を持つ予定はない。昔は——それこそ家族が一緒に暮らしていた頃には車もあって、長い休みの時には旅行に出かけたりしたものだが、今はそういうことには縁がない。

「君は、車には興味ないか？」岩倉は前田に話しかけた。最近の若者は車に惹かれないとよく言われるが……。

「欲しいんですけど、寮にいる間はマイカー禁止なので」

「そうか、君も町田署の上に住んでいるのか」

「はい。今は、車雑誌を眺めて我慢してます」

微笑《ほほえ》ましい話だ……岩倉も若い頃は、同じようなことをやっていた。一人前になれば車を買うのが当然というか、車を買ってこそ一人前と言われた時代。

「ローンも大変だろうけど……今だったらEVか？」

「いえ、車が全てEVになる前に、内燃機関を楽しんでおきたいと思います」

「お、通だね」岩倉はニヤリと笑った。こいつと話をする時は車の話題を前振りにすれば盛り上がる、と頭にインプットする。「ところで、『ティエラ』はどうだ？　街中でよく見かけるけど」

「まあ……」前田が店内をさっと見回して小声で言った。「パッケージとスタイリングの車ですよね。大荷物を積んで、仲間や家族と一緒にキャンプに行くにはいいですけど、それだけです」

「点数、辛《から》いな」

「友だちの『ティエラ』を運転させてもらったことがありますけど、面白くも何ともありませんでした」

「運転好きには刺さらない車か」だとしたら、このキーの持ち主の趣味は、どんなものだろうか。

「お待たせしまして」店長が戻って来た。

「早いですね」

「読み取りだけならすぐですから……念の為に調べましたが、うちで販売した車ではありませんでした」

「そうですか。ありがとうございます」

「こちらがキーのシリアルナンバーです」

店長がプリントアウトした紙を渡してくれた。ＳＹ０２５７１ＱＺ。岩倉はそのナンバーを覚えこんだ。というか、自然に頭に入ってしまった。これはやはり、特技と言っていいと思う。脳科学者である元妻がこの記憶力に興味を持ち、分析させろと言ってきたのも、別居の原因ではあった……岩倉はそのまま、紙を前田に渡した。

「君が持っていてくれ」

「了解です」緊張した口調で言って、前田が紙を両手で受け取った。

「お世話になりました。これでタチ自動車に問い合わせてみます」岩倉は一礼して立ち上がった。

「お役にたてればいいのですが」店長が愛想良く言った。

「もう役に立っています。車を買う機会があったら、こちらのお世話になりますよ」

「岩倉様でしたら」店長が名刺を見ながら言った。「『スプレモ』がお勧めですね。やはり年齢なりに貫禄のある方は、『スプレモ』のような高級セダンです。私どもも散々SUVやワンボックスカーを売りましたけど、やはり車の基本はセダンですからね。『スプレモ』は、タチ自動車が世界戦略の一環で開発した車です」

店長がカウンターの下からパンフレットを取り出した。続いて料金表。パンフレットに挟みこむ瞬間、価格が見えた。一番ベーシックなモデルが六百万円から……日本を代表する高級セダンだから、これぐらいの価格は当然かもしれないが、自分には縁のない世界だ。こういうセダンが似合うと言われるのがいいことかどうかも分からない。岩倉は愛想笑いを浮かべてもう一度頭を下げた。

車に戻り、少し待つようにと前田に命じてスマートフォンを取り出す。タチ自動車の広報に電話を入れて、先ほど話した女性課員を呼び出してもらう。頭に入っていたシリアルナンバーを告げた。

「ちなみに、販売店でも調べてもらいましたが、そこで売った車ではなかったようです」

「そうですか……ちょっとお時間をいただきますね。もしかしたら、今日中には分からないかもしれません」

「データベースで検索すればすぐに分かるんじゃないですか？」

「中古車になっていると、少し面倒なんです。それと、お分かりかと思いますが、持ち主と運転者が別ということもあります」

「それは承知しています」岩倉はうなずいた。「それでも持ち主が分かれば、大きな手がかりになりますから。よろしくお願いします」

電話を切って、前田に「戻ろう」と声をかけた。前田はエンジンをかけたものの、すぐには車を出そうとしない。

「どうした？」

「びっくりしました。さっきのシリアルナンバー、いつの間に覚えたんですか？」

「自然に」

「自分、最初のＳＹしか覚えていません」

「ＳＹ０２５７１ＱＺ……九桁か。人間が確実に覚えられるのは、七桁までだって言うけどな」

「噂通りの記憶力じゃないですか。どうやって覚えるんですか？」

「自然に、としか言いようがない」岩倉は肩をすくめた。

「ちょっと……信じられないです」

「興味を持ったのは君が初めてじゃない。でも、俺の記憶力については、あまり首を突っこまない方がいい。俺を摑まえて、複雑な知能検査をしようとした人間は、死んだ」

「え？」

「君がまだ、警察学校にいた時の事件かもしれない」

「はあ」

前田が気のない返事をした。冗談だと思っているかもしれないが、これは事実である。岩倉の妻と組み、人体実験をしようとした警視庁の職員は、本当に殺された。岩倉はその男のしつこい勧誘から逃れるために、本部を出て所轄への異動を希望したのだが……胸糞の悪い事件だった。

「ま、暇になったら、その件は詳しく話すよ」岩倉はシートに座り直した。話すのも気が重い事件だが……刑事を三十年以上もやっていると、仕事でもプライベートでも、語りたくないぐらい嫌な事件を、いくつも経験する。


夕方、タチ自動車の広報から電話がかかってきた。当該の車は最初の所有者から中古車販売店へ売られ、その店で別の所有者の手に渡った——タチ自動車の販売ルートからは外れているので、現在の所有者にたどり着くまでにはもう少し時間がかかる、明日もう一度連絡するということだった。電子的に所有者を確認できるはずで、どうしてそんなに時間がかかるのかが疑問だったが、急かしても仕方がない。岩倉は丁寧に礼を言って、電話を切った。

午後七時から、捜査会議が開催される。最初の会議なので、捜査一課長も臨席し、詳細な報告が行われ、会議が長引くことになるのは分かっていた。岩倉はそれを見越して、事前に残り物のサンドウィッチを一つ、無理矢理食べていた。事件発生初日にして、既に食生活が乱れつつある、と情けなくなってきた。しかしこういうのにも慣れたものである。

まず、捜査一課長の石本《いしもと》が立ち上がって挨拶した。石本は、岩倉を所轄回りから本部勤務に引き戻してくれた人間で、岩倉にとっては通常の「上司」よりも少しだけ関係が濃い相手という感じだった。それは向こうも同感のようで、立ち上がった瞬間に岩倉と視線を合わせると、本人たちにしか分からないぐらい小さくうなずいた。岩倉もうなずき返したが、石本の表情が暗く厳しいのが気になる。石本は、捜査一課でも数少ない、岩倉よりも経験が長い捜査員だが、ベテランの独特の勘が発動したのだろうか。中には、発生早々、捜査が上手くいくかどうか、読み切ってしまう捜査員がいる。今の石本の表情は、捜査が難航することを予期しているものに見えた。岩倉は今のところ、フラットな精神状態でいたが。

「お疲れ様」石本が深々と一礼する。「朝早くから動いてもらって、本当にお疲れのところ申し訳ないが、ここで一回、気合いを入れさせてくれ。今回の事件は、公共の場所で起こった、極めて悪質なものである。市民の憩いの場で発生した殺人事件ということで、不安を覚えている人も多いだろう。一刻も早く事件を解決して、市民の不安を解消して欲しい。そのためには、多少ハードな捜査になっても、頑張ってそれぞれの役割を貫徹して欲しい。警察も働き方をいろいろ言われる時代になったが、世間の常識からはみ出さない状態で、死ぬ気で頑張ってくれ。必要なことがあったら、本部でフォローする。遠慮なく言って欲しい。一刻も早い事件解決のために、それぞれ力を尽くそう！」

「はい」と声が揃う。

捜査一課長もタイプは様々で、石本は情緒派と言っていいだろう。捜査員の情に訴えかけて、やる気を出させる。岩倉などは、それで十分やる気が出るのだが、今の若手はどうだろうか。「市民のため」「社会の安全のため」と大きく出られても、ピンとこないのではないだろうか。むしろどういう目的でどんな捜査をするのか、細かく具体的に指示を受けた方が動きやすいと考えているのではないだろうか……もっとも、捜査一課長がそんな細かいことを言い出したら、現場は混乱する。捜査一課長はあくまで、大局に立って訓話するぐらいでいい。

その後は、係長の鹿野が中心になって報告を続ける。岩倉は頭を真っ白な状態にして捜査に入るため、この会議が始まるまでは、敢えて捜査の状況を聞かないようにしていたのだが、どうも上手くない……大量の捜査員を動員して現場付近での聞き込み、防犯カメラの映像確認が行われたが、めぼしい成果はなし。考えてみれば、夜中の公園というのは巨大な空白のようなものである。周囲から隔絶されており、誰が中に入って誰が出てきたか、特定するのは困難だ。

公園の出入り口、それにトイレにある防犯カメラは真っ先にチェックしたが、昨日の午後七時以降、人の姿は映っていないという。周辺の聞き込みや防犯カメラのチェックでも成果は上がっていないが、こちらはまだ百パーセントではない。今後見つかる防犯カメラもあるはずで、そこには期待していいかもしれない。

とはいえ、岩倉は過剰な期待を戒《いまし》めた。最近は、防犯カメラの映像分析から解決につながる事件も多い。逆に言えば、刑事も「防犯カメラを見ればいい」と考えがちだ。実際には、防犯カメラは街全体をカバーしているわけではないし、そんなことになったら居心地の悪い超監視社会になってしまう。

捜査会議は、岩倉の予想より早く、一時間半ほどで終わった。最後に、鹿野が真剣な表情で警告する。

「今更言うことでもないが、マスコミには注意するように。連続殺人事件のせいで、マスコミの連中もピリピリしている。接触は御法度《ごはっと》、向こうからあまりにもしつこくくる場合は、すぐに報告を上げてくれ」

そうか、そういうことも気にしないといけないわけだ……まあ、岩倉は特に普段からマスコミの連中を警戒して避けているから、それを続ければいいだけだ。世間的に広く知られているわけではないとはいえ、女優とつきあっていると色々と気を遣う。

捜査会議が終わると解散——明日はそのまま、指示された捜査に入ることになる。岩倉の場合は、引き続き被害者の身元確認だ。普段コンビを組んでいる彩香と一緒にやるのは当然として、事前に前田もその捜査に参加させるように鹿野に頼みこんでいた。せっかく一枚嚙んできたのだから、こういう重要な捜査の過程を経験して欲しい。

立ち上がった瞬間、会議室の前方に座っていた石本に呼ばれる。岩倉は大股で一課長の座っている場所まで行って、直立不動の姿勢を取った。

「ガンさん、まあ、ちょいと座ってくれ」石本が自分の隣の椅子の座面を平手で何度も叩いた。せっかちな動作だった。

「一課長の横は恐れ多いですよ」

「いや、オッサン捜査員同士ということで」

岩倉は、言われるままに椅子に腰を下ろしたが、少し距離をおいた。捜査員同士と言われても、平刑事と捜査一課長ではやはり格が違い過ぎる。

「見通しはどうよ、ガンさん」

「今のところ、まだフラットに考えてます。何も期待していませんよ」岩倉は正直に言った。「被害者の身元がまだ判明していないのが痛いですね。明日には何とか割り出したいですが、これで捜査のスタートが一日遅れるようなものです」

「そうなるか……」嫌そうな表情を浮かべて、石本が顎《あご》を撫でた。

被害者の身元は、捜査で一番重要なポイントの一つである。特に今回のような事件では……通り魔や路上強盗のように、「相手が誰だかは関係なく」発生した事件では、被害者の身元をそれほど重視する必要はない。しかし今回の事件は、そういう「行きずり」の犯行とは考えにくかった。夜遅い時間帯に、あの公園に「たまたまいた」犯人が被害者を手にかけたと想定するのは無理がある。何らかの形で顔見知りである犯人が、被害者と一緒に公園に入り、あるいは公園に呼び出した上で犯行に及んだと考えるのが、一番無理がない。

「申し訳ありません。ネジは巻いて捜査しているんですが」

「いやいや、ガンさんが謝ることじゃねえよ」石本が首を横に振ったが、どうも力がない。

「……課長、お疲れじゃないですか？」岩倉は思わず聞いた。

「そりゃそうだよ」

「やはり、連続殺人事件で？」

「海外だったら、ガンガン叩かれて、俺は解任されてるだろう。さっさと解決しないと、本当にまずいことになる。俺の首はどうでもいいけどな」石本が首の後ろを手刀で叩いた。「世間が不安になる。都民全体に不安が広がるよ。知ってるか？　この件、SNSであまり騒がれていないんだ」

「そうなんですか？」

「軽く触って話題にできるほど、簡単な事件じゃないってことだな。要するに、洒落《しゃれ》にならないわけだ」

「分かります」

「そういうわけでガンさん、今回はよろしく頼むぜ。頼りにしてるからよ」

「全力で行きます」

「思う存分やってもらうために一課に戻ってもらったんだから……捜査を進めると同時に、若手の教育もよろしく頼む」

それは注文が多過ぎだし、そもそも所轄での修業を終えて捜査一課に上がってきた若手に教えることはあまりないのだが。捜査一課は狭き門であり、そこへくる人間は、刑事としての基礎は出来上がっている。そこから先、どうやって刑事としての個性を伸ばしていくかは、当人の課題だ。

一課長から解放されてほっと一息ついていると、彩香に声をかけられた。

「ガンさん、軽く何か食べていきませんか?」

「いいのか? 新婚さんは家に帰らないとまずいだろう?」ふいに自分の新婚時代を思い出す。たまたまだが、特捜になる殺人事件が相次いで発生して、岩倉もずっと捜査に投入された。平成前期、今のように働き方改革などが言われる前で、特捜本部ができれば、刑事たちは所轄の道場に泊まりこみで、早朝から深夜まで捜査を続けたものである。岩倉は深夜帰宅や泊まりこみが続いた事情を説明して妻に詫びたのだが、妻は「仕事はもっと効率的にできるはず」と冷たく言うだけだった。妻の方も、研究室で長時間の実験が続く日々だったが、そうでなければもっと早い段階で離婚の話が出ていたかもしれない。

「今日はしょうがないですよ」

「夫婦一緒に飯を食うのは大事なんだけどなあ」

「旦那は、そういうの、あまり拘《こだわ》らない人です。さすがにこのままだと、家まで持ちません」彩香が胃の辺りを摩《さす》った。

「君、今は……家は喜多見《きたみ》か」

「ええ」

「この特捜には近くていいな」

「ですね……とにかく食べましょう。町田なら、どこか食べる場所がありますよ」

「それじゃ、地元の若者の知恵を借りようか」岩倉は前田を呼んだ。前田は相変わらず緊張した様子で飛んで来る。「近くで、さっと飯が食える場所はないかな」

「ああ……そうですね。駅まで出ないと厳しいかもしれません。早く食事できる店というと……そうだ、干物が美味《うま》い店があります」

「干物？」

「炭火焼きの専門店で、安いですし。朝からやってるんですよ。朝は、定食が四百円台です」

「よし、若者、奢ってやるから案内してくれないか？　それとも、町田署の寮には門限がある？」

「それは大丈夫ですけど、申し訳ないですから……」

「飯は皆で食った方が美味いだろう。何だったら、そのまま今日の反省会をやってもいい」

「はあ」

「いいから、行きましょう」彩香も声をかけた。「遅くならないうちに食べないと、健康に悪いですよ」

「捜査一課の刑事は、胃の健康、それに体重調整との戦いだからな」岩倉はうなずいた。

不思議な店だった。前田は「魚が美味い」と言っていたが、実際には肉の定食もある。鶏の生姜焼きというのも気になったが、岩倉は豚バラ目玉焼きに目をつけて注文した。肉を食べて元気を出したかったが、生姜焼きは少しヘビー過ぎる感じがしたのだ。

炭火で焼くと言うといかにも時間がかかりそうなのだが、料理は意外にすぐに出てきた。前田と彩香が頼んだ焼き魚は綺麗に焼き目がついていかにも美味そう……たっぷりの大根おろしがついているのも良心的だ。一方岩倉の豚バラ目玉焼きは、一種のハムエッグのようなものだと考えればいいようだ。鉄板に薄い豚バラ肉が並び、その上に目玉焼きが二つ――いや、目玉焼きというのは卵二個で作るから「目玉」になるわけで、ここは「目玉焼き一つ」が正しい表現か。

食べてみると、塩味の豚肉と卵の組み合わせで、不味《まず》いわけがない。自炊のメニューに加えてもいいぐらいだと思ったが、最近はまったく家のキッチンを使っていない。この店は外食には便利……チェーン店のようなので、後で調べておこう。捜査一課にいると都内の各地で仕事をするし、素早く食事を済ませねばならないことも多い。それでもできるだけ美味いものを食べて栄養補給をしたいと願って、各地の美味い店のデータを集めている刑事は多い。

彩香も同じように考えたらしく、食べ終えるとすぐにスマートフォンをいじり始めた。顔を上げると、嬉しそうな表情が浮かんでいる。

「このお店、あちこちにあります。関西にもありますから、向こうへ出張した時にも使えますよ」

「メモしておいてくれ」

「ガンさん、こういうのってすぐに忘れますよね」彩香がからかった。

「そうなんだよ。日常生活には弱い……脳の不思議さだな」

岩倉は、こと事件に関しては記憶力に自信がある。しかしその記憶力は、日常生活においてはまったく働かない。物忘れも結構ある。

「それで、今日の反省会だけど」岩倉は前田に声をかけた。

「はい」途端に前田が、箸を置いて背筋を伸ばした。

「君は反省点なし、以上だ」

「いえ、その……」

「何かあるのか？」

「そういうわけじゃないですけど、何もなしって言われると、気が抜けるっていうか」

「じゃあ、一個だけ」岩倉は人差し指を立てた。「車は、もう少しキビキビ運転した方がいい。安全運転は大事だけど、緊急走行時にはそうもいかないだろう」

「分かりました」真顔で前田がうなずく。

「前田君、そう固くならないで。今のはガンさん流のジョークだから。面白くなくて申し訳ないけどね」彩香が苦笑しながら言った。

「そうなんですか？」前田が目を見開く。

「いや、ジョークって言うかさ……君がずっと緊張してるから、少し解《ほぐ》そうと思って」

岩倉は言い訳した。

「自分、そんなに緊張してるように見えますか？」前田が自分の顔を指差した。

「してないか？」

「……してますけど」

軽い笑いが弾ける。まあ、所轄の若い刑事はこんなものだろう。稀に、生意気だと思えるぐらい態度がでかい若手もいるが、そういう刑事は大抵、仕事ができない。経験も自信もないから、でかい態度で誤魔化すのだ。前田ぐらい慎重で自信なげなタイプの方が、長い目で見ると大成する。明日以降もしっかりやってくれるだろう。訊ねられたことにはできるだけ答えて、自分の経験を伝えていこうと岩倉は決めた。

まさに捜査一課長が望む通りに。

自宅へ帰り着いた時には、午後十時半近くになっていた。最寄駅である東京メトロ日比谷線と東急東横線の中目黒は、警視庁本部に通勤するには便利なのだが、今回は……町田から戻るルートを調べるのが面倒で、下北沢で小田急線から井の頭線に乗り換え、さらに渋谷から東急東横線に乗ったのだが、これが失敗だった。渋谷で、井の頭線の改札から東横線の改札までは、体感で十分以上かかるのだ。実際には五、六分程度だろうが、遠いことに変わりはなく、一駅分離れているぐらいの感覚だった。直線距離でも遠いし、井の頭線は二階、東横線は地下五階にあるから、縦方向へも大きく動かなければならないのだ。東横線に乗ってから検索してみると、横浜線で菊名まで出て東横線に乗り換えれば早いことに気づいた。菊名駅での乗り換えがどれぐらい大変かは分からないが、乗り換えが一回だけならかなり楽だ。

さて……明日の朝食べるものがない。仕方なく、コンビニエンスストアでバナナと野菜ジュースを補充した。これでは栄養バランスが悪いし、腹も膨れないのだが……せめてもう少し食べようと、食パンもカゴに入れる。

無事に自宅に帰り、シャワーを浴びて明日に備えようとした時にスマートフォンが鳴る。仕事用ではなく私用。ここにかけてくるのは娘の千夏か実里ぐらいで、今回は——実里だった。

「遅くにごめんね」

「昼間メッセージをもらってたけど、返信できなかったから。今になっちゃった」

「いやいや」

「今日も撮影だろう？」

「早いのよねえ。七月期のドラマで、四月から撮影なんだから」このドラマでは、主役三人のうちの一人を演じている。

「だいたいそれぐらいかと思ってたよ」岩倉は、買ってきたものを冷蔵庫にしまった。バナナは冷蔵庫に入れない方がいいのではなかったか……。

「コロナ禍の時に、撮影を早めるようになったみたいね。一人でも感染すると、予定が滅茶苦茶になるから、余裕を持たせるという意味で」

「それ以来、日本のテレビ業界も変わったわけか」

実里自身は、コロナ禍の最中には、ほぼ日本にいなかった。どうしてもニューヨークで舞台に立ちたいとチャレンジを決め、渡米した途端にコロナ禍に巻きこまれたのである。普通なら心が折れてすぐに帰国しようとなりそうなのだが、実里は粘った。ロックダウンに耐え、ロックダウンが解除されるとバイトに精を出し、帰国直前にはオフ・ブロードウエイのステージにも立った。「やり切った」感じはないものの、帰国した実里の充実した笑顔を見て、岩倉は感服したものだ。生来の楽天主義者というせいもあるのだが、実里は苦しい状況でも、どこかに楽しみを見出せる。

しかしその実里にして、今回の撮影には苦労しているようだった。元々舞台の人で、映画やテレビにはさほど興味を持たず、出演していなかったせいもある。彼女ほどの演技力があれば、映画やテレビに本気で取り組み、きっちりサポートしてくれる事務所に昔からいたら、今頃は天下を取っていたかもしれない。それだと、岩倉との生活はなかっただろうが。今の実里は、舞台女優というスタンスを崩さないものの、テレビ出演も楽しんでいる感じだ。

「ガンさん、大丈夫？　また忙しくなる？」

「たぶん」

「久しぶりの事件でしょう？　アキレス腱、痛めてない？」

「アキレス腱は関係ないさ」岩倉は思わず笑ってしまった。彼女は、岩倉がフルマラソンを走ったとでも思っているのだろうか。

「ごめんね、フォローできないけど」

「君は自分の仕事を頑張ってくれよ。テレビは乗り気にならないかもしれないけど、普通の人が君の顔を見る機会は、やっぱりテレビなんだから」

「そんなに顔を知られなくてもいいけど」

「お母さんは？」

「まあ……何とか、昼間は手伝いの人を入れられるようになったから、心配はしてないわ」

「それはよかった」

実里の母親は、彼女曰《いわ》く「面倒臭い人」である。実は、親子揃って女優なのだ。彼女の母親は七〇年代後半、高校生の時にスカウトされて映画デビューし、二十代前半には映画やテレビドラマ、雑誌のモデルなどで活躍した。二十五歳の時に、中堅の証券会社を経営する父親に見初《みそ》められて結婚、引退したが、自分が満足行くまで女優として活躍できなかった後悔があったのか、実里を女優にすることに全力を傾け始めたのだという。児童劇団に入れて演技の基礎を学ばせ、実際に舞台に立つようになると、ステージママとして、毎回ダメ出しをしてきた。十五歳年上の夫はだいぶ前に亡くなり、今は白金《しろかね》の4LDKのマンションで一人暮らし……しかし最近は体調を崩しがちで、看病のために実里は久しぶりに実家に戻っていた。その結果、以前のように頻繁には岩倉と会えなくなっている。せっかく都心部に戻ってきたのに、と残念に思うこともあるが、それで騒げないのは岩倉は大人——十分過ぎるほど大人だからだ。

「ガンさん、病気にだけは気をつけてね」

「元気だよ。これから忙しさが続いたらへばってくるだろうけど、やり過ごし方は分かってる。ベテランはスタミナ切れになりやすいけど、どうすればスタミナが持つかも分かってるんだ」

「村の賢者みたいな言い方」実里が笑った。

「——別の人に同じように言われたけど、俺、そんなに賢者っぽく見えるかな。賢者って、髪も髭も長くて真っ白になって、太い杖をついているガリガリの老人、みたいな印象があるんだけど」

「ガンさんはまだ若いけど、言ってることが賢者っぽいのよ」

「だったら、もっと軽佻浮薄《けいちょうふはく》に行こうかな。賢者扱いされても、そんなにいいことはないから……君も体調に気をつけて」

「私は大丈夫。それよりガンさん、最近、千夏ちゃんと話した？」

「いや……なんでそんな話を？」

「別に意味はないけど――千夏ちゃん、大学四年生になったでしょう？　今、就活で大変じゃない？」

「だろうな」

「社会人の先輩として、パパのアドバイスは大事なのでは？」

「向こうはそんなもの、ありがたがらないよ」岩倉は鼻で笑った。明確な反抗期があったわけではないが、岩倉が家を離れて以来、少しだけよそよそしい関係が続いている。寂しいものだが、世の父親と娘の関係は、どの家でも同じようなものだろうと考え、自分を慰めていた。

しかし、気になる……実里は千夏と面識はない。二人が会わないように、岩倉としては気を遣ってきたつもりだった。年頃の娘が、父親に恋人、それも二十歳も年下の恋人がいることが分かったら、どんな反応を示すかが分からない。触らぬ神に……という感じだ。

「君、まさか千夏に会ってないよな？」

「私？　それは──あ、ごめん。今、別の電話が入った」

「おいおい……」

「また連絡するね」

実里はいきなり電話を切ってしまった。キャッチフォンが入った様子はなく、何だか誤魔化されてしまったような気分になる。

もしも実里と千夏が会っていたら──こんな面倒なことはない。どう対処していくべきか、そもそも確認すべきかどうかも判断できないのだった。

4

タチ自動車に頼んだ調査は遅れていた。中古で販売された車の追跡はそんなに面倒なのか……今朝、電話を入れて「まだ分かっていません」と言われたのだが、相手の口調がひどく苛立っているように聞こえたので、岩倉はこちらからは連絡を入れないことにした。

そうなると、手持ち無沙汰になってしまう。岩倉は「現場に出ますか」と鹿野に申し出たものの、鹿野の返事は「ノー」。

「現場、人手が足りないでしょう」岩倉は軽く食い下がった。

「身元につながる情報の調査が優先ですよ。ここで待機してもらっている方がありがたい」

「ついでに電話番といきますか」

「申し訳ないが、そうしてもらえれば」

仕方なく、待機に入る——が、何も起こらない。岩倉が駆け出しの頃は、連絡手段が携帯電話に切り替わる時期で、特捜本部ができると、必ず臨時に固定電話が引かれていた。報告の電話がひっきりなしに入り、それに応対しているうちに、先輩たちの捜査のやり方が何となく分かってきた感じもあった。しかし今は、外から報告する刑事たちは、仕切りの係長や管理官の携帯に、ダイレクトに電話を入れてしまう。いや、そもそも電話もかけず、メールや、警察専用のメッセンジャーアプリを使って報告してくる人間がほとんどだ。岩倉はパソコンの前に座り、ひたすら待ちに入った。

しかし今日は、なかなか報告が入らない。現場付近の住宅地図があったので確認してみたが、聞き込みはなかなかきつそうだと分かる。公園の東西には小さな会社が並んでいる。南側が住宅地、そして北側は……何もない。最寄りの黒川駅から公園に至る道路の両側には、緑地が広がっているのだ。ちょうど町田市と川崎市の市境——県境で、まだ開発が完全には終わっていない地域ということだろう。人の多い住宅街ならともかく、こういうところでは目撃者探しに難儀するものだ。防犯カメラも当てになるかどうか……治安の悪い地域という感じではなく、それ故、住民が高い防犯意識を持っているとも思えなかった。そういう意味では、いい街と言える。ドアに鍵をかけずに安心して眠れる街の方が、防犯カメラだらけの街よりもましなのは間違いない。

　十時を過ぎても、どこからも連絡が入らない。しかもこの特捜本部には重大な問題があった。コーヒーメーカーが壊れている。岩倉は、コーヒーがないとどうしても生きていけない人間ではないが、特捜本部ができると、一日に五杯、六杯とコーヒーを飲む。今日はまだ一杯も飲んでいないし、少し刺激が欲しいところだ。コーヒー中毒の鹿野が、所轄の警務課に何とかするようにと厳しく指示していたが、新しいコーヒーメーカーがすぐに届くものでもあるまい。

　岩倉はまた、一階の自動販売機のお世話になることにした。百十円のコーヒーは頼りない味で、署の隣にあるコンビニエンスストアで仕入れる方がましに思えたが、外に行っている暇はない。改めて、待機というのは自分にとって拷問だと思う。

　コーヒーを買って戻ろうとすると、地域課長と出会《でくわ》した。昨日のことを思い出して訊ねてみる。

「昨日の女性、どうしました？」

「いや、それがね……またややこしいことになっていて」地域課長が顔をしかめる。

「勝手に病院を抜け出す以上に、ややこしいことがあるんですか？」

「昨日、一度家に戻ったんだけど、家を出てしまったらしい」

「出たというのは……失踪ですか？」

「そういうわけでもないようなんだけどね」地域課長が首を捻る。「今朝電話をかけたら、昨夜のうちに家を出たという話だった」

ただし、家出とは言えない感じだ。両親には、「大学の講義の関係でちょっと出てくる」と言い残し、家族の車を運転して出て行ったのだ。当然家族は止めたというのだが、本人は「大丈夫だから」と強引に家を出てしまったという。今朝、警察に相談しようかと思った矢先に、警察の方からご機嫌伺いの電話がかかってきた、ということらしい。

「何か変ですね」

「そもそも犯罪に巻きこまれたような感じではあるんだけど、暴行されたとかそういう雰囲気ではない。昨日はベテランの署員を向かわせたから、そういう事件の被害者だったら分かるはずだった」本人が何か喋ってくれればね」

「純粋に暴力被害に遭ったとお考えですか？」

「難しいところでね。病院の方にも確認したんだけど、殴られたとか刺されたとか、そういう明白な暴行による怪我とは言えないそうなんだ。たとえば、ひどく転んだ場合でも、ああいう怪我はするだろう」

「じゃあ、事件か事故かも分からないじゃないですか」

「ただねえ……発見された経緯からして、ちょっと変なんだよね。夜中というか早朝に、一人で車道をふらふら歩いているところを見つかって、保護されたんだ」

「親切な人がいたんですね」

「タクシーの運転手さんなんだけど、見ただけでヤバいと思ったんじゃないかな。服が汚れて、靴が片方ないし、足を引きずっている……右足だけ裸足で夜中に歩いている女性を見たら、事件だと思うでしょう」

「放置しておいてもおかしくないですけどね」

「そういう意味では、親切な運転手と言っていいかな」地域課長がうなずく。

「ちょっと気になりますね。調べてみたくなるな」

「いやいや、あなた、特捜でしょう」

「留守番を仰せつかってましてね。まったく動きがないから、腐りそうですよ」

「そういうこと言うと、忙しくなるよ」地域課長が苦笑した。

「その一件の概要を教えてもらえませんか？　現場の様子とか、被害者の名前とか」

「まさか、本気で勝手に捜査する気じゃないよね？」地域課長が疑わしげに訊ねた。

「頭の隅に入れておきたいんです。でかい話になって、本部の一課マターになる可能性もありますからね」

「まあね……じゃあ、うちの若い奴から聞いて下さい」

「すみません」

どうして気になるのか、自分でも分からない。ただ、アンテナが危険信号を受信しているのだ。これは間違いなく奇妙――というか危険な事件になる。

地域課で話をしているうちに、買ったコーヒーを飲み干してしまった。慌てて特捜本部に戻ると、鹿野は電話で話し中……それほど深刻な表情ではないので、重要な情報が入ってきているわけではないようだ。

岩倉はもう一杯コーヒーを買ってきていて、それを鹿野の前に置いた。ちょうど電話が終わったところ……鹿野がひょいと頭を下げ、カップを取り上げる。一口飲んで「ああ」と声を上げた。

「いくらですか？」

「百十円ですけど、いいですよ」

「いやいや……」

「こっちは扶養家族ゼロで、金もかからないものでね」

「ガンさん、離婚して一人暮らしになるってどんな感じですか？」

「そりゃあ、自由ですよ。飯が面倒臭いですけどね」

「こっちはまだ子どもに手がかかる……」

「子どもさん、中学生の年子でしたっけ？」

「そうそう」鹿野が苦笑する。「しかも女の子二人だから、きついですよ。相手にしてくれないですしねえ」

「父親にとって、女の子は難しいですからね」とはいえ岩倉は、中学から高校、大学と、娘の千夏が難しい年齢だった頃には同居していなかったから、何か言う資格はない。

「まだまだ頑張らないといけないと思うと、時々へばりそうになりますよ」

「まあ……でも、独り身で、毎晩の飯をどうしようかって考えてるよりはいいんじゃないですか？　この歳になると、酒呑んで、つまみを食べて食事したつもりになっているわけにもいかないから」

「そういう暮らしこそ、理想ですけどねえ」

「そのうち、健康のことが気になって、好き勝手に飯は食えなくなりますよ」

「長く生きてきても、あまりいいことはないですねえ」

「まあまあ」苦笑して、岩倉は自分の席と決めた場所に戻った。パソコンをチェックする。メールもメッセージも入っていない。溜息をつきかけたところで、スマートフォンが鳴った。タチ自動車の広報だった。

「警視庁、岩倉です」できるだけ落ち着いた口調で電話に出る。

「お待たせしました。現在の車両の所有者が分かりましたので、ご連絡します」ひどく疲れた口調だった。もしかしたらタチ自動車では、警察からの問い合わせは全て広報が処理すべし、というルールでもあるのだろうか。彼女が自分自身で情報をチェックしていたとしたら、申し訳ない限りだ。

「お願いします」岩倉は手帳を開いた。住所や電話番号などはすぐに覚えてしまうが、今回は念の為である。

「名前は澤田《さわだ》友毅《ともき》さん、平成七年四月三日生まれです」

「今、二十九歳ですね」

「はい。現住所は町田市鶴川一丁目、ですね」

詳細な住所や車に関する情報などを聞いて、すぐにパソコンで地図ソフトを展開する。小田急線鶴川駅から、歩いて数分の場所のようだ。周辺は住宅地らしい。

「この車は、中古で手に入れたということですね」

「はい。新車で購入された方が、中古車販売店に売却し、こちらの澤田さんが去年購入した、という流れですね。ちなみに、同じ町田にある中古車販売の専門店で購入されています」

「そのお店、分かりますよね？　教えていただけますか？」

伝えられた店名をメモした。普段こんなことはしないのだが、岩倉はメモした内容を全て復唱し、確認した。問題なし。改めて礼を言う。

「大変お手数をおかけしまして」

「ちなみに、弊社に関係あるわけではないんですよね？」

「被害者の身元確認のために必要だっただけです。ご協力、ありがとうございました」

電話を切って立ち上がる。二日目にして、取り敢えずの成果は出たわけだ。ほっとして、鹿野に報告する。鹿野の顔色も、目に見えてよくなった。

「じゃあガンさん、早速この自宅の方へ回ってくれますか？」

「分かりました。そちらに応援を回すように指示してもらえますか？　すぐにガサに入れるかもしれない」自宅のものらしい鍵は手元にあるのだから。

「伊東と、所轄の人間を二人ばかり差し向けます。鑑識も出動できるように、待機させておきますから……これで捜査は動き出すでしょう」

「期待しますよ」

「しかし、さすがガンさんだ。あっという間でしたね」

「いや」短く否定して、岩倉は言い淀んだ。二日目にして大きな動きではあるのだが、これは遅過ぎる。事件発生から時間が経つに連れ、手がかりは薄れてしまうのだ。今回も、犯人はとうに証拠隠滅に走っているだろう。あるいは捜査の手を恐れて、どこか遠くへ逃亡しているか。

とはいえ、ここから改めて走り出せるはずだ。怨恨の線が濃い——ということは、人間関係を追っていけば必ず犯人に行き着ける。

5

岩倉は、所轄の覆面パトカーを断り、電車で現場に向かった。ここでは車よりも電車の方が早い。

実際、澤田友毅の自宅には、応援組よりも先に着いた。全員揃ってから本格的に調べ始めることにして、まずは周辺、そして澤田の自宅の外見から調べ始める。

この辺は基本的に、一戸建ての家が建ち並ぶ住宅街である。丘陵地帯の地形をそのまま活かして造成した感じで、坂道が多い。澤田のアパートも斜面に建っていて、建物にたどり着くためには、道路から階段を上がっていかねばならない。階段の脇には、車三台分の駐車場……今は二台停まっていて、一台分が空いていた。

アパートは、昭和の終わり頃に建てられたような二階建てで、かなり古びている。澤田の部屋、一〇三号室の前に立った。電気のメーターは回っているが、人の気配はない。建物の大きさ、それに部屋数から見て、ワンルームか1Kの部屋だろう。二人以上で住むには狭そうで、一人暮らし専用という感じではないだろうか。

「ガンさん」声をかけられ、階段の方を見やる。彩香が到着したところだった。前田ともう一人、若い刑事が彼女の後ろに控えている。

「お疲れ」

「当たりですか」彩香が少し悔しそうに言った。自分が追いかけていたネックレスの線が上手くつながらず、岩倉が一人で手柄を持っていった……とでも思っているのかもしれない。これでいい。同僚と手柄を競い合う気持ちは、刑事の原動力になるものだ。元々彩香は、負けず嫌いのところがあるし。

「情報は当たりを指しているけど、まだ確定したわけじゃない。取り敢えずノックしてみるよ」

岩倉はドアをノックした。反応がない……続いてインタフォン。こちらも応答がなかった。やはり不在、というか死んでいると考えていいだろう。

岩倉は一度階段を下り、空いていた駐車場のスペースに全員を集めて事情を説明した。

彩香が反応よく、次の捜査の方針を打ち出す。

「まず家に入る、ですね」

「ああ」

「不動産屋ですね。管理している不動産屋かオーナーが分かれば、鍵を借りられます」

「いや、これが試せる」岩倉は、遺体のポケットから出てきた鍵を取り出した。「ただ、念のために不動産屋には立ち会ってもらいたいな」

岩倉は、駐車場の壁に貼られた看板を指差した。「お問い合わせはこちら」とあり、不動産会社の電話番号も書かれている。昔は、こういう看板をよく見かけた……彩香がさっそく携帯電話を取り出し、電話をかける。

一時間後、不動産会社の社員とアパートのオーナーが一緒にやって来た。オーナーは、八十歳は超えていそうな男性で、明らかに耳が遠い。事情聴取には時間がかかりそうだと心配になったが、同行してきた不動産会社の女性社員が、まるで親族のように面倒を見ている。

「伊東、オーナーさんから事情聴取を頼む」

「車の中で……しょうがないですね」

「ああ」

「期待しないでおきますよ。こういうオーナーさんは、入居者のことまで知らないでしょう」

「とはいえ、聴かないわけにもいかないからさ」

「了解です」

「あとの二人には、部屋を調べさせる」

「了解です」

彩香なら、一人で事情聴取を任せても大丈夫だ。岩倉は、不動産会社の女性社員と名刺を交換した。比嘉遥《ひがはるか》。

「沖縄の方ですか？」

「両親は沖縄ですけど、私は東京生まれの東京育ちです……あの、私も中に入らないといけないんですよね？」遥は腰が引けていた。

「立ち会いということでお願いします」

「中に何か……あるんでしょうか」遺体が転がっているとでも想像したのかもしれない。遥の顔は緊張で引き攣《つ》っていた。

「それは分かりません。我々がまずざっと調べますから、その後で入ってもらえますか？」

「分かりました」

岩倉は、持ってきていた鍵を使ってロックを解除した。玄関は狭く、スニーカーを三足置いたらスペースがなくなってしまう。しかし今は、かなりくたびれたローファーが一足、置いてあるだけだった。玄関でオーバーシューズを履いてから、家の中に入る。振り返り、前田に声をかけた。

「今みたいにして、部屋の中は汚染しないようにしてくれ。後から来る鑑識の連中に、余計な手間をかけないように。汚すと、それを証拠から排除するのが大変なんだ」

「了解です」

若手二人が、オーバーシューズを装着して部屋に入るのに、それなりに時間がかかった。その間、岩倉はざっと部屋の中を検《あらた》めた。予想通りの1K。短い廊下の右側に造りつけのキッチン、その向い側がトイレとバスルームのようだ。キッチンは、ほとんど使われた形跡がない。ガス台に薬缶《やかん》が置いてあるだけで、他に調理器具は見当たらなかった。ガス台の横には、作りつけの冷蔵庫。中にはミネラルウォーターのボトルが三本、缶ビールが二本入っているだけだった。

ドアを開けると、その先が八畳ほどのリビングルーム兼寝室だった。ベッドと二人がけのソファの存在感が大きく、部屋はかなり狭く見える。ソファの前にはガラステーブルが置かれ、その上にノートパソコンが載っている。この部屋は証拠の宝庫かもしれない。

岩倉はまず、ゆっくり深呼吸した。埃《ほこり》っぽいが、死の臭いはしない。クローゼットを開けてみると、中は服だけ……廊下に戻って風呂場とトイレを確認したが、ここにも遺体はなかった。

岩倉は、玄関の外で立ち尽くしている遥に声をかけた。

「中には何もありません。狭いですから、中には入らず、玄関から様子を見ていていただけますか？　本格的に調べるのは、専門の係官が来てからになりますが、我々が簡易的にチェックします」

「はい」遥の顔色はよくなるわけではなかった。

岩倉は若い二人に指示し、澤田友毅という人間の個人情報につながる材料を探すように命じた。ただし、トイレと風呂場には手をつけないように……風呂場の入り口に洗面所があり、そこに歯磨き用のコップとブラシが置いてある。そこからは、ＤＮＡ型鑑定に必要な毛髪や唾液が採取できるはずだが、それは鑑識に任せた方がいい。

部屋を見れば人が分かる――はずなのだが、澤田友毅は部屋に個性を投影させない人間だったようだ。個人の情報につながりそうなのはパソコンだけ。試しに電源を入れてみたが、パスワードを要求されてログインできない。これも専門家の処理が必要だ。クローゼットの中の服を見ても、特に職業などは類推できない。スーツがないので、固い商売のサラリーマンではないだろうと想像がつくぐらいだった。靴も同じ……玄関に出ていたローファーの他に、作りつけの小さな下駄箱に入っていたのはスニーカー一足だけだった。学生のような感じだが、学生なら必ず持っているはずの本などは見当たらない。

「若者たち、服を見て何か分かることはあるか？」岩倉は二人の若い刑事に話を振った。

前田が遠慮がちに話し出した。

「フリーターとか、バイトとか、そういう感じかなと思います」

「根拠は？」

「動きやすい、カジュアルな服ばかりなので」

「そういう服で働くのが普通の会社もあるだろう。ＩＴ系とかさ」

「そういう会社で働いている人でも、スーツの一着ぐらいは持っていると思います。でも、夏冬用のジャケットが一枚ずつあるだけでした」

「了解……他に、フリーターと言える根拠は？」

「仕事関係のものが何もありません」前田が続けて言った。「バッグも、書類も……デスクもないですし」

「独身寮の君らの部屋でも、仕事用の物はあるか」

「はい。だからこの部屋ではただ寝ていただけというか……特に用意もなくできるような仕事をしていた感じがします」

「工場勤務とかだったら、デスクは必要でもないだろう」

「それでも、仕事用のバッグぐらいはあると思います」前田が食い下がった。「鍵と財布とスマホだけ持っていく人もいるかもしれませんけど、仕事だったらもう少し荷物があるはずです。バッグを持つのが普通です」

「決定的証拠はないけど、俺も印象はそんな感じだ」岩倉はうなずいた。「オーケイ、今みたいに話し合おうぜ」

「はあ」前田はピンときていないようだった。

「雑談でいいんだ。現場や証人の様子を話し合う癖をつけるといい。そこからヒントが生まれることもあるから」

「分かりました」

「改めて鑑識の出動を要請する。それまでこの部屋は封鎖するから、君たちは警戒だ」

「了解です」

アパートなら封鎖も面倒ではない。部屋のドアを閉めて、黄色と黒のテープを貼りつければいい。問題は、封鎖範囲をどこまで広げるかだが、アパート全体を封鎖する必要はないだろう。そもそも今は、住人がいない時間帯ではないだろうか。

外へ出て、岩倉はスマートフォンを取り出した。特捜本部——鹿野に電話を入れる。

「部屋は確認できました。争った跡などはないですね。ここは犯行とは関係ないと思いますが、身元特定のために鑑識が必要です」

「すぐに出動要請する」

「今、大家さんと管理会社に話を聴いていますが、こちらに聞き込み要員を送ってもらった方がいいですね」

「それも了解です。何者かは分かりましたか？」

「いえ、まだ……フリーターか派遣社員という感じです。それと、車が見当たりません。アパートの前の駐車場を借りていたと思われますが」

「手配しましょう。車は手がかりになるかもしれません」

「しばらく、ここで現場を守ります」

報告を終え、岩倉は遥の事情聴取に取りかかった。顔色は悪いが、冷静にはなった様子である。

「澤田さんが殺されたんですか？」遥が恐る恐る訊ねる。

「昨日、市内で身元不明の遺体が見つかって、今日になってここまで辿りついたんです。本当に澤田さんかどうかは、これからDNA型の照合などで確定させますが……澤田さんは、いつからここに住んでいたんですか？」

「ええとですね……」遥がバッグからタブレット端末を取り出した。「はい――三年前です。一回契約更新していますね」

「何をやっている人ですか？　契約の時に職業などは調べますよね」

「契約書では、派遣社員となっていますね。連絡先として、派遣会社の名前が入っています」

それを教えてもらうと、前田が猛烈な勢いで手帳にペンを走らせ始めた。岩倉は、会社名も電話番号も覚えてしまったが。

「家賃の滞納などは？」

「ないですね。銀行引き落としになっていて、一度も問題は起きていません」

「他にトラブルはありませんか？」

「うちでは特に聞いていません」

「契約する時、保証人は？」

「保証会社を使われていますね」

これで家族が分かるかと思ったのだが……しかし澤田は、連絡先として実家の住所と電話番号を残していた。ということは、実家と折り合いが悪かったわけではないようだ。出身地は栃木県。今日、遺体の解剖が行われる予定だが、家族に見てもらえれば身元確認はまず大丈夫だろう。栃木なら、それほど遠くもないはずだ——よし、何とか捜査が軌道に乗ってきた感じだ。

「ここへは、どのような経緯で入居したんですか？」

「不動産サイトを見てこられたようです。それでうちへ来て、内見して入居を決めたんですね」

「オーナーさんとは、接触はあるんですか？」

「いや、ないと思いますよ。オーナーさんはこの近くに住んでおられないし、管理は我々が任されていますから」

ということは、彩香はろくに情報を引き出せないだろう。耳が遠い八十代の男性を相手に苦労するだけだろうから、そろそろストップさせないと。

「この後、鑑識が本格的に家の中を調べます。一応、立ち会いをお願いできますか？」

「ええ……」

「それと、オーナーさんを家まで送っていただくことはできますか？　後でまた話を聴くかもしれませんが、今日は取り敢えず、もう大丈夫です」

「分かりました。ちょっと、他の社員を呼んでも構いませんか？　私一人ではどうにもならないので」遥が、恨めしそうに岩倉を見た。何でもかんでもこっちに押しつけて……とでも思っているのかもしれない。

「もちろんです。お手数をおかけしますが、よろしくお願いします」

岩倉は一礼して、覆面パトカーに向かった。彩香はオーナーと並んでリアシートに座っているが、窓越しに見てもうんざりしているのが分かる。岩倉が窓をノックすると、少しだけほっとした表情を浮かべて、窓を下ろした。

「どうだ？」オーナーに聞こえないように小声で訊ねる。彩香が無言で首を横に振った。

「分かった。一度打ち切ろう。まだやることがたくさんある」

岩倉は車の中に顔を突っこみ、オーナーに声をかけた——できるだけ大きいボリュームで。

「どうもありがとうございました。取り敢えず、今日はこれで結構です」

「はい？」返ってきた声はやたらと大きい。耳が遠くなってくると、こんな感じになるものだ。

「今日は終わりです。帰っていただいて構いません」

「ああ、はいはい」ようやく話が通じたようで、オーナーががくりとうなずいた。疲れて、頭の重さを支えられなくなったようにも見える。

「ありがとうございました」

岩倉が頭を下げると、彩香がすぐに外へ出てきた。反対側に回りこんでドアを開け、オーナーが外に出るのに手を貸す。まるで孫娘が祖父を介護している感じだった。オーナーを遥に引き渡すと、彩香が露骨にほっと息を吐いた。

「大変だったか？」

「耳が遠い方なので、話が……歯の治療中だそうで、言葉も聞き取りにくいんです」

「申し訳ない。厄介な事情聴取を押しつけた」

「それで成果ゼロですからねえ」彩香が肩をすくめる。「基本的にこのアパートのことは、不動産屋に任せきりで、自分は家賃を受け取るだけだったようです。入居者のことはまったく知らないと言っていました」

「そんなもんだろうな」岩倉はうなずいた。「取り敢えず、実家の連絡先が分かった。家族に遺体の確認も頼むことになる」

「だいぶ前進しましたね。部屋の方はどうですか？」

「本人の生活ぶりが分かるようなことは何もないんだ。ただ寝に帰るだけの部屋、という感じだな。ただ、ここに入居する時の連絡先は、派遣会社になっていた。当時はそこに登録して、派遣社員として働いていたんじゃないかな。今どうしているかは分からないけど、取り敢えず本人の動きを調べるとっかかりにはなるんじゃないだろうか」

「了解です。我々、どうします？」

「やることがたくさんあるから、係長の判断を仰ごう。家族への事情聴取、派遣会社への事情聴取、それに近所の聞き込み……こういうアパートに住んでいる若い男性が、近所づき合いがあるとも思えないけど、念のためだ」

その時、岩倉のスマートフォンがメッセージの着信を告げた。今回特捜に入っている刑事たちのグループへの投稿だった。

「係長だ……免許証の写真をゲットしたんだな」

「これで、聞き込みに使えますね」彩香の声は弾んでいた。多少は捜査が進んだ。そして次にやることがいくらでもある——今朝の岩倉のように、ひたすら電話待ち、電話番というのが一番疲れる。やはり、刑事は外で動いていてこそだ。

「順番に昼飯にしたらどうだ？　ここは二人いれば守れるし」

「ですね……じゃあ、ガンさん、私たち、先に行きます？」

「いや、俺か君か、どっちかは残っていた方がいい。本部の人間がしっかり責任を負わないと」

「じゃあガンさん、お先にどうぞ」

「いや、君、先に行ってくれ。俺は係長ともう一度話す。状況が変わって新しい指示が出たら、すぐに連絡するよ」

「……そうします。でもこの辺、何かいいお店、ありますかね」

「君には、お店レーダーが備わってるじゃないか」

「今回は全然反応しないんですよ……」

情けない声で言いながら、彩香は前田を連れてアパートを離れた。岩倉はもう一人の所轄の刑事に澤田の部屋の監視を任せ、駐車場で鹿野に電話を入れた。澤田の実家が分かったことを報告すると、ほっとしたような声を漏らす。

「DNA鑑定と家族の確認で、身元の方は問題ないでしょうね」

「ええ。ただ、そこから先、本人の暮らしぶりが分かるかどうか、何とも言えません。取り敢えず早急に進めなければならないのは、実家への連絡と、派遣会社からの事情聴取です」

「どちらも、こっちで手配します。派遣会社は、これ……大手町ですか」

「ええ」

「こうなると、町田にいるのが恨めしいなあ」鹿野が渋い声で言った。

「第一強行犯捜査に頼んで、ちょっと人を出してもらったらどうですか」岩倉は提案した。本来は課内の庶務、連絡調整などを行う部署だが、刑事の経験者も何人もいる。それほど忙しいわけではないし、たまには少し外の空気を吸うのもいいだろう。桜田門から大手町までなら遠くはないし。

「そうしますか。うちから人を出していると、時間がかかってしょうがない」

「多摩で仕事をしているデメリットはそれですね」

立川中央署にいる時には、岩倉も本部との「距離」を常に感じていた。実際に本部からは遠いのだが、それ故の心理的距離もある。特捜が立って本部から刑事たちがやってくる時など「遠いところをどうも」という感覚になってしまう。立川や町田から通勤している職員も多いのだが、特捜の仕事で行ったり来たりとなると、どうしても距離を感じてしまうのだ。

「デリケートな話なので、ガンさん、ご家族の応援をお願いできますか」

「ええ……支援課にも一声かけておいた方がいいかもしれませんね。遺族が都外に住んでいる場合、どういうルールで対応しているか、分かりませんが」

「ケースバイケースのようですよ。情報収集はするけど、遺族のケアを積極的にやるかどうかは難しいそうです。取り敢えずのフォローはして、現地の支援担当に引き継ぐこともあるそうですよ」

「面倒ですねえ」

「支援業務は、どんな感じでも難しいですよ」ただし今回、岩倉がやるのは支援業務ではない。あくまで被害者遺族への事情聴取で、慣れた仕事、完全に通常業務と言える。

「念のために、自宅付近での聞き込みも必要ですね」

「今、刑事たちをかき集めてます。現地の指揮は山岡《やまおか》に任せますから、ガンさんは、山岡がそっちに行ったら引き上げて下さい」

「了解。それまで守ってますよ」山岡は今年四十歳になる中堅の刑事で、油が乗り切った年齢と言っていいだろう。鹿野はしばしば「何かあったら現場の仕切りをやらせる」と言っていた。鹿野は、幹部候補と見ているようだ。現場の刑事ではなく、指揮官として、警察官生活の後半を歩いて欲しい……この辺、警察官も様々だ。岩倉のように管理職として指揮を執ることに興味はなく、現場にこだわる人間もいれば、昇任試験を早く突破して、どんどん出世したいと考える人間もいる。指揮官、現場の人間、どちらも必要だから、バランスよく人材が育つのがベストだ。ただし、現在巡査部長の山岡は、鹿野の意図とは裏腹に、警部補の昇任試験を受ける気もなさそうなのだが。巡査部長の試験でかなり苦労したので、試験勉強はもううんざりなのかもしれない。一度「係長の圧が強過ぎるんですよ」と苦笑しながら岩倉にこぼしたことがある。そして岩倉が合流してからは、まだ現場を仕切る機会はなかった。

ではとにかく、山岡には現場で頑張ってもらおう。俺は気が滅入る仕事……とはいえ、避けては通れないことだ。こういう面倒な仕事は、俺のようなベテランが引き受けてやろう。若い連中は、靴底をすり減らして現場での聞き込みを経験した方がいい。「言うことはありませんよ」「何も知りません」と連発されると精神的なダメージを受けるのだが、そこを乗り越えないと刑事としては成長できない。岩倉も、何百回となく冷たい視線、反応を浴びてきたのだが、それによって成長できたかどうか。

刑事の能力は、数値化できないから困る。査定する方も大変だろう。だからこそ自分は、人を査定する立場にはなりたくない、と岩倉は強く思った。

第二章　緩慢な日々

1

柴崎礼《しばさきれい》、二十歳、大学二年生。稲城《いなぎ》市在住——実家住まいだ。

実家に住む若い女を狙うのは、少し面倒だ。家族が警戒しているから、簡単には手が出せない。しかし、こちらにもメリットはある。家族と住んでいるせいか、ターゲット自身は油断しがちなのだ。

柴崎礼は、ファミリーレストランでバイトをしている。基本的には講義が終わった後の、夕方から夜。そして帰宅は日付が変わる頃になる。一生懸命働いているのは偉いと思うが、自分の身の安全は、もう少し真面目に考えるべきだ。帰宅ルートは何本もあるのに、毎日必ず同じ道順を辿る。これほど尾行しやすく、襲いやすい人間はいない。襲撃地点、車を置いておく地点をマッピングし、計画を入念に立てる。

お前の行動パターンは、もう丸裸だ。

その日午後遅く、岩倉は町田署の会議室で澤田友毅の兄・泰人《やすと》と面談した。泰人は三十五歳。地元の宇都宮で、飲食店を経営しているという。きちんとした感じの男性だった。ネクタイこそしていないが濃紺のスーツ姿で、足元も、磨き上げた黒いストレートチップだった。

「宇都宮で飲食店というと、餃子ですか」

「ええ……うちをご存じなんですか」泰人が目を見開く。

「いえ、今のは勘です……餃子店を経営する会社、ということですか？」

彼が経営する会社の名前は「Ｓフーディー」。「Ｓ」は澤田のＳだろう。

「そうなります」

「お店は何店舗あるんですか？」

「今、三店舗です。宇都宮に二軒、佐野に一軒」

「それはすごい。青年実業家ですね」

「いえ……あの、友毅には会えないんですか」

「今、検視中なんです。ご遺体を調べています」解剖しています、とは言いづらい。

「検視……」

「死因をはっきりさせるために、ご遺体を調べているんです。夕方にはこちらに戻りますので、対面する際は我々も同席します。その前に、こちらをご覧いただけますか」

岩倉は自分のタブレット端末を泰人に見せた。鹿野が入手した澤田の免許証の写真を表示してある。目を細めて画面を凝視した泰人が、すぐに眼鏡をかけ直した。

「これは……」

「どなたですか？」

「弟です」

「免許証の写真です。私は弟さんの顔を直接確認していまして、高い確率で、この写真と同一人物だと判断しています。あなたにも見ていただいたうえで、ＤＮＡ型の鑑定も行って、身元を確定します。ご負担をおかけして申し訳ありませんが」

「いえ、ご面倒おかけして」恐縮して肩をすぼめたまま、泰人が頭を下げる。餃子激戦区の栃木県で、三軒もの店を経営しているのだから、もっと堂々としていてもよさそうなものだが、基本的にいい人――気が弱いタイプのようだ。

それにしても、岩倉もやりにくい。彩香が記録係に入ってくれているのはありがたいのだが、総合支援課からも「念のために」と人が来ているのだ。会議室は狭くはないのだが、通常の事情聴取よりも一人多いだけで、ずいぶん窮屈な感じになる。

岩倉は振り向き、彩香に向かってうなずきかけた。これから本番――彩香がうなずき返す。支援課の若手刑事は、特に反応を見せない。トラブルにならない限り口は出さないのが方針だ、と聞いたこともある。

岩倉は座り直し、改めて泰人と対峙した。正面から見ると、いかにも気が弱そう……あまり厳しく責めないようにしよう、と岩倉は自分に言い聞かせた。

「改めて、弟さん──友毅さんの経歴から確認させて下さい」

この辺の話なら、まだ気が楽だ。生年月日の確認から始まり、住所──生まれた時から高校卒業までは実家に住んでいた──を確認。続いて地元での生活だ。小中高、全ての名前を確認する。澤田は中学・高校時代は陸上部に所属し、長距離競技に熱中していたという。ただし、中高とも陸上がそんなに強くない学校だったせいか、全国大会などへの出場はなかった。

高校卒業後は、一般入試で大学へ進学。四年で卒業したものの、就職で失敗した。

「当時は……就職は大変だったんですか？」六年前だろうか。既に売り手市場になっていたとは思うが。

「そんなこともないんですけど、少し高望みしたみたいです。テレビ局とか、番組の制作会社で働きたいと思ったようなんですけど、ああいうところって少人数しか採用しない、狭き門でしょう」

「そうでしょうね」

「何のコネもないのに、そういうところを目指して、全滅でした」

「テレビ番組の制作に興味があったんでしょうか」

「そういうわけでもない……」泰人が首を捻った。「あいつ、適当なところがあるんですよ。テレビなんか、簡単だとでも思ってたんじゃないですか？　何の根拠があったのか、『就職は楽勝』って笑ってましたから」

「それが上手くいかないで……」

「就職浪人するような気概もなくて、派遣で働き始めたんです。その後でコロナ禍になってしまったから、就職活動も大変だったかもしれませんけど」

「では、大学卒業後は、正式に就職しないで……」

「派遣で働いたり、バイトをしたり。私は、地元へ戻って来いと言ったんですよ。コロナ禍で大変でしたけど、飲食店だったら、何とか食べていけますから。それに今、飲食店は人手不足で大変なんです。店員を確保するのに、いつも四苦八苦してますから、身内の人間が一人いると、だいぶ楽になるんですよ」

「断られたんですか」

「はい。いやあ、何の夢を見ていたのか」泰人が苦笑した。

「東京でやることがあったという意味ですか？」

「本人はそう言ってましたけど、具体的に何なのかは言わないんですよね。変に自信たっぷりでしたけど」

　これは……東京は、一度慣れてしまえば居心地のいい街だ。金さえあれば、遊ぶ場所には事欠かない。刺激も多い。一度はまってしまうと、もう田舎に帰る気になれないという人も多いだろう。

「最近もずっとそうでしたか？」

「ええ。ただ、最近はあまり話していなかったので」

「何かあったんですか」

「私を煙たがっていたのかもしれません。田舎のオッサンは相手にしない、みたいな感覚だったのかな」泰人が寂しそうに笑った。「私から見れば、強がっていただけっていう感じなんですけどね。収入も安定しないし、会う度に瘦せて……親も心配するから、田舎へ戻って店を手伝えって、何度も言ったんですけどねえ。あいつの言い分は『餃子を焼いて一生を終えるつもりはない』ですから」

本当にやりたいことがあって東京にいるならともかく、澤田の場合は単なる惰性ではないかと思った。東京の住みやすさにはまってしまい、もう二度と不便な田舎には帰りたくないという、マイナスの感情。

「ご両親はどうされているんですか？」

「父は、四年前に亡くなりました。脳梗塞でいきなりで……」

「Sフーディーは、お父上が作られた会社ですか？」

「いえ、私です。父は栃木県庁にずっと勤めて、辞めた翌年に亡くなったんですよ。真面目な仕事ばかりの人間で、ストレスが溜まっていたのかもしれません。友毅は死に目にも会えませんでした」

「連絡が取れなかったんですか？」

「ええ。そんな時に限って、携帯がつながらなくて。コロナ禍も始まってましたしね。葬式には何とか間に合いましたけど……まあ、父親とはあまり折り合いがよくなかったので、葬式でも淡々としてました」

「折り合いが悪かったのは、就職の失敗のせいですか？」

「それもあります」泰人がうなずいて認めた。「親父は固い人でしたから。私が会社を辞めて商売を始める時にも、大反対したんです。水商売は痛い目に遭うからと……でも私は、宇都宮の餃子を日本中に広めたくて仕事を始めたんですけどね」

「志は大事ですね」

「弟にはそういうこともなかった。父親にすれば、就職に失敗したのに、その後再チャレンジもしないで呑気に暮らしている人間、というような感覚だったんじゃないですか」

「まあ……私も公務員なので、お父上の感覚は理解できないでもありません」安心安全が一番。千夏の就職活動についても、同じ感覚で見守っている。大金を稼げなくてもいいから、安定して長く働けて、プライベートも大事にできるような仕事を見つけてくれるといいのだが……かといって、警察官になると言われても困る。二世、三世の警察官は多いのだが、千夏に向いているとは思えない。警察官は、様々な規則に縛られている存在である。千夏はもう少し自由な環境にいる方が、力を発揮できるのではないだろうか。

「お母上は？」

「父が亡くなってから体調を崩しがちで……今、心臓で入院しています」泰人が胸を拳《こぶし》で叩いた。

「そんな大変な時に申し訳ないです」岩倉は反射的に頭を下げた。

「いえ――でも、友穀はいったいどうして殺されたんですか？　何があったんですか？」

「それを今調べています」

「地図で見ましたけど、現場の公園って、家からそんなに近いわけではないですよね？　同じ町田市内とは言っても」

「ええ。ただ、弟さんは車で動いていた可能性があります。その車は、まだ見つかっていませんが」

「そうですか……夜中に何をやってたのか……」

「夜中に歩き回るような趣味でもあるんですか？　夜遊びが好きだとか」

「どうなんでしょう。私は、高校時代までしか一緒に暮らしていないので、最近のあいつの様子はよく分からないんですよ」

「高校時代――子どもの頃は、どんな感じだったんですか？」

「お調子者ではありました。陸上は真面目にやっていたんだけど、それ以外は……とにかくイタズラ好きで、親にもよく怒られてましたよ。近所でも悪ガキで有名でした。子どもだから許されるけど、今だったら問題になっていたかもしれない」

「長距離をやっている人は、ストイックな印象がありますけどね」

「それは、ある程度以上のレベルの人でしょう？　弟はそこまでじゃない……まあ、何となく続けていた感じですかね」

兄弟仲はあまりよくなかったのだろうか、と岩倉は訝《いぶか》った。仮にも、澤田は死んでいるのだ。もう少し神妙になるのが普通ではないかと思うが。

「何かねえ……」泰人が溜息をついた。「あいつはふらふら生きていて、私から見たら、羨ましいところもあったんですよ。私は長男だから地元を離れられなかったけど、あいつは東京で好き勝手にやっていたし。でも、まさかこんな死に方をするなんて、思ってもいませんでしたよ」

「身内が殺されることを普段から考えている人は、いないと思います」岩倉はうなずいた。

「ですよね。でも、殺されるかどうかはともかく、ろくな人生にならないような気はしていたんですよ。いつかどこかで野垂れ死するんじゃないかって」

「でも、きちんと生活はしていたと思います。部屋を確認しましたけど、荒れた様子はなかったですよ」

「時間の問題じゃないですか。東京だと、適当にバイトしながらでも生きていけるかもしれない。でもそれで、五十歳、六十歳になった時にどんなことになっているか、あいつは考えたことがあるのかな。田舎を馬鹿にしないで、地道にやるべきだったんですよ。殺されるなんて……一体何があったんでしょう」泰人がのろのろと顔を上げた。

「それがまだ、まったく分からないんです。身元が判明したばかりで、普段の生活ぶりも全然分かっていません。ちなみに、最後に会われたのはいつですか？」

「去年……そうですね、去年の一月かな。正月過ぎに、ふらっと家に帰ってきて」

「その時、どんな様子でしたか？」

「普通ですね」

「普通というのは……」岩倉はかすかな苛立ちを感じていた。泰人の態度はどうもまだるっこしいというか、肝心な真相は隠している感じがする。弟のことで、警察には明かせない事情があるとか。

ただし澤田には、逮捕歴などはない。真っ先にチェックしたのだが、去年、スピード違反で捕まったのが、警察との唯一の関わりのようだった。ワルというわけではなく、単なるお調子者という感じだったかもしれない。

「帰省された時は、トラブルはありませんでしたか？」

「ただたくさん飯を食って帰っていっただけですよ。母親も呆れていました」

「お母上とは上手くやっていたんですか？」

「どう……ですかね」泰人が首を傾げる。「母親は、呆れながら心配していましたよ。定職にもつかないでぶらぶらしているんだから、母親としては当然でしょう。散々小言も言ったけど、友毅は『大丈夫、大丈夫』とヘラヘラ笑ってました。結局、感覚がずれたままという感じですね」

「今回の件、お母上は……」

「まだ言ってないんです」泰人の顔が青褪《あおざ》めた。「心臓が悪いので、驚かすのはまずいんですよ。どうしたらいいですかね」

「ご親戚とかは？」

「母方は伯父が三人……母親は四人兄妹の末っ子なんです」

「仲はいいですか？」

「母が体を壊す前は、年に何回も兄妹で集まっていました」

「三人ともご健在なら、全員集まった状態でお話しされた方がいいかもしれません。あなた一人で背負いこむと、大変ではないでしょうか」

「ですよね……」泰人が溜息をついた。

「今、こちらに待機しているのが、うちの総合支援課の者です。事件が起きた場合に、被害者やその家族の精神的ケアをする部署です。様々なケースを扱っていますので、相談していただければ、力になると思います――それでＯＫ？」

振り向いて、支援課の若い女性課員に同意を求めた。丸眼鏡をかけて、どう見ても二十代前半、角度によっては高校生にしか見えない課員は、親指と人差し指を丸めてＯＫサインを作り「それでいいです」と涼やかな声で言った。声が聞きやすいのは評価できるが、今のＯＫサインはどうなのだろう。被害者家族を前にして、ちょっと軽過ぎないだろうか。後で説教――はやめておこう。支援課の仕事は、捜査部門の仕事とはまったく違う。こちらの感覚で文句を言ったら、かえってトラブルになりそうだ。

彩香がスマートフォンを取り上げる。耳に押し当てて相手の言葉に耳を傾けていたが、すぐに「了解しました」と短く言った。立ち上がって泰人と向き合うと、丁寧に頭を下げる。

「ご遺体が戻りました。ご確認をお願いします」

「ああ……はい」泰人の喉仏が上下した。泰人とて、父親を送っているのだから遺体を見たことがないわけではあるまいが、惨殺された遺体と対面すると考えると緊張するのだろう。

「ご案内します」

彩香がさっと視線を送ってきた。先に一人で案内します――ということだと読む。それが正解だ。あまり大勢で行くと、泰人はさらに緊張してしまうだろう。

「ご挨拶がまだでした。総合支援課の高尾《たかお》ひなたです」

「一課の岩倉です。ご家族、大丈夫そうかな？」

「はい、あの様子だと心配いらないと思います。落ち着いておられますから。平気だと判断すれば、支援課は余計なことはしません」

「俺は顔は出すよ」

「私もこっそり行きます」

「ちなみに、高尾というのは、高尾山と同じ字？」

「はい」ひなたが素直にうなずく。

「下の名前は？」

「ひらがなです」

「ずいぶん柔らかい名前だ」

「祖父の趣味らしいです」

「どういう……」

「狙いを聞いたことはないですけど――あ、祖父は警察ＯＢです。ちなみに私で三代目です」

「これは失礼」岩倉は思わず頭を下げた。親子二代の警察官はよく聞くが、三代はなかなかいない。「支援課は長い？」

「いえ、赴任したばかりです。産休の先輩がいて、その代わりです。元々少年事件課でした」

「なるほど」自分が未成年と間違えられるのでは、というジョークを岩倉は呑みこんだ。最近は年齢の話も、迂闊《うかつ》に冗談にできない。「少年課の経験は、支援課にも生きるのかな」

「どうでしょうねえ。まだ来たばかりなので何とも言えません――私たちも行きますか？」

「ああ」

岩倉たちは連れ立って、駐車場の一角にある遺体安置所に向かった。ちょうど泰人が出て来るところ……顔面は蒼白で、背中が丸まっている。今にも吐きそうな様子だった。

「気つけ薬が必要ですね」

ひなたがさっと前に出て、トートバッグから水のペットボトルを取り出した。歩きながらキャップを捻り取り、泰人の前に立ってボトルを差し出す。泰人は目の焦点が定まらない様子でひなたを見たが、震える手を伸ばしてボトルを受け取った。一口飲むと、今度は一気に首を後ろへ傾けて喉を鳴らした。ひなたが岩倉に目配せする。ここは任せろということか……ひなたは、駐車場の片隅にあったベンチに泰人を誘導して座らせた。

彩香が表情を崩さぬまま、岩倉に近づいて来る。

「確認できました。間違いありません」

「死因については説明したか？」

「複数の刺し傷があったとしか言っていません。私たちもまだ、解剖結果を見てないじゃないですか」

「そうだな」そして彩香の説明に嘘はない。「複数の刺し傷」と言われれば、泰人も何となく状況を理解できるはずだし。

「さすがにショックみたいです」

「しばらく彼女に任せよう――ちなみに名前は高尾ひなた、警察一家の三代目だそうだ」

「高校生ですか？」

岩倉は何とか笑わずに堪《こら》えた。彩香は、自分の言葉に吹き出してしまったが。

「あの童顔は、SCU（特殊事件対策班）の八神《やがみ》に匹敵するな」

「八神さんって、昔捜査一課にいた……」

「ああ。あいつも、高校生に間違えられることがあった。日本だと、若いことがいいように思われがちだけど、それは必ずしも正しいわけじゃない。歳取ってる人間の方が、信頼感がある――ように見えるっていうこともあるよな。俺みたいに」

「ガンさん、自虐がひどくなってませんか？」

「オッサンだということを、しっかり自覚しているだけだ……行くか」

岩倉は泰人に近づいた。「改めてお悔やみ申し上げます。この度はご愁傷様でした」と言って一礼する。

「……死んでも切り刻まれるなんて」泰人の声は消え入りそうだった。

「死因を調べる必要があるからです。これは決まりなので、ご了承下さい。死因が分かれば、事件の解決につながってくるんです」

「あの」泰人が顔を上げた。「現場は……見られるんでしょうか」

「大丈夫です。ただ、公園の中ですので、普通に人がいますよ」

「構いません。見ておきたいんです」

「分かりました」

「では、私がご案内しますよ」ひなたが立ち上がる。

「ご一緒します」彩香がうなずいた。

「じゃあ、二人で頼む……伊東、署の車を使ってくれ」

「了解です」

二人を送り出し、岩倉は鹿野に報告に行った。

「――つまり、あまり手がかりはないということですね」鹿野が渋い表情を浮かべた。

「残念ながら、家族とは疎遠だったようです。兄の方は気にしていて、世話を焼こうとしていたんですが、澤田さんは好き勝手に振る舞っていたようで。東京で、適当に自由に暮らしていたようです」

「まあ、東京にいれば刺激もあるでしょうから……しかし、よく金が続いたな」

「派遣会社の方、どうだったんですか？」

「大学を卒業して、就職に失敗したという話ですよね？」

鹿野が、手元のノートに視線を落とした。鹿野は手帳ではなくノート派だ。小さい手帳は持ち運びやすいのだが、すぐにページが埋まってしまう。あまりに細かい字で書くと、今度は後で読み返すのが面倒だ――そういう理由で、大学ノートなどを持ち歩く刑事も少なくない。岩倉はそもそも何も持たない派だが。

「それで派遣会社に登録した、と」

「登録したのは、翌年の三月ですね。一年間、就職浪人で頑張ったけど駄目で、取り敢えず派遣会社に登録したんじゃないかな」

「テレビ局や制作会社へ就職を目指していたそうです」

「へえ」呆れたように言って、鹿野がノートから顔を上げる。「テレビ局なんて、そんなに簡単に入れるものじゃないでしょう。アナウンサーを目指していたとか？　悪いけど、そういう顔でもないけどな」

「制作側、ということのようです。ただ、家族にはそう言っていたというだけですから、どこまで本気だったか……どうも、世の中を軽いノリで渡っていこうとしていた気配がありますね」

「まあ、そういう奴、いますよね」

「今、お兄さんを現場に案内しています。その途中で、伊東がまた事情を聴くと思いますけど、何か出てくるかどうかは微妙ですね。家族も、普段の澤田さんの様子は知らなかったんじゃないでしょうか」

「時間をおいて、また事情聴取しますか。取り敢えず、東京での交友関係を調べることですね」

「そうしましょう」

今日は大きな一歩を踏み出せた。しかしここから先、どこへ次の一歩を向けるかは、まだまったく分からないのだった。

2

澤田が派遣会社に登録したのは、二十三歳——二十四歳になる直前だった。それから三年と少し、二十七歳になった二年前の春までは、様々な会社で短期の仕事をこなしていた。仕事に特に関連性はない。手に職をつけようというわけではなく、取り敢えず金を稼げればいい、というスタンスだったのではないか。二年前には登録を解除し、その後は派遣会社とは縁が切れている。しかしアパートの家賃はきちんと払い続けていたので、収入がなかったわけではないようだ。泰人は、仕送りを申し出たこともあったのだが、「金はあるから」とあっさり断られたらしい。

夜。岩倉は自宅でソファに座り、目の前の缶ビールを睨んでいた。吞むべきか、吞まざるべきか。同僚の中には、「特捜が動いている間は禁酒」とストイックな姿勢をキープする人間もいる。無事に事件が解決して、日本酒で乾杯する時の格別の味わいを無駄にしたくないからだ、という理屈もあるようだ。岩倉はそこまで自分を厳しく律していないので、特捜の仕事で厳しい日々が続く中でも、酒は吞む。今日もシャワーを浴びて冷蔵庫から缶ビールを取り出したのだが、テーブルに置いた途端に、何故か吞む気が失せてしまった。最近、昔ほどは酒も吞めなくなってきたのだが……。

悩んでいるのも馬鹿馬鹿しくなり、ビールを冷蔵庫に戻してしまう。さっさと寝て、少しでも疲れを拭い去ろう。今日は捜査の大きな山場だったので、知らぬうちに疲れていたのかもしれない。

ピン、とスマートフォンが音を立てる。メッセージの到着だが、これは私用の方だ。実里だろうか……と取り上げると、千夏。メッセージが来るのも久しぶりだった。

ちょっと相談あるんですけど、空いてます？　今忙しい？

就職の相談だろうか。だとしても、「世話しろ」という話ではないと思う。千夏も、一介の警察官に、就職の世話をする力などないことは分かっているはずだ。そもそも、今は会っている時間もない……。

すまん、今ちょうど忙しくなったところで先が見えない。就職の相談か？

そうだけど、まき直します。改めて……でも、ずっと忙しい？

ずっとにはならないように、今頑張ってる。時間ができそうになったら連絡するけど、それでいいか？

了解。

父親に向かって「了解」もないが、千夏には、こういう素っ気ないところがある。まあ、相談してくるだけ、親子関係は悪くない、と言っていいだろう。どういう用件なのか、予め電話で聞いておこうかとも思ったが、やめにした。どうせなら会って、きちんと話を聞こう。

もしも警察官になるなどと言い出したら……それは岩倉の望みではない。警察官は法の執行を担う立場として、普通の勤め人とは違う倫理観、仕事のノウハウを身につけなければならない。親子で警察官は少なくないが、千夏が警察官になり、ほんの数年間でも一緒に仕事をしたとしても、それが誇らしいとか嬉しいとかいう感じではないだろう。むしろ、それだけは避けて欲しい……人間の暗い面を覗かざるを得ない仕事を、わざわざやることはない。もっと楽で金を儲けられ、しかも社会に貢献していることを実感できる仕事もいくらでもあるはずだ。今は売り手市場で、仕事は選び放題……しかし岩倉は、何も思いつかなかった。

澤田の生活ぶりが分からない。派遣会社から事情聴取し、かつて働いていた会社で話を聴く捜査は始まっていたが、それで分かるのは全て、「過去」の状況である。もちろん、過去に大きなトラブルがあって、それが現在にまで尾を引いて、殺人事件にまでつながっている可能性も否定はできないが、やはり弱い。どうしても現在の生活ぶり、交友関係を知りたかった。

その情報を引っかけてきたのは、前田だった。彩香と組ませて現場周辺の聞き込みに出したのだが、たまたま入ったコンビニエンスストアで、澤田がアルバイトをしていたことが分かったのだ。期間は去年の八月から十二月まで。主に昼間のシフトに入っていて、週五日は仕事をしていたらしい。一日八時間、一ヶ月に二十日ぐらいフルに働ければ、十数万円の収入にはなっただろう。アパートの家賃は六万円……自由に使える金も、月に十万円近くあったのではないだろうか。生活していけるだけの収入のはずだが、澤田は車を持っている。その維持費用がどれぐらいになるか……そもそも車はアパートの駐車場にはなく、まだ発見されていない。それも気になった。

やはり外回りしていた岩倉は、鹿野からの指示を受け、鶴川駅近くから町田駅まで戻ってきた。当時一緒にアルバイトをしていた人間が、今年の春から町田市役所に勤務しているというので、そちらの事情聴取を命じられたのだ。

移動しながら、岩倉は前田に電話を入れた。いい仕事をした時には、早く褒めてやらないと。

「よくいい情報を引っかけたな」

「たまたまです。絨毯《じゅうたん》爆撃で聞き込みしていたら当たりました」

「どうやら君には、刑事に大事な素養があるみたいだ」

「そうですか？　何ですか？」

「運」

「それは、偶然っていうことですよね」前田が苦笑する。

「無駄かもしれないと思いながら、一生懸命歩いている人間は運に恵まれるのさ。別に精神論じゃないぞ。百件聞き込みした人より、一千人に会った人の方がネタにぶつかる確率は高い。もちろん、効率的に情報を入手できる手を思いついたらその方がいいけど、そうじゃなければ、とにかく足で稼ぐことだ」

「参考になります」

「オッサンの意見を聞いてくれて嬉しいよ」

もう一つ、前田には刑事に必要な素養がある——素直さ。どんなことでも疑ってかかるのが刑事だが、疑う前に、一度は情報を無批判に頭にインプットしておく必要がある。それを検討して、怪しいと思ったら疑えばいい。

市役所に飛びこんだ時には午後四時。勤務時間は五時までのはずだから、ぎりぎりという感じだ。一時間で話が済むかどうかは分からないが、残業でもないのに、公務員を定時過ぎまで縛りつけておくのはまずいだろう。

企画政策課に勤務する羽田麻美《はねだまみ》という女性職員は、緊張した面持ちで現れた。カウンターを挟んで立ち話とはいかないので、岩倉は空いている会議室はないか、と訊ねた。

廊下にはベンチがあるのだが、人の行き来が多い場所で、ややこしい話はできないだろう。確認するために、麻美は中へ引っこんでしまう。

会議室を確保するのに時間がかかり、実際に小さな部屋で麻美と対峙した時には、四時十五分になっていた。こういう時は、当たりが柔らかい彩香がいた方がいいのだが……同行しているのが、所轄の若手刑事、金城《かねしろ》なのが気になった。重量級の柔道選手という感じの巨漢で、実際に、耳は両方潰れている。丸刈りにしているので、さらに迫力が増していた。岩倉は、四人がけの正方形のテーブルで、自分の斜めに座るよう、金城に指示した。麻美の正面にいると、無用な圧力をかけてしまうだろう。自分も人当たりのいいおっさんというわけではないが、金城よりは圧がないはずだ。

「お忙しいところ申し訳ありません。さっき電話でも話しましたが、去年、あなたと同じコンビニでアルバイトしていた澤田友毅さんのことなんです」

「はい。あの……ニュースで見ました。殺されたって、本当なんですか？」

「事実です」岩倉はうなずいた。

「ちょっと……信じられないです」

「知り合いが殺されるなんて、確かに信じられませんよね。我々は、一刻も早く犯人を逮捕しないといけません。そのために、澤田さんの普段の生活を把握していきたいと思っています。同じコンビニで仕事をしていた同僚として、どんな感じの人だと思いましたか？」

「澤田さんはちょっと歳上で……でも気さくな人でした」

「そうなんですか？」

「就職に失敗してこんな感じだ、なんてよく自虐的に言ってました。そのせいか、私の就職も気になったみたいで、よくそういう話をしてましたけど、暗い感じじゃなかったです」

「お調子者？」

「あ、まあ……はい。そんな感じです」

悪口になってしまったと思ったのか、麻美が肩をすぼめる。大柄な女性なので、椅子の上でそういう格好をしていると、本当に苦しそうだ。リラックス――岩倉が肩を二度上下させると、それが伝染したように、同じ動作を繰り返す。眼鏡をかけ直して、一つ咳払いをした。

「金に困っているような様子はなかったですか？」

「そういう感じはしなかったです。車も持ってますし」

「それはご存じで？」

「はい。バイト休みの日に車で乗りつけてきて、買い物していったこともあります。車を持っているということは、お金もあるんですよね？」

「そうですね。車は維持費もかかりますし……あのお店で、他に親しかった人はいましたか？」

「いえ、シフト勤務ですし……特定の親しい人はいなかったと思います」

「何か、働いている時にトラブルはなかったですか？　最近は、カスハラみたいなこともあるでしょう」

「なかったと思います。そういうことがあったら、必ず情報を共有することにしていますから。でも、何もなかったですよ」

「そうですか……あなたは、何か嫌な思いをしたことはないですか？」

「別に……いえ……セクハラっぽいことはありましたけど」

「セクハラ？」岩倉は思わず身を乗り出した。「それは問題じゃないですか？」

「言葉のセクハラですけど。彼氏はいるのかとか、そういう話ですね。不快だったけど、わざわざ問題にするのもどうかと思って、文句は呑みこみました。でも、澤田さんは、小さい女の子が好みだそうです」

「そうなんですか？」

「自分で言ってました。私は対象外だって……そういう言い方も失礼だと思いますけど」

「そうですね。ちなみにあなた、身長はどれぐらいありますか？」

「百七十センチです」

「では、澤田さんとそれほど変わらなかったですね？」澤田は百七十三センチだった。

「そうですね。私がちょっとヒールのある靴を履くと、私の方が大きくなりました。そういうのが嫌なんじゃないですか？」

「やっぱり、ちょっと軽い感じだったんですね」

「ええ。それにああいう人が職場にいると、だいたいセクハラやパワハラで問題を起こすと思います」麻美が厳しく指摘する。

「ちなみに澤田さん、コンビニのバイトは去年一杯で辞めていますよね？」

「はい」

「何かあったんですか？」

「新しいバイトを見つけたって言ってました」

「それがどこかは――」

「ガソリンスタンドだと思います。車関係の仕事をしたいけど、整備のことは分からないから、取り敢えずガソリンスタンドかな、と言ってました」

「そういう会話はしていたんですね」

「コンビニも、いつも忙しいわけじゃないですから。お客さんが少ない時間帯は、よく無駄話してます。澤田さんは……あまり話したくないタイプだったけど、無視すると、それはそれで気まずいですから」

「上手くかわしつつ、適当に相手をしていた、ということですね」

「はい、そんな感じです」

「あなたはコミュニケーション能力が高い人のようだ」

「いえいえ……」麻美が嫌そうな表情を浮かべて、顔の前で手を振った。彼女が澤田を相当嫌っていたことは簡単に想像できる。それをはっきり言いたくない——死者の名誉を汚したくないのか、余計なことを言って自分が容疑者と疑われるかもしれないと恐れているのかは分からない。しかし、突けばまだ何か話してくれそうだ。

「澤田さんの交友関係とか、分かりますか？　コンビニで働いていた人たちとはそれほど交流していなかったとしても、他の友人とか」

「どうですかねえ」麻美が首を捻る。「シフトが終わる時間もバラバラですし、終わったら皆でご飯、ということもありませんでしたから。澤田さんが普段何をしていたかは、よく分かりません」

「そうですか」

「……あ、でも」麻美がはっと顔を上げた。

「何かありますか？」

「彼女はいたかもしれません」

「そうなんですか？」

「一度、見たことがあるんです。私が夜のシフトに入っていて、十一時頃にお店を出た時に、澤田さんの車がちょうど通りかかったところで……女性を乗せていました」

「どんな感じの女性ですか？」

「それが、たぶん高校生なんです」麻美が顔をしかめた。

「間違いないですか？」

「制服を着てました。でも、もしかしたら制服っぽい服だったかも。アイドルの衣装で、そういうのありますよね？」

「普通に着るものではないと思いますが……それも分かりませんね。ファッションはいろいろだから」

「東京の子だったら、制服を見て、どこの学校のものか分かるかもしれませんけど、私、岐阜なので」

「分かりました。あまり褒められたことではありませんけど、今更どうしようもないですね」本人は死んでしまっているし。「ただ、そういう交友関係があったかもしれないということは、頭に入れておきます。参考になりました。思い出していただいてありがとうございます」

「亡くなった人のことを悪く言うのはちょっとあれなんですけど、やっぱり、あまり気持ちがいい感じではありませんでした。いつも薄く笑っていて、何を考えているか分からないような感じで。すみません、悪口のつもりじゃないんですけど」

「そういう感覚を持つのは仕方ないですよ」岩倉はうなずいた。「何か思い出したら、連絡していただけますか？　いつでも構いませんので」

岩倉は改めて名刺を取り出し、仕事用のスマートフォンの番号を書いて渡した。普段仕事で使う名刺には、スマートフォンの番号やメールアドレスは入っておらず、所属と警視庁の代表番号が記載されているだけだ。個人情報漏れを防ぐためだが、名刺本来の役割は果たしていないな、といつも苦笑してしまう。

「仕事はどうですか」緊張したままだった麻美を少しリラックスさせようと、岩倉は低い声で訊ねた。

「いやあ……やっぱり大変です。始まったばかりですけど、毎日実地研修という感じで。ちゃんと仕事ができるようになる日が来るかどうか、自信がないですよ」

「誰でも最初はそう思いますよ」

「そうですかねえ」麻美が首を捻る。

「公務員の先輩として、請け合います。ちなみにうちの娘が今、大学四年生で就活中なんですよ」

「大変ですね」

「父親は置いてけぼりで、何も分からないんですけどねえ」そうでもない……昨夜はメッセージで相談されている。「娘に頼られないのも、なかなか悲しいものですよ」

「仕事の先輩だと考えると、親でも話はしにくいですよ。課長や部長と話す時に緊張するのと同じ感じなんです」

「なるほどね」経験の差は如何《いかん》ともし難い。とはいえやはり親子なのだから、もっと軽い調子で話をして欲しかった。「まあ、大ベテランから言わせてもらうと、仕事はいつの間にか慣れるものだから。覚えられないような仕事はないですよ」

「でも、専門用語とか多くて、大変です」

「それも慣れます」警察は、法律の専門用語だけでなく、隠語も多い世界だ。隠語が多いのは、一般の人に聞かれても分からないようにするためだと言われているが、岩倉はそういう考えは好きではない。聞かれたくないなら、普通の人がいる場所で話さなければいいだけではないか。「あまり心配しないで、ゆったり構えて仕事をして下さい。昔と違って、厳しく指導してくる先輩もいないはずですから」

「そうですかねえ」

「心配いらないですよ。心配し過ぎると、今度は周りが気を遣い過ぎて、ぎくしゃくしてしまったりするから」

何でまったく関係ない業種の人に、新人の心得などを伝授しているのだろう？　呑み屋で、会ったばかりの若い人に説教を始めるオッサンがいる。自分はそういうタイプにだけはなりたくないと思っていたのに、気づかぬうちにそちらに足を踏み入れているのかもしれない。

町田市役所から署までは、歩いて十五分ほど。しかし岩倉は気が急いて、十二分で歩き切ってしまった。今日は、日中の最高気温が二十度近くまで上がっていたので、軽く汗をかくぐらいの早足だった。

既に午後五時をだいぶ回っているが、地域課はざわついていた。飛び出してきた人とぶつかりそうになって、岩倉は慌てて両手を広げて受け止めた。

「――失礼」中年の男性だった。謝ったものの、顔は真っ赤で、何とか怒りを押さえている感じである。

「大丈夫ですか？　何か問題でもありましたか？」

「それは――あなたは？」

「ここの人間ではありません。警視庁本部の者です」

「ちょうどよかった」男が岩倉と正面から向き合う。近い――間隔は五十センチもなかった。「本部の人ということは、偉いんですよね？　所轄にとっては上の存在という感じでしょう」

「いや、そういうわけではありません」多くの人が勘違いしているが、本部と所轄はフラットな関係だ。所轄はより市民生活に近い、警察活動の最前線。本部の各課は、捜査のスペシャリストが集まったプロ集団という感じである。どちらが偉いとか下とかいう意識はなく、捜査で一緒になれば、互いの力を生かし合う。だいたい、警察官には異動がつきものなのだ。特に出世する人は、本部と所轄の異動を繰り返して階級が上がっていく。本部にいる時に所轄を馬鹿にしたら、所轄に幹部として出た時に相手にされなくなるし、所轄で本部に対して卑屈な態度を取っても、本部の人間が機嫌よくなるわけでもない。本部と所轄の対立などというのは、ドラマの中だけの幻想だ。

「だけど、本部の人は所轄を指導するでしょう」

「何か問題があるなら、伺いますよ」本当は一刻も早く、今の聞き込みの成果を報告しないといけないのだが、放っておくわけにもいかない。かなりエキセントリックな相手のようで、放っておいたら暴れ出すかもしれない。

「娘を捜して欲しいんです。でも捜せないと……家出は積極的に捜さないっていうのは、本当なんですか？」

「ご自分の意思で家を出られた場合は――そうですね。明確に事件や事故に巻きこまれているのでない限り、警察は積極的に動けません」

「そんな馬鹿な話があるか！　娘は怪我してるんだ！」

「もしかしたら浅野《あさの》さんですか？　浅野有紗《ありさ》さんのご家族では？」

「そうだけど……何であなたが知ってるんですか」

「私の担当ではありませんが、情報は聞いていました」

地域課長がやって来た。困ったような表情を岩倉に向けてくる……岩倉は「ここは任せて下さい」と無言で告げてさっと頭を下げた。

「署内はもう、夜の当直体制に入っています。外で話しますか？」

「俺はどうでも……車で来ているから、その中でどうですか」

「もちろん、構いません」

浅野が、駐車場の一角に停めた軽トラックに岩倉を誘導した。ドアには「浅野電器」のロゴが書いてある。

「電器屋さんなんですか」

「細々とやってます。うちみたいな町の電器屋は、十年後には絶滅しているかもしれない」

「それは何とも言えませんが……」岩倉は助手席に落ち着いた。

「警察は、どうして娘を捜してくれないんだ？　おかしいでしょう。何か事件に巻きこまれたんだ。そうじゃなければ、あんな怪我はしない」

「浅野さんは、娘さんから何も聞いていないんですか？」

「何も言わないから困ってるんですよ！」浅野の怒りはすぐには収まりそうになかった。しかし、誰に対して一番怒っているのかが分からない。娘なのか、警察なのか、あるいは自分に対してなのか。

「娘さん、大学生ですよね？　今までこんなことはあったんですか」

「ないですよ。ないから困っているんです。真面目な大学生で、夜遅くなることもなかったのに……あの日は、明け方に連絡が入って、怪我をして病院に運びこまれたっていうから、腰を抜かすかと思いましたよ」

「それほど意外だったんですね？」

「帰って来ないものだから、こっちも起きてずっと待っていて。まったく、何でこんなことになったのか……」

「娘さんは、かなりの怪我をしていたと聞いています。でも病院には入院せずに、家に戻ったと。それほど家に戻りたがっていた理由は何なんですか?」

「知らない! 何も言わないんだ!」浅野が怒鳴った。

「浅野さん、お怒りは分かりますが、あまり声を張り上げない方がいいと思います。血圧、高くないですか?」これほど顔が赤いとなると、治療が必要な高血圧を疑わざるを得ない。

「それは……」

「血圧には、怒りやストレスが一番よくないと思います。あなたが体調を崩したら、ご家族も困るでしょう」

「分かってますがね……どうしたらいいんですか?」

「私の方から、所轄に話しておきます。本格的に捜索するのが難しくても、何か手はあるはずですから。また所轄の方で話を伺うことがあると思いますが、その時はきちんと対応してやって下さい」

「本部の人が言えば、きちんとやってくれるんですか?」

「本部がというか、年長の人間として、ですね」

「よろしくお願いします」浅野が頭を下げた。「電話にも出ないし、メッセージも既読にならない……こんなこと、ないんですよ」

「心配なのは重々承知しています。取り敢えず、私に任せて下さい」

岩倉は名刺を差し出した。浅野が奪い取るように名刺を手にする。

「私はまったく別の仕事でこちらに来ているので、娘さんの捜索に加わるわけにはいかないですが、事情は分かりますから」

「お願いします」浅野が繰り返した。「有紗はまだ十九歳です。学生なんです。社会の厳しさも知らない。何か事件に巻きこまれていたらと考えると、本当に怖いんですよ」

「また、所轄から連絡させます」今のところはこれしか言えない。岩倉はドアを押し開けて外に出て、浅野に一礼した。

庁舎に戻り、地域課長と話をする。

「大変でしたね」

「まあ、心配するのは分かるけど、こちらとしてはどうしようもないよ」地域課長が肩を上下させた。

「浅野さん、怪我が心配なんですが、大丈夫でしょうか」

「あまりよくないね。病院側は、数日は入院して様子を見るという診断だった」

「もしかしたら、どこかの病院に入院しているかもしれません。手配すれば見つかる可能性もあります」

「まあ……それぐらいはやるべきかもしれないな」地域課長がうんざりした表情を浮かべる。それどころではない、というのが本音かもしれない。

「何だったら、失踪課につないだらどうですか？　多摩にも分室がありますから、専門のスタッフが面倒を見てくれると思いますよ」実際、失踪課の分室は立川にあるのだ。

捜査一課の先輩でもある高城賢吾《たかしろけんご》に直接頼んでもいいのだが、彼は失踪課の課長である。いきなり課長に依頼が飛んで、それが下に降りてきたら、スタッフも迷惑だろう。

「それも手だな。押しつけるわけじゃないけど、こういうことのプロに任せた方がいいかもしれない」

「お勧めではあります。ただし、浅野さんが、たらい回しにされたと激怒するかもしれませんが……血圧が高いようですから、あまり怒らせたくないですね」

「倒れられでもしたら困るからねえ。ま、うちで失踪課と相談して、また浅野さんと話してみますよ。迷惑かけて申し訳なかったね」

「いえ、乗りかかった船的な感じですよ」岩倉としては、興味を惹かれてもいた。かなりの大怪我を負った女性が、いきなり病院を抜け出し、しかも家からも出ていく——事件の臭いが漂うのだ。まさに失踪課が扱う案件ではあるが、できるものならば自分でも手がけてみたい。

しかし今は、目の前にやるべき別の仕事がある。

3

夜の捜査会議は長引いた。少しずつ手がかりがつながりつつあるので、そこをどう広げていくか、捜査の方針を決めるのに時間がかかったのだ。珍しいことだが、捜査会議は一時中断し、幹部が明日以降の仕事を割り振りにかかった。

「何だか、アメリカの陪審裁判みたいだな」会議室の片隅で、岩倉は思わずつぶやいた。

「そうなんですか？」と彩香。

「陪審が結論に達するまで、裁判は中断。結果が出たら改めて、関係者が法廷に呼ばれる、みたいな」

「逆ですかね。今、特捜に残っているのは我々なので」

「確かに」

会議が再開するのを待ち、署が用意した弁当を食べる。毎日変わる弁当は、今日は幕の内だった。冷めたおかずと飯……慣れてはいるが、やはり味気ない。昔は、ここぞとばかりに弁当を二つ食べてしまう強者《つわもの》がいたが、さすがに最近は、そういう大食漢はいないようだ。

「ここの弁当、ランクCですね」彩香が、妙に硬い魚の煮物を箸で割りながら言った。

「ランクは何段階あるんだ？」

「AからEまで五段階です」

「真ん中だったら、そんなに悪くない」

岩倉はエビフライを口に運んだ。冷めた揚げ物だから美味いわけはないのだが、それにしても情けない味だ……衣がやけに厚く、中のエビは甘エビのように細い。こういう衣メーンのエビフライは、後で胸焼けするんだよな、と心配になった。

「家は大丈夫か？」食べながら岩倉は訊ねた。

「何とか……週末のライブは飛ばしになると思いますけど。旦那のつき合いなんですけどね」

「例の、アイドルの？」

「横浜なんですよ。初横アリで」

よく分からないが、記念碑的なライブなのだろう。ファンだったら見逃せないであろうことぐらいは、岩倉にも理解できる。

「旦那は？」

「もちろん行きます。ただ、一人だと怖いって、ビビってますけど」

「何でまた。楽しみなんじゃないのか？」

「別の推しの子が卒業するんじゃないかって噂が流れてて。そういうのって、だいたい大きい箱のライブで発表されるんですよね」

「それはなかなかきつい……んだろうな」

「この辺にしておきます？　ガンさん、何だか苦しそうですよ」

「理解できない世界の話を聞けないのは、歳取った証拠なんだってさ。聞こうと努力はしてるけど、嫌々ながらって感じが顔に出てるかな」岩倉は両手で顔を擦《こす》った。「でも、調整すれば行けるんじゃないか？　最近は、特捜ができたら休みなしってわけじゃない。土日も順番に休む感じじゃないか」

「私、強行犯係にきてから初めての特捜ですよ。そんな甘いことでいいんですか？」

「いいんだよ」岩倉は苦笑した。「上もだいぶ苦労したみたいだぜ。昔みたいに、二十四時間三百六十五日捜査に邁進《まいしん》します、なんて、今時は通用しない。休む時は休んで、効率的に捜査を続けないと」

「ですかね……」

「もっとも、明日犯人が捕まって、君は土日とも気兼ねなく休めるかもしれない」

「それは期待し過ぎじゃないですか？」

「しばらく会わないうちに悲観的になったな」

「それが大人になるということです」

笑うところかもしれないが、笑えなかった。岩倉もいつからか、仕事の進み方には期待しないようになっていた。警察の仕事では、予想もしていないことがよく起きるし、しかもそれは大抵悪いトラブルである。思わぬところから絶好の手がかりがもたらされて一気に解決、などという美味《おい》しいパターンを経験したことは、岩倉は一度もない。

捜査会議が再開し、明日の仕事が割り振られた。基本的には澤田の交友関係の調査で、岩倉と彩香は、澤田がコンビニエンスストアを辞めた後で勤め始めたはずのガソリンスタンドを探すことになった。車を持っていても、自宅からそんなに遠いところへ勤めるとは思えないから、まずは鶴川駅近くのスタンドから当たっていこう。最近はガソリンスタンドが減っているから、それほど時間がかからず割り出せるのではないかと、岩倉は楽天的に考えた。

「じゃあ、明日はのど飴持参でいこう」

「まず電話、ですか」

「働いてるかどうか確認するだけだから、電話で済むよ。いや、電話の方がいい。それで引っかかったら、今度は直撃だ」

「了解です——今夜は引き上げますか」

「そうだな」

彩香が立ち上がった瞬間、彼女の前にある固定電話が鳴った。携帯頼りとはいえ、特捜本部には今でも、数本の固定電話が用意されている。彩香がすぐに、受話器に手を伸ばした。

「はい、町田署特捜です——あ、お疲れ様です。ええ、はい……大丈夫です。回して下さい」

彩香が送話口を掌《てのひら》で押さえて「外から情報提供みたいです」と告げた。

「悪戯《いたずら》だったら、すぐに叩き切れよ」ふざけた話だが、特捜本部にまで悪戯電話をかけてくる人間もいるのだ。

「了解です——はい、もしもし？　そうです。特捜本部です。ええ。はい？　すみません、もう一度お願いします」

彩香が腰を下ろす。顔を見た瞬間、悪戯ではないと分かった。手帳を取り出すと、受話器を耳に挟んで何か書きつける。身を乗り出すと「GS」と読めた。ガソリンスタンド？　岩倉は思わず立ち上がった。

「はい、五月台《さつきだい》――小田急五月台駅の近くですか？　はい、ええ、五月台と栗平《くりひら》の中間地点辺りですね。住所をお願いします」

彩香がノートに書きつけた住所――川崎だった――をすぐに頭に入れてしまう。まだ電源を落としていないパソコンで地図を確認する。県道百三十七号線沿いで、この辺のメーンストリートのようだ。

「では、これからすぐに伺います。ええ、町田からですから、三十分ぐらいと見ていただければ。遅くに申し訳ないですが……はい？　ああ、営業時間は長いんですね。でも、なるべく早く参ります」

彩香が電話を切り「勤務先のガソリンスタンドからの情報提供です。澤田さんの勤務先が分かりました」と報告した。石油会社に頼んで、澤田というアルバイト店員がいないか、確認してもらっていたのだ。

「車を用意しておくから、君は係長に報告してくれ。すぐに出かけよう――報告は短くな」

「分かってます」彩香が小声で言った。「係長、話が長いですからね」

「それがあいつの問題点だよ。急げ！」

彩香の予想通り、三十分でガソリンスタンドに着いた。コンビニエンスストアやレストランなどが建ち並ぶ通り沿いにある、いかにも郊外型のガソリンスタンドという感じだった。敷地内の隅に車を止めると、岩倉がサイドブレーキを引くタイミングで彩香がドアを押し開け、外へ飛び出す。そんなに焦っても仕方ないのだが……岩倉は敢えてゆっくりと外に出た。彩香は早くも建物に入って、事情聴取を始めようとしていた。

「もう少し待ってくれ」岩倉は彩香を引き止めた。そして、彩香に摑まりかけていた相手に挨拶する。「警視庁捜査一課の岩倉です。お電話いただいた方ですか？」

「店長の仲野《なかの》です」

仲野は四十歳ぐらいの、がっしりした体格の男だった。派手なオレンジ色のつなぎと同色のキャップ。岩倉は名刺を差し出して、普通に挨拶した。その間、彩香は「邪魔された」とでも言いたげに不満そうな表情を浮かべている。

「今、こちらに何人いらっしゃいますか？」

「この時間は三人です」

「仲野さんと、もう二人……そちらのお二人は、澤田さんとは同僚ですよね？　一緒に仕事をされていた？」

「そうです」

「分かりました。では、我々が仲野さんに話を伺います。同僚の方には、この後に来る別の刑事が話を聴きますので……お仕事の邪魔にならないように気をつけます」

すぐに、所轄の刑事二人が到着した。岩倉は事情聴取の指示を与え、自分たちは事務室に入った。狭く、三人が入ると一杯になってしまう感じだった。仲野を丸椅子に座らせ、岩倉たちは立ったまま——本当は相手と視線の高さを合わせて話した方がいいのだが、今日はどうしても見下ろす格好になってしまう。ただ、座ると互いの膝がくっつきそうな狭さなのだ。膝がぶつかり合ったら、集中して話ができない。

事情聴取は彩香に任せることにした。岩倉は記録係——普段はメモは取らないが、今日はペンと手帳を構える。自分以外の人間が話をしている場合、やはり正確を期した方がいい。もっとも、彩香がスマートフォンで録音しているから、わざわざメモを取る必要もないのだが。

「澤田さんが行方不明という話でしたが……」

「店に出てこないんです。気になっていたら、昨日遺体が見つかった——遺体が澤田君だと分かったという話だったので……うちには関係ないんですけど、一応、警察にはお話ししておいた方がいいと思って連絡しました」

「助かります。澤田さんの周辺捜査をしていたのですが、現在どこのガソリンスタンドで働いているか、分かっていなかったので」

「そうなんですか……」仲野が大真面目な表情でうなずいた。

「澤田さんは、いつからこちらで働かれていたんですか？」

「今年になってからです。正確には……」仲野が体を捻って、デスクからノートパソコンを取り上げた。電源コードがついたままだったので、書類などを引っかけて床に落としてしまう。仲野は舌打ちしたが、書類は拾わずに、ノートパソコンを膝に置いた。

「一月九日からですね。成人の日の翌日――三連休明けからです」

「バイト、ということですね」

「ええ」

「シフトはどんな感じで入っていたんですか？」

「基本的に昼間ですね。うちは、午前三時から午前二時まで開けているんですが」

「ほぼ二十四時間営業なんですね」

「ええ。澤田君は、朝から夕方までの勤務が多かったです。八時五時とか」

「夜の方が大変じゃないですか？　セルフとはいっても、ガソリンスタンドでは給油以外にも仕事はありますよね？」

「ただ、この辺は大きな幹線道路から外れた住宅街なので、夜はそれほどお客さんは多くないんですよ。本社と相談して、営業時間を短くしようかと言っているぐらいで……すみません、これは関係ないですね」仲野はお喋りなタイプのようだ。あまりにも話が盛り上がり過ぎて、肝心なところから外れていかないように気をつけないと。まあ、彩香に任せておけば大丈夫だろう。

「こちらへは、どういう経緯で来られたんですか？」

「求人サイトからですね」

「採用はすぐに決まったんですか？」

「ええ。この業界は出入りが多いもので、慢性的に人手不足なんですよ。面接に来てもらって、すぐに決めました。それが十二月で……その時やっていたバイトのシフトが終わってからという話でしたから、年明け、連休明けからの勤務にしました」

シフトの関係ということではあるまい、と岩倉は思った。澤田はコンビニエンスストアのバイトを去年の年末で辞めている。バイトを辞めて、少しゆっくりしたかっただけかもしれない。

「勤務態度はどんな感じですか？」

「まあ、普通……ただ、急にシフトを変えて欲しいって言ってくるのには困りましたね。基本は昼の勤務に入っていたんですけど、夜にしてくれとか、深夜勤務を入れていいから次の日は休みにしてくれとか。その調整が結構面倒でしたね」

「かなり勝手な感じに聞こえますが」彩香が指摘した。

「まあ、そうなんですけど……丸刈りでピアスをしていて、強面《こわもて》な感じだけど、愛嬌がある人でね。にっこり笑って頼まれると、何とかしてやろうかっていう気になるんですよ。ああいう人間は得だと思いますね」

「急にシフトを変えるということは、何か特別な用事でもあったんでしょうか」

「私もそう思いましてね」仲野がノートパソコンを閉じた。「もしかしたら、芸人かな、と思ったんですよ」

「芸人？」

「芸人さんって、急にオーディションや舞台があったりしますよね？　それに出るために、仕事を調整しやすいバイトをやるっていう話、聞きます」

「芸人タイプだったんですか？」

「口は上手かったね。というか、人を笑わせるのは好きだった。まあ、彼なりに職場に馴染もうとしていたんでしょうね」

「職場では上手くいってましたか？」

「シフトが頻繁に変わること以外は。それは私が大変なだけで、他のスタッフとは上手くやってましたよ」

「一緒に食事に行ったりとか」

「いや、それはなかったな」仲野が否定した。「仕事が終わると、速攻で帰るタイプでした。それもあって、芸人じゃないかと思ったんだけど」

「実際はどうだったんですか？」彩香が疑わし気に訊ねた。

「本人は否定してましたよ。まあ、私の勝手な思いこみっていうことで……失礼しました」

「職場ではスタッフの皆さんと上手くやっていたけど、それ以外の場所ではつき合おうとしなかった、ということですか」

言って、彩香が岩倉をちらりと見た。岩倉はうなずき返した。これは、コンビニエンスストアでの勤務と同じ感じではないか？　澤田は金を稼ぐためだけにバイトをやっていて、他に大きな目的があった感じがする。芸人ではないかもしれないが、大きな夢のために、バイトで金を稼いでいたとか。そう考えると、テレビ局に就職しようとしていたことが脳裏に浮上してくる。本当に芸人、あるいは俳優を目指そうとしていたのではないか？　それこそ舞台俳優とか。舞台俳優は、舞台オンリーでは生活が厳しく、バイトに力を入れざるを得ない。実里もずっと、ガールズバーのアルバイトで稼いでいた。蒲田にあったそのガールズバーのオーナーは、芸能活動に非常に理解のある人で、オーディションや舞台がある時には、シフトを柔軟に変更してくれた。最近の実里は安定して仕事が入っていて、ガールズバーの仕事はしていないが、バイトに時間を奪われていた時代にも、特に悩まず平然としていた。「売れない俳優はこんなものだから」と、素敵な笑顔で語っていたものである。実家が裕福な故の余裕だったわけだが……。

　どこかの劇団に所属していたら、分かるかもしれない。ただし芸名を使っていたら、割り出すまで少し時間がかかるだろう。

「親しいスタッフの人はいなかったですか」彩香が食い下がる。

「一緒に酒を呑むような相手はいなかったと思いますよ。愛想はいいけど、つき合いは悪いっていう感じですね」

「仕事ぶりはどうでしたか？」

「それは普通にこなしていました。特に問題なく……そうですね。ちゃんと戦力になっていました。夜に何かやっていたのか、時々暇な時に居眠りしたりしていましたけど、それぐらいは、めくじら立てるようなことじゃないですよね」

仕事中に居眠りしていたらまずいと思うが、今は管理が緩くなっているのかもしれない。何しろ人手不足の時代なのだ。

「ちなみに、恋人はいたんですかね」会話が途切れた一瞬の隙を狙って、岩倉は切り出した。

「恋人ですか？　いや、そういう話はしたことないなあ」

「若い恋人です。高校生ぐらいの？」

「高校生？　それじゃ犯罪じゃないですか」仲野が下卑《げび》た笑いを浮かべる。「未成年じゃねえ」

「交際しているだけなら、犯罪とは言えません」

「でも、淫行とかになるんじゃないかな」

「それは、相手が十八歳未満の場合ですね」

「じゃあ、高校三年生が相手だと、淫行になるかならないか……うちの娘も今年十八歳になるんで、何かと心配なんですよ」

話がおかしな方へ流れかけたので、岩倉は咳払いした、すかさず、彩香が話を本来の筋に引き戻す。

「最近の状況なんですが、澤田さんが遺体で発見されたのは、四月九日、火曜日の早朝です。それ以前の勤務は、どうなっていましたか？」

「七日は普通に日勤で、朝八時から五時までの勤務でした。八日は休みでしたね。九日はまた、午前八時から勤務の予定でした」

「現れなかった……どうしたんですか？」

「散々電話して、メッセージも入れましたけど、反応がないんでね。仕方なく、私がシフトに入りました」

「結果的に、九日は無断欠勤になったわけですね。これまで、そういうことはあったんですか？」

「シフトの変更はありましたけど、無断欠勤はないですね。問題なく働いてくれていました」

「出勤は車で？」

「ええ、車で来てました」

彩香は、詳しい勤務ダイヤをもらう約束を取りつけた。不規則であろう勤務ダイヤを見てみれば、何か法則のようなものが見えてくるかもしれない。

事務室を出ると、所轄の二人の刑事も事情聴取を終えたところだった。岩倉は、取り敢えずガソリンスタンドを離れるように二人に指示した。少し離れた場所で、今の事情聴取の結果を照合する——岩倉が覆面パトカーのハンドルを握って先導し、少し走ってコンビニエンスストアを見つけて、その駐車場に車を乗り入れた。ただ駐車場を借りているだけだと申し訳ないので、店に入ってお茶を四本買ってくる。

所轄の二人が到着したので、そちらの覆面パトカーに移って話をする。従業員二人の証言だと、やはり澤田は仕事場の外では従業員とはつき合おうとせず、孤独な生活を送っていたらしい。ただし愛想は悪くなく、仕事をしている時は時折冗談も飛ばしていた。仕事が暇な時は、よくタブレット端末を見ていたという。そう言えば、と一人が思い出してくれた。あまりにも熱心に見ているので、何だと思って訊ねてみたら、アイドルのライブ動画だった。

「『ヴィヴィッド10』というグループだそうです」

「知ってるか？」岩倉は彩香に話を振った。

「メジャーデビューしてます。そんなに売れてるわけじゃないですけど……名前の通りで、十人組のはずです」

「その中で、推しの子がいたそうで、熱心に話していたそうです」若い刑事が言った。

「そういう趣味があったのか」

「何でも、そのグループで一番背が小さい子が推しだったそうで」

「それは……」岩倉はピンときた。「夕方話を聞いた羽田麻美さん――コンビニのバイト仲間にも、同じことを言っていた。小柄な女性が好みで、羽田さんは対象外だと……羽田さんは百七十センチぐらいあるんだ」

「それも何だか失礼ですよね」彩香が白けたように言った。

「それを誰かに面と向かって言うのは問題だな」岩倉はうなずいた。

「高校生の彼女がいた、という話と合わせて考えたらどうでしょうか」

「ロリコン、かもしれない」

「その高校生の彼女の親にバレて怒りを買って――というシナリオは？」

「殺すまでとなると、もうワンクッション欲しいな。ちょっかいを出しただけじゃなくて、変なことを教えたとか。それこそヤクとかな」

「でも今のところ、ヤクの線は出てないですよね。家からも何も出てきていないし」

「ああ。ただ、車が見つかっていないのが気になるんだ。ヤクは、家ではなく車に保管していたかもしれない」

「それはどうですかね」彩香が反論した。「家よりも車の方が、警察に引っかかる可能性は高いですよ。交通違反することもあるし、ヤクを決めて運転していたら、警察官には絶対に分かります。でも家は、何か容疑がない限り、調べられることはないですからね」

「車を見つけて調べてみたいな。そこに女子高生の遺体とか、血痕があるかもしれない――お若い二人、何か意見は？」岩倉は前のシートに座る二人に声をかけた。

「いえ、あの……」先ほどのタブレット端末の話を報告した刑事が、言い淀んだ。

「遠慮しなくていいんだぜ。こういう時は、何でもいいから話した方がいい。どうでもいい話だと思っていても、それがヒントになって、捜査が転がり出すかもしれない」

「いえ、あの、報告した通りで」

「了解」

結局何も分かっていないのだ。今日の段階で判明したのは、この八ヶ月ほど、澤田がどこで働いていたかということだけ。二年前に派遣の登録をやめてから、去年八月にコンビニエンスストアで働き出すまではタイムラグがあるが、それはいずれ埋められるだろう。ずっとは働いていなかったかもしれないし。

しかし、のろのろとしか進まない。この捜査は長引くかもしれない、と岩倉は覚悟を決めた。そうなったら、千夏と話す機会を何とか作らないと。千夏は急いでいる様子ではなかったが、人生の一大転機だ。父親というより、社会人の先輩としてアドバイスできることもあるはずだ。

4

大きな動きがないまま、週が明けた。土日は交代で休みを取ったこともあり、鹿野は月曜日の朝、全員を集めた捜査会議を招集した。週初めに情報を共有しておこうという狙いもある。

週末に進めた捜査で、澤田の人生に空いていた「穴」が埋まり始めた。

・二十三歳：大学を卒業したものの就職に失敗。当時の住所は杉並区のワンルームマンション。
・二十四歳になる直前に派遣会社に登録。現在までに、ごく短期から一年ぐらいまで、八ヶ所の職場で働く
・二十五歳で川崎市に転居。家賃が一万円ほど安くなる。
・二十六歳で現在のアパートに引っ越し。前のアパートで、隣人との騒音トラブルがあったことを確認（澤田は被害者側）。大事《おおごと》にせず、澤田の方で引っ越した。
・二十七歳：四月に派遣会社の登録を解除。同年六月から、新聞販売店で配達のアルバイトを始める。翌年二月一杯まで。
・二十八歳：新聞配達のバイトを辞めてから八月までの足取りは不明。八月から十二月まで、鶴川駅前のコンビニエンスストアでアルバイト。
・二十八〜二十九歳：一月から川崎市内のガソリンスタンドでアルバイト。

岩倉は頭の中で、澤田の年表をひっくり返した。空白期間は、去年の三月から七月までの五ヶ月間だ。何もしないで暮らせるほど貯金があったとは思えないし、短期のアルバイトでしのいでいたのかもしれない。この時期のことを兄の泰人に聞いてみたが、何度か電話で話してはいたものの、会ってはいなかったので、何をしていたかは知らなかった。しかし、特に困った様子はなかったという。

「では、今週も引き続き、澤田の周辺捜査を行います」鹿野が宣言して、仕事の割り振りを行った。岩倉たちは、現在の居住地である鶴川駅近辺で聞き込みを行う。往々にして、結果が出ない虚しい作業になるのだが、雑多な情報という砂浜の中から、一粒の砂金が見つかることもないではない。「それと、澤田さんの自宅から押収したパソコンだが、まだロックは解除できていない。解除出来次第、こちらに連絡がくるので、その後はSSBC（捜査支援分析センター）と共同で分析作業を行うことになります。では、引き続きよろしくお願いします」

おう、と返事が揃って刑事たちが立ち上がる。岩倉は彩香と組んでの仕事になっていた。普通は、所轄の刑事と本部の刑事が組んで仕事をすることが多い。地元の情報に詳しい所轄の刑事が水先案内人になるわけだが、特捜本部ができて数日経つと、本部の刑事も地元の地理に慣れてしまい、この組み合わせで仕事をする意味はあまりなくなる。ただし、後輩を指導するのが好きな本部の刑事は、所轄の若手と組んで仕事をしたがる。

「ちょっと地図を確認しませんか」

彩香がタブレット端末を起動した。地図ソフトを立ち上げ、聞き込み用に特別に作られたレイヤーを重ねた。住宅地図をベースにしたもので、共用サーバーで管理されている。聞き込みを終えた刑事がチェックすると、当該の建物が青くなる。マンションなどの集合住宅はまた別の地図になっており、各戸ごとにチェックが可能になっている。それは所轄が用意することになっているのだが、普段、巡回連絡カードをどれだけ集められているかがポイントだ。家ごとの居住者がきちんとリスト化されていれば、聞き込みの効率はぐっと上がる。

今回は、駅周辺にあるマンションや民家はノーチェックになっていた。都内で一人暮らしをする二十代の男性が、他の住人と交流しているとは思えなかったからだ。ただし、あまりにも聞き込みの効果がない場合、一周回った後で、近隣への聞き込みも始める必要があるだろう。

岩倉たちは「A2」と名づけられたエリアを担当することになった。駅の西側、鶴川街道沿いである。一応、駅前の繁華街という感じなのだが、その規模は小さく、既にほとんどの店舗にはチェック済みの赤マークがついていた。二回り目に入る感じだろうか……二度訪問して話を聴くと、そのポイントは青に変わる。

「繁華街といっても、ささやかですね」彩香がタブレット端末を大きなトートバッグに入れた。刑事の持ち物も増える一方である。岩倉も一時は、デジカメとパソコンを必ずバッグに入れていて、その重みで常に肩が凝っていたものだ。今はタブレット端末になり、スマートフォンをカメラとして利用できるから、だいぶ荷物は軽くなったが。

「そうだな」

「あと、話が聴けそうなのはスーパーと自動車販売店……この販売店は関係ないでしょうね。澤田さんはマイカーを中古車の専門店で買ったわけですから」

「ああ。もうちょっと駅に近い方には、飲食店が集まっているから、そこは狙い目だな。

まだ空白になっているところもあったけど、それは夜の店か」

「でしょうね」

「今日は残業確定だ。夜まで粘って、一気に話を聞こう」

「了解です」

二人は揃って駅へ歩いた。近場で、それほど広い範囲を動き回るわけではないから、今日は覆面パトカーは使わないことにしていた。

「週末は、リラックスできたか？」

「リラックスというか、疲れましたけど」実際、彩香は疲れた笑みを浮かべた。「ライブは……私はエネルギーを吸い取られる感じなんですよね。あれで元気になる人もいるんですけど、私は集中しちゃって、終わった時はぐったりな方で」

「生《なま》の現場は、そういうところがあるよな。スポーツの試合とか、芝居とかも同じじゃないかな」

「ガンさん、お芝居とか観に行くんですか？」

「ああ、まあ……テツに誘われたりして」

「大友さんって、学生時代にお芝居をやってたんですよね？ そのまま俳優になればよかったのに」

「それはまあ、本人の人生だからさ」大友は、学生時代から交際していた妻のために警察官になった。ある事件に巻きこまれてショックを受けた妻の姿を見て、「もっと安全な社会を作りたい」と決心したというのだ。警察官が個人だけを守るわけにはいかないが、気持ちは「彼女のために」だろう。あまりにも真っ直ぐで、今時は中学生でもそんなことは言わないだろうが、それを胸に抱き続けているのが大友という人間である。残念ながら最愛の妻は、交通事故で亡くなってしまったが……それ以来、一人で子育てをしながら仕事に邁進してきたが、その子どもも、もう大学を卒業して働いている。最近は結婚の話も出ているそうだ。だったら、妻を亡くしてからずっと独身を貫いてきた大友は、また身を固めてもいいはずだが、本人にはその気がないようだ。

「大友さん、今もお芝居観るんですね」

「ああ。それに、昔の仲間とも、まだつき合いがあるみたいだよ」

「そういうの、いいですよね。ぎすぎすした毎日の中で、気兼ねなく話せる趣味の仲間がいるのって」

「君だって同じじゃないか。趣味でリフレッシュできる」

「まあ……」彩香が微妙な表情を浮かべる。「予想通り、旦那の推しの子が卒業を発表したんですよ。昨日は一日、慰めるので終わってしまいました」

「それはご苦労さん、としかいいようがないな」

「そういうの、やっぱり疲れます。私も、趣味は観劇とかにしようかな。東京なら、だいたいどこかで芝居をやってますよね」

「だろうな」

岩倉は普段、芝居は観に行かない。行くのは実里が出演する時だけで、その場合は初日、中日《なかび》、千穐楽《せんしゅうらく》と三回は観に行く。実里曰く、一度しか観に行かないのは、観劇のマナーとしていかがなものか、だそうだ。初日の混乱ぶり、芝居が固まった中日の安定感、千穐楽のおふざけまで全部観て、一つの作品をコンプリートしたことになるという。岩倉としては、舞台の上で動いている実里を観るだけで満足なのだが。

鶴川駅に着いて、午前十時。そろそろ、多くの店がオープンする時間だ。北口はごちゃごちゃした下町感のある商店街で、何となく住みやすそうな感じがある。駅前から続く煉瓦敷きの道路の右側にはスーパー、左側にはパチンコ店。どちらも既に赤マークがついていた。

「そっちの右側のカフェ……これはまだノーマークです」彩香が指摘した。

「すぐ駅前なのに、珍しいな。真っ先に行きそうな場所なのに」

「ですね。今、そんなに混んでない時間帯ですから、突っこみますか？」

「行ってみよう」

混んでいないとはいっても、注文のカウンターに列ができていた。取り敢えず列に並び、自分たちの番が来た時に、店長と話したい、と告げる。アルバイトの店員は戸惑っていた——ベトナムかどこかから来た学生のようだ——が、すぐに店長を呼んでくれた。まだ二十代前半にしか見えない男性の店長は、客が去った後のテーブルをアルコールで消毒していた。こういうチェーン店では、店長もどんと構えて金の計算だけしていればいいというわけではないのだろう。この状況ではじっくり話を聴くわけにはいかないので、岩倉は用意してきた澤田の写真を何枚か、急いで示した。

「こちらに、この男性が来ていなかったかどうか、調べています」

「何か……事件の関係ですよね」嫌そうに店長が言った。

「この人は、被害者です」

「そうですか」店長が写真をまじまじと見た。「見た記憶はない……ですね」

「他の店員さんにも見せて、確認して下さい。もしも見た人がいたら、連絡してもらえますか？」

岩倉と彩香は名刺を渡した。いずれも、携帯の番号を書きつけたものである。店長が怪訝そうな表情を浮かべたが、警察的にはこれで問題ない。後は、実際に澤田がここに来たかどうかがポイントだが、過大な期待はせず、諦めもせず、フラットな状態で待つしかない。

二人はその後も、まだノーチェックの店を回り続けた。シビアな話が出てこないので、何だかポスティングのアルバイトをしているような気分になってきた。

「参ったな」こういう空振りには慣れているのだが、つい愚痴が漏れてしまう。

「休憩しますか？　もうお昼ですし」

「そうするか……」岩倉は腕時計を見た。確かに、いつの間にか十二時半になっている。

「何か、お洒落カフェとかあるといいんですけどね」

「食べるところなら、いくらでもあるじゃないか」

「チェーンが多いじゃないですか。そういうところのご飯って、やっぱり重いんですよね。ずっと続くと、体重がどうのこうの言う前に、胃がおかしくなってくるんです」

「だけどこの辺には、軽めのサラダランチが食べられそうなお洒落カフェはないんじゃないか」

「――ですよね」

しかし駅の方へ向かって歩いているうちに、「お洒落」ではないが「カフェ」は見つかった。正確には喫茶店で、店名にも「喫茶」が入っていたのだが。

「昭和の喫茶店じゃないか？ 蒲田時代に、こういう店によく行ったよな」蒲田には、岩倉好みのクラシックな喫茶店が多かった。そういう店は、だいたい飯も美味い。

「久しぶりに行きますか。ついでに聞き込みも……この店、赤になってますけど、二回目の聞き込みをしてもいいと思います」

「了解」

ほぼ満席で、辛うじてカウンターが空いていた。店は古いがカウンターは清潔に磨き上げられている――それだけで岩倉は、この店が気に入った。トーストからサンドウィッチ、ナポリタンにカレーまで、喫茶店メニューの定番が揃っている。こういう店では、ナポリタンかカレーを頼みがちなのだが、今日は岩倉的には変化球でエビピラフにしてみた。彩香は野菜サンドで、飲み物は二人ともコーヒー。

食べたら事情聴取をしなければならないと思うと、純粋に食事も楽しめない。初老のマスターがまた気難しい感じ……グレーになった長い髪を後ろで一本にまとめ、まったく表情を変えない。真っ白なシャツに黒いエプロンという格好で、喫茶店のマスターというよりソムリエという雰囲気だった。

しかし、食べてみるとエビピラフは絶品だった。油で炒めているから、厳密に言えばピラフではなくチャーハンなのかもしれないが、米をコーティングする油の具合がちょうどいい。さらに塩味が、きつく感じられる直前の絶妙な味つけだった。具は小さなエビに玉ねぎ、グリーンピースぐらいだが、シンプルな故に、塩味の米をじっくり味わえる感じだった。

彩香の野菜サンドも上等なようだった。だいたい、喫茶店のサンドウィッチというのは上品さを追求して、切手二枚ぐらいの上品な一口サイズにまとめられていたりするのだが、ここのサンドウィッチは大きく斜めに切った三角形で、計四つもある。つまりこれだけで、食パン四枚分になるわけだ。切り口をみると、レタスとトマト、アボカドは確認できる。彩香は嬉しそうに食べていたが、そのうち首を捻り始めた。

「どうした?」

「いえ……味つけが謎です」

「そうなのか?」こういうサンドウィッチだったら、マヨネーズに芥子が基本ではないだろうか。

「食べたことない味です。ピクルス的な酸味もあるけど、甘味もあって……こういうのって、秘伝のソースじゃないんですかね」

「普通のサウザンアイランドですよ」マスターがいきなり声をかけてきた。

「そうなんですか？」彩香が顔を上げる。

「ピクルスが自家製なんで、それがうちの味じゃないですかね」

「美味しいです」

「じゃあ、これ」マスターが手早く、小皿を出してくれた。小さく切ったきゅうりのピクルスが三個、載っている。「試してみて下さい」

「いただきます」彩香が手でピクルスを摘んで口に運んだ。「本当だ。これもちょっと甘みが強いですね」

「これがうちの味つけですよ」

「こういう味を固めるまでは、時間、かかりますよね。ピクルスなんて、特に大変そうですよねえ」

「いやいや、糠《ぬか》漬けを作るよりはよほど楽ですよ。糠床を管理していくのは大変だから。日本の料理は繊細ですよね」

彩香が勧めてくれたので、岩倉もピクルスを一つ食べてみた。元々はあまり得意ではない……チェーン店のハンバーガーに入っているピクルスは特に、妙に薬臭くて苦手なのだ。しかしこのピクルスは、薬臭さがなく、酸味と甘みのバランスが絶妙だった。これを刻んで、ピラフの横に添えてくれたら絶好の口直しになるだろう——そう考えていると、少しリラックスできた。

　彩香のサンドウィッチの皿が空になるのを見て、岩倉は切り出した。

「食事をいただいた後で申し訳ないですが、警察です」岩倉はバッジを見せた。

「ああ、例の事件の関係？」

「そうなんです。一度、他の刑事が話を聴きに来たと思いますが、改めて……別の人間が聴けば、話が出てくることもありますから」

「いいけど……澤田さんだっけ？　私は見覚えがないんですよ」

「お客さんではなかった？」

「一回や二回来ただけでは、顔も覚えてないですよ。うちは回転率がいいから、幸いお客さんも多くてね」

「そのようですね」

「絶対に来なかったかと言うと断言できないけど、来たとも言えないですね」

「写真は見ていただけましたよね？」

　岩倉は言って、改めて澤田の写真を取り出し、マスターに示した。マスターは腕組みをして写真を睨み、シャツのポケットから眼鏡を取り出して確認したが、やはり首を捻るだけだった。

「うーん、やっぱり見覚えないなあ。あまり目立つ顔ではないですよね。今もこういう丸刈りだった？」

「同じですね」

「お客さんの顔を覚えるのは意外に大変なんですよ」

「他の店員さんはどうですか？」

「ああ、それは——高市《たかいち》さん！」マスターが声を張り上げると、空いたテーブルを片づけていた若い女性が飛んで来た。

長い髪はポニーテールにまとめ、ジーンズにグレーのカットソーという軽装である。エプロンはマスターと同じ黒だった。高校生のバイトかもしれない——いや、高校生だったら、平日のこの時間にバイトはできないはずだから、大学生だろうか。最近、若い子はますます幼く見える。自分が歳を取ったせいか、実際に若い人のルックスが幼くなっているのか。丸顔に眼鏡でひどく幼く見える。

「こちら、警察の人なんだけど、ちょっとこの写真を見てくれないか？」

岩倉は写真を渡した。マスターが「この前警察の人が来た時に、彼女はバイトに入ってなかったんですよ」と説明した。

「あの」高市と呼ばれたバイトの子が、震える声で言った。

「はい？」岩倉はさっと彼女に視線を向けた。顔面は蒼白で、唇が震えている。「何かありますか？　見覚えのある顔ですか？」

「ストーカー、かもしれません」

「ストーカー？」

岩倉は彩香と顔を見合わせた。

高市穂乃果《ほのか》、二十歳。近くにある大学の二年生だった。あの喫茶店でのバイトは、去年の六月——大学入学から二ヶ月経って、落ち着いてから始めたという。

その話は覆面パトカーの中で聞き出したのだが、穂乃果はずっと緊張したままだった。原因は運転手……よりによって、ルックスが凶暴な金城だった。それに加え、パトカーに乗るのも初めてだったはずで、穂乃果が緊張するのは当たり前だ。

署に着いてもそれは変わらず、岩倉は難儀した。いっそ、自分は離れて彩香に任せようかとも思ったのだが、それもまた情けない話だ。これは極めて重要な手がかりになる可能性があるから、何としても自分でしっかり話を聞き出してやる。

人定質問は無事に終わった。穂乃果は長野県出身で、去年、大学進学を機に上京した。鶴川駅の近くにある女性専用のマンションで、一人暮らし。

異変があったのは、去年の九月だった。遅番のバイトを終えて、歩いて帰宅する途中に、誰かにつけられているのに気づいたのだ。振り返ると、二十代後半から三十代に見える男が、尾行している。その時はコンビニエンスストアに飛びこんで時間を潰していたら、相手の気配が消えていたので、急いで帰宅した。

その一週間後、やはり夜勤で遅くなった日に、自宅マンション前に、一台の車が停まっているのが見えた。エンジンをかけっぱなしで、マンションの出入り口を監視している感じ……一度マンションから離れて、スマートフォンのカメラを思い切りズームして確認すると、先日自分を尾行していた男が、運転席に座っていた。冗談じゃないと、警察に通報しようかとも思った。しかし実際にそうしていいかどうか判断できず、結局マンションの裏手に回って、自転車置場の出入り口から中に入った。

そのまま部屋に逃げこもうかと思ったが、穂乃果は自ら攻勢に出ることにした。ホールから出て、堂々と車の正面に立つと、ストロボを思い切り焚いて、車と男を撮影したのだ。車は急発進し、その後穂乃果は男も車も見ていない。穂乃果自身も、その直後に女性専用マンションに引っ越したのだった。女性専用だから安全なわけではないが、少なくともオートロックに加えて防犯カメラも備わり、前のマンションよりは安全だ。

「写真は残してありますか」

「はい」

穂乃果がスマートフォンのロックを解除して、写真を提示した。車を正面から捉えた写真が何枚か……ストロボで照らされたものは、車のナンバーも運転席の男の顔もはっきり見える。ナンバーは間違いなく、澤田のティエラのものだった。ハンドルを握っているのも澤田。いきなりストロボが瞬いて驚いたのか、口をポカンと開けている。岩倉はスマートフォンを彩香にも見せた。一瞥《いちべつ》した彩香が「間違いないです」と短く確認した。

「この写真は、後でいただきます」

「私――まずかったですか？」

「やったことは間違っていません。私たちも手がかりが手に入って助かっています。ただし、安全なやり方ではなかったですね。ストーカーは、突然凶暴化することもありますから」

穂乃果の顔からさっと血の気が引いた。

「危なかったんですか？」

「たまたま向こうがビビって引いたんでしょうし、あなたが引っ越したのもいい手でしたけど、警察としては褒められません。こういうことがもう一度ないように祈りますが、もしも同じようなことがあったら、今度はすぐに警察に駆けこんで下さい。警察は簡単に動かないと言いますけど、本当にそうだったら、SNSに書くか、週刊誌にタレこんでも構いません。尻を蹴飛ばしてでも、警察を動かすべきです」

「ガンさん……」

彩香が低い声で忠告したので、岩倉は咳払いして「失礼」と言った。

「この男の顔を見たのは二回だけですか？」

「はい」

「これ以前に、何か変なことはありませんでしたか？　誰かに尾行されたとか、家の前で誰かが待っていたとか」

「それは……気づきませんでした」

「この男が、客として店に来たことは？」

「ないと思います」

「この人は、鶴川の駅から歩いて十分ほどのところに住んでいます——いました。あなたの家からは、二十分というところでしょうか」

「そんな近くに……」穂乃果が唇を噛んだ。「全然気づきませんでした」

「この人は、基本的にアルバイトをやって食い繋いでいました。あなたと接点があるかどうか……普段、どういうルーティーンで生活しているか、教えてもらえますか？」

「今は、ほとんど講義です。二年生までに、できるだけ単位を取りたいので。空いている時間に、あの喫茶店でアルバイトしている感じです」

「あそこは誰かの紹介で？」

「うちの大学御用達なんです。皆、先輩からの紹介でバイトしてます。お店の方も、学生なら身元もしっかりしているからって」

「なるほど」学生の身元がしっかりしているというのは、どういう発想だろう？　岩倉は内心首を傾げたが、そのまま質問を続けた。「バイトは週何回ぐらいですか？」

「昼間の時間帯は週二回、あと、夕方から夜までも週二回です」

「閉店は？」

「十時です」

「結構遅いんですね。モーニングはやっていない？」

「オープンは十一時です」

ランチ前に開店して、あとは夜までずっと開けている、か。喫茶店のモーニングサービスは味わいがあっていいものだが、普通に使うには、この時間帯にオープンしている方が便利だろう。

「夜の勤務の時は、閉店までいるんですね？」

「はい。それで、マスターが出してくれる賄《まかな》いを食べて、お店を出るのは十時半ぐらいです」

結構遅い……鶴川駅周辺は、車は多いが、人出は少ないだろう。夜遅くに歩いて帰るのは、心細いのではないだろうか。長野県から出てきたという穂乃果も、これで東京の怖さを経験したのではないだろうか。

「去年も同じようなシフトでしたか」

「一年生の時は、昼間のシフトは週一でした」

「サークルとかは？」

「入ってないです。高校も帰宅部だったので。でも、あのお店で、同じ大学の友だちもできました」

「なるほど……あ、二年は始まったばかりですよね？」

「はい」

「春休みはいつまで？」

「七日までの我慢でした。でも私は、ちょっと遅目に……祖母の具合が悪いので、長野に帰っていたんです」

「こっちへはいつ戻りましたか？」

「先週の金曜――十二日ですね」

岩倉は彩香に目配せした。彩香が素早くうなずき返す。岩倉は、穂乃果が犯人ではないかとかすかに疑っていたのだ。彼女の言うことが本当で、犯行が行われたと見られる八日深夜から九日朝にかけて地元の長野にいたとすれば、アリバイが成立する。

彩香が立ち上がって一礼し、会議室を出て行った。穂乃果が、心配そうにその背中を見送る。

「あの、私、何か……」

「ああ、あの、飲み物も出さないで申し訳ないですね」岩倉は精一杯愛想のよい笑みを浮かべた。実里曰く「辛うじて凶暴と言われないレベル」。「ちょっと飲み物を取りに行きました。今日、暑いしね」

「大丈夫です」穂乃果が、トートバッグから小さな水筒を取り出した。ペットボトルで持ち歩かないのは意識の高さだろうか。「飲んでもいいですか」

「もちろん」

穂乃果がゆっくりとキャップを外し、少し横を向いてボトルを口につけ、傾けた。彩香の用件――穂乃果のアリバイ確認を同僚に頼みに行ったのだ――はもう少し時間がかかるだろうから、戻ってくるまでは雑談を重ねなければならない。穂乃果の発言は正式な調書に残るから、二人一緒に話を聴いたことにしないといけない。

「単位を急いで取ってるのは、就活に向けてですか」

「はい。今、就活は大変なんです。三年生の後半からは準備が始まるので、それまでにできるだけ単位を取って……ですね」

「うちも娘が四年生で、就活なんだ」

「あ、そうなんですね」穂乃果があまり関心なさそうに言った。

「こっちには何も言ってくれなくてね。父親っていうのは煙たい存在かな」

「そんなこともないですけど……」

「就職みたいに大事な話は、お父さんにはして下さいよ。相談を受ければ喜びますから」

「でもうち、りんご農家で、就職の話なんかしたら、そのまま家を継げって言われそうです」

「その気はないんですか？」

「どんなに機械化が進んでも、農業は体力勝負なんですよ。私にはとても……兄がもうやってるから、任せます」

「じゃあ、こっちで自分のやりたいことをやる、と」岩倉はうなずいた。

「そのために、いろいろ調べています。でも、飲食もいいかなって思ってます」

「あの店で働いて、そう思った？」

「ああいうクラシックな喫茶店って、嫌いな人、いないじゃないですか」

「同感ですね。なかなかないんだけど」

「個人営業であいうタイプの店を続けるのって、結構壁が高いと思うんです。マスターも悩んでました。よほど賑やかな繁華街とかじゃないと厳しいって……でも、チェーン店化すれば、トータルで利益を出せばいいから、一軒一軒の店も長続きできるんじゃないですか？　事業承継の心配もいらないし」

「じゃあ、そういうチェーンの喫茶店を経営する会社を起業するとか？」

「そういうのができたらいいな、と思っています」

明るい将来の話をしたせいか、穂乃果の顔も少し明るくなった。そこへ彩香が戻って来る。お茶のペットボトルを三本持っている──穂乃果の前の水筒を見て一瞬動きが止まったが、ボトルを一本、その横に置いた。

「よかったら、どうぞ」

「ありがとうございます」

岩倉もボトルを受け取り、一口お茶を飲んだ。さて、ここからまた厳しく話を繋げていく。岩倉は彩香に向かってうなずきかけた。

5

「というわけで、澤田さんがストーカーをやっていた可能性が出てきました」夜の捜査会議。岩倉が報告すると、会議室にほう、という声が満ちた。初めて出てきた情報であり、捜査は新しい局面を迎えるかもしれない——岩倉もそう思っていたのだが、一瞬燃え上がった気持ちは、ゆっくりと消えていった。

長野県警の協力を得て穂乃果のアリバイを調べたところ、彼女は本当に、入院している祖母を見舞うために帰省していたことが分かった。四月二日に長野に帰り、東京へ戻ったのは十二日の朝。そして岩倉の事情聴取では、穂乃果は事件そのものをまったく知らなかった。

「高市穂乃果さんのアリバイは成立していますが、ストーカー行為の対象は、一人だけではなかった可能性があります。その中でトラブルが生じて事件につながったと考えるのは、無理がないと思います」岩倉は続けた。「澤田さんは、アルバイトのシフト変更を急に頼むことがありました。これは、ストーキングしている相手のスケジュールに合わせて動くためだったと考えてもいいかと……ちなみに、澤田さんは小柄な女性が好みだったという情報があります。高市さんも、身長百五十一センチで、平均より小さい方です」

「分かりました」鹿野が結論を出した。「これは、被害者の性癖に関する重要な情報です。しかも事件につながる可能性がある。引き続き澤田さん周辺の捜査を進めますが、今後は彼がストーキングをやっていたかもしれないということを念頭に置いて、聞き込みを続けて下さい。では、明日以降の仕事の割り振りです」

岩倉たちは、穂乃果が勤めている喫茶店のアルバイト店員を全員割り出し、事情聴取するように指示された。それも現在の店員だけではなく、二年前まで遡《さかのぼ》って。近い過去の事件が、現在の事件につながってくるかもしれないのだ。澤田は、あの店で穂乃果に目をつけた可能性がある。もしもそうなら、他の店員につきまとっていたかもしれない。若い女性が多く働く場所は、澤田にとって「猟場」のようなものかもしれない。とんでもない考えだが、そうやって性犯罪に走る人間は、少なからずいるものだ。実際、立川中央署で最後に手がけた事件では、性犯罪の犠牲になっていたのは子どもで、容疑者は——既に死んでしまったが——元教員だった。容疑者も死んでしまったから調べようがなかったが、子どもと触れ合う機会を得るために教員になったのでは、という疑いが消えなかった。

八時に捜査会議終了。週の頭なので、今日は早めに引き上げよう。明日からも、体育館の床を一人で雑巾掛けするような、厳しい仕事が続く。今から体力を消耗していては、とてももたない。

そう思ってさっさと町田駅まで戻って来たのだが、駅に入ろうとした瞬間に私用のスマートフォンが鳴った。実里――ではなく千夏。

「あ、ごめん」電話に出ると、千夏が申し訳なさそうに言った。

「就職の件だよな？　すまん、時間が取れなくて連絡できなかった」

「今、忙しいんだ？」

「ちょうど事件にかかってる」

「そうなんだ……じゃあ、しばらく話せない？」

「今話したらいいじゃないか。電話、つながってるんだから」

「ちょっと複雑な話なんだ」

「就活、難儀してるのか？」心配になって、思わずスマートフォンをきつく握り締めてしまう。千夏はどこか呑気というか悠長というか、よく言えば大物じみたところがある。二十一歳で大物と呼ぶのはおかしいかもしれないが、些細なことで動じないのは間違いない。

「そういうわけじゃないけど」

「何だよ、はっきりしないな」

「ごめん、説明しにくい。やっぱり会った時に話すわ」

「急ぎじゃないのか？」

「それは大丈夫。今日明日にどうこういう話じゃないから」

「週末でもいいか？　土日のうちどちらかなら休みが取れる」

「うん……じゃあ、連絡して」

「分かった」

千夏が電話を切った。何だか元気がない……娘のこういう感じは初めてかもしれない。本当は今すぐにでも会いにいくべきかもしれないが、この時間だとかなり遅くなってしまう。

仕方ない。できるだけ仕事を上手く片づけて、週末には娘に会おう。しかし腹が減った——ちょうど目の前には立ち食い蕎麦の店。しかし残念ながら閉まっている。見ると、夜は八時までなのだった。こんなことなら、特捜に用意された弁当を食べてくるべきだった。味は関係ない。今は栄養補給を第一に考えなければ。

翌日、岩倉は特捜本部のある町田ではなく、鶴川へ直接向かった。朝の捜査会議はないので、現場へ直行してしまった方が無駄がない。しかし鶴川駅に着いてホームへ降りた瞬間、スマートフォンが鳴った。鹿野だった。

「どうかしましたか？」

「ちょっと申し訳ないんですが、ガンさん、浅野さんという方をご存じですよね？　浅野電器という店を経営されている方」

「ええ」

「娘さんが行方不明になっているとか」

「ちょっと事件の可能性を感じてます」

「ガンさんは、どういう関わりがあるんですか？」

「先週、たまたまそこのご主人と話したんです。署がきちんと対応してくれないと言って、相当カリカリしていました。その場に居合わせたんで、宥《なだ》めたんですよ」

「ああ、なるほど」納得したように鹿野が言った。

「それでちょっと、慰めたというか、説得したというか。所轄も納得してくれたんですけどね」

「そうか……それでか」

「何かあったんですか」

「町田署が、ガンさんに応援を要請してきてね。ふざけるなとはねつけたんですが、結構深刻な様子なんですよ。ガンさんなら、浅野さんと話せるとでも思ってるんじゃないですか？」

「確かに浅野さんはカッとなりやすいタイプで、相手するのは面倒ですけどね。どうします？」

「ガンさんはどうですか？　ちょっとこっちの捜査を外れて、手伝うとか」

「だらしない話ですけどねえ。所轄も誠意を見せて、失踪課に引き継げばいいだけの話なんですよ。何やってるんだか」

「まあ、そう言わずに。こういうところで恩を売っておけば、何かいいことがあるかもしれない」

「地域課ですよ？　そんなにメリットはないけど……まあ、いいです。ちょっと手伝いますよ」

「いいですか？」

「正直言って、少し興味は惹かれてるんですよ。かなりの重傷を負った若い女性が、病院を抜け出して、その後家からも飛び出して行方不明なんです。事件の臭いがプンプンしますね」

「確かに。じゃあ、一日二日、そっちを手伝ってやってくれますか？」

「こっちは大丈夫ですか？」

「ガンさんの分の仕事は、誰かに割り振りますよ。伊東にはこちらから連絡しておきますから」

自分の仕事は、誰がやってもできることか——そう考えると情けない感じもしたが、まあ、どうでもいい。自分を必要としてくれる人がいるなら、そこで力を尽くすのがいいだろう。

さて、結局町田へ行くことになるわけか。時刻表を確認すると、次の各停は九分後だった。時間があるから、彩香に連絡を入れておくべきだろうか？　いや、それは鹿野に任せよう。彼女のことだから、俺が別の仕事に転進することに関して、根掘り葉掘り聞きたがるだろう。

それに乗って話をしている時間がない。

地域課長に事情を聞くと、浅野の怒りはまったく鎮まっていないようだった。岩倉が会った後も頻繁に電話を入れてきている。所轄で何度か会いに行ったのだが、どういうわけか常に烈火の如く怒って、追い返してしまう。失踪課の分室の連中も面会したのだが、「行方不明者届を出すつもりはない」と、にべもないという。本気で捜すつもりなら、失踪課の力は絶対必要なのに。

「今のところ、まともに話せるのはあなたぐらいなんですよ。どうしてあんなに怒りまくるのか、理解に苦しむ。警察だから放り出すわけにはいかないけど、でもねえ……」

「分かりますよ。面倒な相手ですけど、精神的に不安定になっているのは間違いないと思います。ちょっとお手伝いさせてもらいますよ」

「助かる」地域課長が、露骨にほっとした表情を浮かべる。「落ち着けば、うちか失踪課の分室が引き取るから」

「ええ。これから家に行ってみますけど、その前にちょっと調べたいことがあります」

「何ですか」地域課長が警戒心を露わにした。

「地域課で、浅野有紗さんの周辺捜査もしてますよね？」

「ある程度は」

「誰か、知り合いに話を聴いてから、家に行きます。友だちとかが分かるとありがたいんですけど、情報はありますか？」

「年賀状を調べて、分類してあります。中学、高校時代の友だち、先生、大学の友だち。結構な数だったよ」

「今でも、年賀状を出す習慣のある若い人もいるんですね」千夏など、年賀状を書かないどころか、「あけおめ」メールさえ送らない。岩倉の感覚では失礼になるのではないかと思うが、周りにも出す人間がいなければ、年賀状は先細りになって当然だろう。

「そのリストはあるから、当たってもらえるかな。そちらの判断でやってもらって構わないから」

「当然ですね。そちらにご面倒はおかけしないようにします」

「じゃあ、リストをお渡ししますよ」

岩倉は、地域課のベテラン警部補から説明を受けた。リストはわざわざエクセルに打ちこんで、ソートしている。高校までの同級生、先生、大学の友人と三つのグループに分けられていた。全員住所は入っているが、他に電話番号、メールアドレスなどの個人情報が入っている人もいる。

岩倉は上――昔の同級生――から順番にリストを見ていった。携帯電話のデータがある人に注目する。やはり、携帯が一番連絡が取りやすい。しかし、今時はそういうデータを年賀状に書かないものなのか、トータル四十人のリストの中で、携帯の番号が載っているのは十五人だけだった。これが多いのか少ないのか、よく分からない。

その中で、一人の名前に目が止まった。

穂乃果。

そう言えば穂乃果も有紗も同じ大学で、同学年である。学部も同じ……だったら、知り合いであってもおかしくはない。

岩倉はさっそくスマートフォンを取り出して、覚えていた穂乃果の電話番号を打ちこんだものの、通話ボタンを押すのは躊躇《ためら》った。彼女からは、昨日、一時間ほどみっちりと話を聴いている。「これで一応終わります」と言って解放した翌日にまた警察から電話がかかってきたら、怪しむというか不安になるのではないだろうか。

とはいえ、すぐに話ができる相手がいるのだから、後回しにする意味はない。立っているものは親でも使え、というのは岩倉のモットーだ。講義の最中だったら電話には出ないだろう。この時間だと、一限の講義中ではないか？　なおも躊躇った後、岩倉は結局思い切って通話ボタンを押した。

予想が外れ、穂乃果は呼び出し音が二回鳴っただけで電話に出た。

「朝から申し訳ないです。警視庁の岩倉です」

「はい、ああ……はい」

「講義中？」

「いえ、まだ家です」

「実は、昨日とは別の話で、ちょっとあなたに情報をもらいたいんですよ」

「何ですか？　私、そんな、情報なんて……」

「浅野有紗さんを知っていますか？」

「有紗？　ええ。知ってますけど」穂乃果が怪訝そうに認めた。

「大学の同級生で、学部も同じですよね」

「はい」

「最近、会いました？」

「新学期になってからは会ってませんけど、何ですか？　まさか、有紗もストーカー被害に遭っているとか？」

「違います」現段階ではそう言える証拠はない。しかし病院に担ぎこまれるほどの怪我を負っているのだから、ストーカーの被害で負傷した可能性もある。「負傷しているんです。でも、行方が分からない」

「何でそんな、変なことばかり起きるんですか！」

穂乃果が叫ぶ。理由を知りたいのは岩倉の方だった。

第三章　別件

1

杉本愛菜《すぎもとあやな》、十八歳、高校三年生。自宅は調布市に近い狛江市内《こまえ》。ソフトボール部の部活からは引退し、今はちょっとしたモラトリアム期間かもしれない。本格的に受験勉強を始める前にゆっくりしたい、というところだろう。塾に通い始めたとはいえ、まだ本気にはなれないようだ。

二年半ソフトボール部で活躍してきて、体力・気力とも使い果たしたのだろう。塾から自宅へ帰る夜道では、いつもぼうっとして足取りが重い。

まだ知らないはずだ──夜の闇に潜むものがあることを。

それに気づいた時には、もう何も分からなくなっているのだが。

午後九時五分、塾を出る。塾から歩いて一分のところにあるコンビニには必ず立ち寄るが、何も買わず出てくることが多い。コンビニ巡回ということかもしれない。そこから自宅までは歩いて十二分。ゆっくりした足取りで、暗闇に怯《おび》えて急ぐわけでもなく、のろのろと……とても、広い外野を守って走り回っていた選手とは思えない。警戒する様子もなく、いつでもいける――しかし気楽に考えては駄目だ。絶対に失敗は許されない。永遠に続けていくためには、一度たりとも失敗してはいけないのだ。

一回で仕留める。そのためには、もっときちんとした計画が必要だ。

警察官も、大学へ行く機会はあまりない。稀に捜査で赴くと、岩倉はいつも、背中がむず痒《がゆ》くなる感覚を覚えるのだった。自分も大学で四年間過ごしているのに、卒業して三十五年近く経つと、キャンパスに足を踏み入れた途端に、自分が病原菌であるかのように感じる。若者の世界に迷いこんだ、年老いた病原菌……。

穂乃果に指示された待ち合わせ場所は、大学本部前にある芝生広場だった。ここを待ち合わせ場所に使う学生は多いらしく、穂乃果はすぐには見つからない――しかし向こうがこちらを見つけて走って来た。

「有紗、大丈夫なんですか？」息を切らしたまま訊ねる。

「ちょっと異例の事態になっているんです」岩倉は打ち明けた。「だからあなたの力を借りたい。少し座って話せる場所はありますか？」

「ああ、ええと……学食とかだと、うるさいですよね」

「人は多いでしょうね」

「だったら、そこのベンチででも」

「そうだね」

外で話すと、集中するのが難しいが、この際仕方がない。岩倉は、鉄製のベンチに腰を下ろした。脇にベンチと合わせたデザインの鉄製の吸い殻入れがあるが、木の板で蓋がされている。キャンパス内は全面禁煙になっているのだろう。

「浅野さんは、九日未明に、自宅から離れた路上を歩いているところを、通りかかったタクシーの運転手に保護されたんだ」

「保護……」

「足を引きずって歩いていて、いかにも怪我している様子だった」

「そんな」穂乃果が口元に拳を持っていく。目が潤んでいて、今にも涙が溢れそうだった。

「発見した運転手さんが一一九番通報して、浅野さんは病院に収容された。でも、診察も治療も終わっていないのに、無理に抜け出して家に帰ったんだ。しかもその後、大学の講義の関係でどうしてもやっておかなくてはいけないことがあると言って、車で家を出て行った」

「ちょっと――ちょっとすみません。話についていけません」

「一旦落ち着きましょうか」岩倉はバッグから小さなミネラルウォーターのボトルを取

り出して渡した。支援課のスタッフが、常に水かお茶を持ち歩いているという話を聞いて、最近は岩倉も見習っているのだ。焦ったり悲しんだり怒ったりしている人も、水分を取れば取り敢えずは落ち着く。「飲んで下さい」

言われるまま穂乃果がボトルを受け取り、一口水を飲んだ。口元に溢れた水を手の甲で拭い、一つ溜息をつく。

「有紗って、そんな娘《こ》じゃないです」

「そんな、とはどんな？」

「夜中にふらふら出歩くような……そういうことはしません。真面目な娘です。何でそんな遅くに、外にいたんですか？」

「それがまだ分からないから困ってる。浅野さんは、バイトとかはしてますか？」

「はい。今、塾で講師をしています。小学生相手の塾です」

「教員志望とか？」

「そういうわけじゃないですけど、塾の講師はバイト代がいいんです。有紗、家に迷惑はかけたくないからって、フルにバイトを入れてました。週五回とか」

「塾だと、夜は遅いのかな」

「小学生相手だから、そんなに遅くはないと思います。夜九時ぐらいまでじゃないですか？　塾から家まで結構遠いから、夜遅くなると怖いって言ってました」

「そうなんだ……塾の場所は？」

「場所は聞いてないですけど、英央塾《えいおう》です」

「ああ、塾のチェーンだね」大きな駅前では必ず看板を見かけるイメージがある。そして、遠いとはいえ、家から通えるような場所――地図を見ればすぐに絞りこめるだろう。

「ちなみに、徒歩で通っていたんだろうか？」

「それは分かりません。どこの教室で働いていたかも知らないので……」

「了解。ちょっと調べてみます。ちなみに有紗さん、恋人は？」

「ああー、ええと、いたけど別れたと思います。そんな話、してました」

「大学の人？」

「高校時代の同級生だと思います。何か、向こうは今東京にいなくて、遠距離恋愛になっちゃったから、そのせいみたいですけど」

「そうか」恋人と別れ話で揉めて殴られたという線は、完全に消す必要はないが、薄れたと言っていいだろう。

それから岩倉は、穂乃果から様々な情報を引き出した。二人は大学で親しくなり、今は互いに親友と言っていい存在だ。有紗は自宅を出たがっていたが、先立つものがないので踏み出せずにいた。穂乃果とルームシェアする話もしていたが、穂乃果がストーカー騒ぎで引っ越したばかりで金がないということで、こちらも実現できていない。

有紗は独立心旺盛な学生だったようだ。家を出たがっていたこともそうだし、卒業後はアメリカに留学する計画を立てていた。そのために、割りのいい塾講師のバイトをしていたという。小柄だが目鼻立ちのはっきりした顔立ちで、態度も言葉もハキハキしている。穂乃果いわく、「自然にリーダーになるタイプ」だ。

「今は恋人はいない、と……他に何か、トラブルは聞いていませんか？　あなたのように、ストーカー被害に遭っていたとか」

「そういうのは、聞いていません」

「了解。浅野さんの写真はありませんか？」

「あります」

穂乃果は、自分のカメラロールを見せてくれた。二人が一緒に、あるいは他の友だちと一緒に写っている写真が多い。有紗が一番はっきり、正面から写っている写真をもらって、岩倉は立ち上がった。

「大丈夫なんでしょうか」穂乃果の不安はどんどん募っていくようだった。

「それは、これから調べますよ」

「私も連絡してみた方がいいですよね」穂乃果がスマートフォンをきつく握った。

「いや、しばらく控えて下さい。今のところ、浅野さんは自分の意思で姿を消したと思われます。何か事情を抱えている可能性があるんですよ。色々な人から連絡を受けると、無用なプレッシャーを感じて、出てきにくくなるかもしれません。ですから……向こうから連絡が入っても、あまり慌てて話さないように気をつけて下さい」

「でも、絶対焦ります」

「心配している、ぐらいのことは言ってもいいと思います。実際最近、大学では見ていないんでしょう？」

「はい」

「騒がないで、できるだけ冷静に話を聞いて……できたら居場所を確認して、私にすぐ連絡して下さい」

「そんなこと、できますかね」穂乃果が首を捻った。

「友だちなら、やって下さい。友だちだからできると思います」

「……分かりました」真顔でうなずいたものの、穂乃果はいかにも自信なげだった。


英央塾の本部に問い合わせると、有紗が働いていた塾はすぐに割れた。小田急線玉川学園前駅のすぐ近く。有紗の自宅の最寄駅もここで、確かに駅からはかなり遠い。歩いて三十分といっても、誇張ではない。バイトを終えて、夜、歩いて帰るのは穂乃果に言ったとおり怖かっただろう。

塾に赴くと、「校長」が応対してくれた。といっても、まだ三十代にしか見えない女性である。ただ、ここは「玉川学園前校」だから、責任者が「校長」の肩書きを持っているのは当たり前である。

事務室に通された。ごく狭い部屋で、六つ並んでいるデスクのせいで、さらに狭い感じになっている。それでもどこか、学校の職員室のような雰囲気があった。

校長と名刺を交換したが、一瞬言葉を失ってしまった。「塩春菜《しおはるな》」。「塩」は初めて見る苗字だった。

「塩さん、でいいんですよね？」岩倉は確認した。

「すみません、よくそういう反応をされます――本物の苗字かって」

「本物ですか？」

「もちろんです」

「失礼しました」

「全国で八千人ぐらいいるそうです。絶滅寸前の苗字ではないですけど、あまり見ないのは間違いないですよね――浅野さんのことですね？」春菜はすぐに本題に入りたがった。基本的に忙しい人なのだろう。

「はい」

「ご自宅にも連絡したんですけど、要領を得なくて。ご家族が取り乱している感じだったんですけど、何があったんですか？」

「詳細は分かりませんが、家出ということらしいです」

「家出」言葉の意味を咀嚼《そしやく》しようとするように、春菜がゆっくりと言った。「家出って……もう成人ですよ。警察は家出まで調べるんですか？」

「詳しいことは言えませんが、特異な家出と判断しています」

「特異？」

「通常の家出とは違う、ということです」

「よく分かりませんが」

「全てお話しするわけにはいきませんけど、浅野さんを捜すのに力を貸して下さい。浅野さんはここで、週五日、講師として働いていたそうですね」

「ええ」

「ウィークデーですか？」

「そうです、月曜日から金曜日まで」

「ずいぶん熱心なんですね」

「卒業したら留学したい、そのための費用を自分で稼ぎたいと言っていました」

「英語が得意だったそうですね」穂乃果から聞いた情報だった。

「ええ。小学生の頃、唯一許された習い事が、英語教室だったとか」

有紗の実家は、いわゆる町の電器店だ。大きな駅や街道沿いには必ず大型家電量販店があり、さらにネット通販が一般的になった現代に、街の小売店が苦戦しているのは当然だろう。有紗も、必ずしも豊かな環境で育ったわけではないはずで、友だちが様々な習い事をするのを横目に見ながら、必死で英語の腕を磨いたのではないだろうか。

「高校三年の時に受けたＴＯＥＦＬ iＢＴのスコアが九十三点だったそうです」

「そのスコアは、どれぐらいすごいんですか？」

「百二十点が最高点です。九十点以上なら、英検一級レベルと言っていいようです。英語圏の大学の入学にも、有利になるぐらいですね」

「高校生でそれは、すごいですね」活発で、興味のあることならどんどん突き進んでいくという前向きのキャラクターが浮かび上がってくる。

「うちも、小学生の英語教育に力を入れているので、主に英語を教えてもらっていました。子どもたちにも人気があるんですよ」

「そうですか」

「ずっと休講にしているので、子どもたちも心配しています。何があったんですか？」

「非常に特殊な事案で説明しにくいんですが……塾の方で、何かトラブルはありませんでしたか？」

「いえ、まったく」春菜が即座に否定した。「欠勤もありませんでしたし、子どもたちにも慕われていましたし」

「他のスタッフの方との関係はどうですか？」

「いつも同じメンバーがいるわけではないんですよ。その日の講座によって、担当する先生も違いますし、結構出入りもあります。ですから、普通の職場のような人間関係はないと思います」

「特に仲が良かった人とかは？」

「そういう人はいなかったかな……常に顔を合わせるのは私ぐらいですし」

「浅野さんの自宅は、ここから結構遠いですよね？　歩くと三十分ぐらいかかる。夜遅くに帰るのは結構怖い、と言っていたようですけど」

「それは私も聞いています」春菜がうなずく。「自転車で来たりとか、ご家族が迎えに来る時もありましたけど、基本的には歩いて帰っていました。大学帰りに寄って、六時から一コマか二コマの授業を担当して引き上げる感じでした」

「一コマは何時間ですか？」

「六十分です。六時からと、七時半から。八時半に終わって、後片づけがあって、九時には塾全体を閉める感じです」

「あなたは毎日のように顔を合わせていたんですよね？　塾の外で何かあったか、聞いていませんか？」

「いえ、プライベートな話はほとんどしませんでした。だいたい、授業の進め方や、子どもたちに関しての相談ばかりで」

「先生としてはどうだったんですか？」

「子どもたちには人気でしたよ。でも、ちょっと要求水準が高くて、子どもたちが困っちゃうこともありました。急に英語で話し始めたりして。でもそれは、英語に自信があって、子どもたちに高いレベルで英語を学んで欲しいと思っているからですけどね」

「子どもさんの家族からクレームが入ったりとかは？」

「ないです」春菜が顔の前で思い切り手を横に振った。「うちは、そういうトラブルとは縁がない塾ですから。本部からも厳しく指導されています」

「失礼——それであなたは、塾の外での浅野さんの話は全然知らない、と。プライベートな話題とかは出なかったんですか？」

「まあ……遠距離恋愛の彼氏と別れた、という話ぐらいは聞きましたけどね」

「仙台にいる高校の同級生ですよね？　向こうの大学に進学した」

「ええ。やっぱり、遠距離はきついですよね。大学生だから、そんなに頻繁に行き来するようなお金もないでしょうし」

特に有紗は、留学のためにお金を貯めようとしていた。他のことには使いたくなかったのではないだろうか。自分の夢のために恋人を捨てる——そういう感覚ではなかったかもしれないが。この辺は、仙台にいるという元恋人に確認してみないと分からない。穂乃果から名前は聞いているので、連絡先は割り出せるだろう。

「何か事件に巻きこまれたわけじゃないですよね？」春菜が心配そうに言った。

「まだ何とも言えません」

「浅野先生は、うちにとっては貴重な人材なんです。夢もある、いい娘なんですよ。絶対に見つけ出して下さい」

「全力を尽くします」

「見つけ出せる」とは言えない。情けなかったが、簡単に保証しないのは警察の常識だ。

2

その日の午後、岩倉は初めて浅野家を訪れた。電器店はオープンしているものの、客はおらず、カウンターの奥では浅野が無愛想な表情を浮かべて腕組みをしている。何をするでもなく、時間が過ぎるのをひたすら待っているだけのようだった。

岩倉が入って行くと、すぐに気づいて立ち上がる。表情が微妙に変わった——かすかな希望の光。

「まあまあ、座って下さいよ」浅野が愛想よく言って椅子を勧めた。カウンターの横に小さな丸テーブルと椅子が二脚、置いてある。

「失礼します」座面のビニールシートに小さな亀裂が入った椅子に、浅く腰かける。向こうが文句を言い出す前にと、先に切り出した。「有紗さんの件、所轄の指示で、当面は私が担当することになりました」

「いやあ、助かりますよ」浅野が安堵《あんど》の表情を浮かべた。「あなたは信用できると思ったんだ。他の警察の人は、どうしてあんなに適当なのかね。特に失踪課……あそこって、行方不明の人を捜すのが仕事なんでしょう？　それなのにどうして、あんなにやる気のない対応なのかね」

「失踪課のスタッフは、特別な教育を受けています。失踪事件の概要を聞いただけで、それが事件なのか、自己意思による家出なのか、判断できます。失踪課は、行方不明になって事件に巻きこまれた可能性がある場合にフル稼働しますから、今回は事件性が少ないという判断だと思います」

「そんなこと言われても」浅野がシャツの胸ポケットから煙草を取り出して火を点《つ》けた。カウンターの上に灰皿を置くと、忙しなく吸い始める。今時、こういう店の中で煙草が吸えるのも珍しい。そう言えば岩倉は、店に入った瞬間、煙草の臭いに気づいていた。

「煙草、どうぞ」

「いや、だいぶ前にやめましたので」

「今は、誰も彼も健康志向で禁煙だからねえ」浅野が皮肉っぽく言った。

「私の場合は、懐《ふところ》のダメージが……頻繁に値上げされて、拷問を受けてるような感じでしたよ」

「確かにねえ」

「ちょっと周辺調査をしてみました」岩倉は本題に戻った。「有紗さんは、特にトラブルに巻きこまれていた様子はありません。プライベートもそうですし、大学、バイト先の塾、どこでもトラブルはないんです」

「しかし、大学の用件で、と言って無理に出て行ったんですよ。大学の方で何かあったんじゃないですか」

「それなんですが、出て行くための言い訳だったのではないかと思います」

穂乃果の話を聴き、さらに大学の学生課にも確認してみた。二年生の有紗は、通常の講義を選択していただけである。どうしても欠席できない講義があるとは考えにくかった。サークルにも入っていなかったし、怪我を押して出かけるほどのことがあったとは、やはり思えない。そもそも、あれからずっと戻って来ていないのがおかしいではないか。

「講義が」というのは、家を出るための方便に過ぎなかったのでは、と岩倉たちは判断していた。

「連絡は、まったくないんですか」

「ないです」

「こちらから連絡は……」

「一時間に一度は電話して、メッセージも送ってる。だけど、反応がないんだ。スマホの電源を切っているようで……それも心配なんですよ。家にいる時はいつも、ずっとスマホを見てるんだから、電源を切るなんてあり得ない」

「誰とも連絡を取りたくなくて、電源を切っている可能性はあります」

「そんなものかねえ」

「今日はちょっと、有紗さんの部屋を見せていただければと思いまして」

「ああ、はい。女房に案内させますから。私はここにいないと……こういう状況になっても店は開けておかなくちゃいけないのが、町の電器屋の辛さだね」

「お仕事の邪魔にならないようにしますよ」

「申し訳ない」

妻の貴美《たかみ》が、有紗の部屋まで案内してくれた。二階の六畳間。岩倉はざっと室内を見回した。ベッドにデスク、一人がけのソファに小さなローテーブル。かなり大きな本棚の三分の一ほどは、英語の原書で埋まっている。いかにも英語好きな人の本棚という感じだ。しかし全体には、若い女性の部屋という感じがあまりしない。

デスクの上にはノートパソコン。チェストなどはないが、それはクローゼットの中かもしれない。

「ここはもう、失踪課がチェックしたと聞いています」岩倉は振り返って貴美に確認した。

「ええ」

「徹底して調べた感じですか？」

「いえ、そういうわけでは……有紗は部屋を綺麗に片づけていたので、ざっと調べただけでした」

「それで、何も見つからなかった——失踪課の連中が慌てた様子はなかったんですね」

「ええ」

「私も見させてもらいますね」

まずデスク。ノートパソコンの他に、ブックエンドには教科書が何冊か挟まれている。全て英語で、有紗がＴＯＥＦＬ ｉＢＴで九十点以上を取りながら、さらに英語力をブラッシュアップしようとしていたことが分かる。パソコンを開いて電源を入れてみたが、パスワードを要求されたので、ログインは諦める。必要があれば押収して分析、ということになるが、どこまでやるかは難しい。

デスクの引き出しを調べていったが、入っているのは普段使うような文房具などばかり。年賀状の束が見つかったが、ざっと見ていくと、リストに入っている名前だけだと分かった。交友関係につながりそうな材料は年賀状だけで、しかもそのデータは既に警察が入手している。

クローゼットを確認する。予想通り、中に小さなチェストが入っていて、洋服がぎっしり詰まっていた。

「大きなスーツケースはありませんでしたか？」

「持っていますけど、ここにはありません。納戸です」貴美が答える。

「旅行で使えるような大きなバッグとかは？」

「クローゼットの上に置いてあるものだけですけど、何もなくなっていません」

クローゼットは二段構成になっており、上部にはバッグ、それに靴の箱が置いてある。バッグはカジュアルなトートバッグが二つ、正式な場でも使えそうなかっちりしたハンドバッグが二つ、それに大きなボストンバッグが一つあった。ボストンバッグは、女性の服なら三日分の旅行に必要な分が入りそうなサイズだった。靴はいずれも、ヒールの低いパンプスのようだった。

「車に乗って出られたんですよね？　持ち物は？」

「いつも大学へ行く時に持っていたトートバッグです。普通に出かける時みたいな格好で出ていったんですよ。でも、足を引きずっていて」貴美の声が震える。

「怪我していたのは左足でしたよね？」

「左の膝です。強く打ったみたいで、靭帯《じんたい》を怪我していました。本当はギプスで固めた方がいいという話だったんですよ」

「靭帯損傷となると、かなりの重傷ですね」岩倉はうなずいた。歩くのもきつかったのではないだろうか。

「そうなんです。そんな状態で、どうして……分かりません」貴美の頬を涙が伝う。

慰めるよりも、今はこの部屋の調査優先だ。警察の仕事は、やはり二人一組でやるのが基本だと実感する。二人なら、聞き込みでも聞き逃しがないし、相手が暴れた時も制圧しやすくなる。それにこういう状況——相手が動揺してダメージを受けている時、一人が慰めて、一人が通常の仕事を続けることができる。相棒の彩香がいてくれないのが、心細くてならなかった。特殊班で厳しい訓練や作戦を経験してきたにしては、彼女は柔らかく、人当たりがいい刑事になった。どこの部署でも重宝される人材だし、岩倉も頼りにしている。

チェストを検める。下着類やTシャツなどが入っていて、どの引き出しもほぼ一杯だった。ということは、有紗は長期間家出するようなつもりではなかったのかもしれない。

どうしても会わなくてはいけない相手がいて、急いで家を出たものの、その後何かに巻きこまれた――そんなシナリオが自然だが、車が見つかっていないのが不安だ。車がどこかに乗り捨てられていれば、大抵は発見される。山奥などに放置されたらなかなか見つからないかもしれないが、そんなことをするのは、自殺を企てようとする人間だけだろう。そして今のところ有紗には、自殺を考えるようなトラブルの影はない。

チェストの上には、小さなトレイがあった。細長く浅い木製で、透明なプラスティック製の蓋がついている。アクセサリーケースだろう。ネックレスが四本、指輪が五つにイヤリングが三組。これも、大学生のアクセサリーとしては平均的ではないだろうか。

「ちょっとお座りいただけますか」

岩倉は、ローテーブルの前で胡座《あぐら》をかいた。貴美は向かいで正座する――ソファは空いていたが、ソファに座って話すようなことではない。

「服もなくなっていないようですね」

「ええ。それは私も調べました」

「本気の家出ではないような感じがします。失礼ですが、病院に運びこまれた時に、有紗さんと喧嘩になりませんでしたか？」

「いえ、そういうことは……」

「有紗さんは、バイト以外で遅くなることはなかったと聞いています。あの日は帰宅しないで、心配されたんじゃないですか？」

「私も主人もずっと起きて、有紗に電話をかけ続けていました。メッセージも送って」

「でもご本人から連絡はなくて、いきなり救急から電話がかかってきたんですよね？」

「はい。何であんなところにいたのか……」貴美が鼻をすすった。

岩倉はバッグからタブレット端末を取り出し、地図を確認した。有紗がタクシーの運転手に発見されたのは、町田市真光寺《しんこうじ》の鶴川街道沿い。家や塾からは、簡単に歩いて行ける距離ではない。基本的に、普段の有紗の行動範囲からは大きく外れていた。

「何か用事があるような場所ではないですね？」岩倉は確認した。「発見された場所も住宅地ですが」

「行くような場所ではないと思います」

「そうですよね……ちなみに、塾のバイトが終わった後は、連絡はきますか？」

「きたりこなかったりです。バイト前に電話がくることが多いですね。食事がいるかいらないかの連絡です」

「八日はどうでしたか？」

「連絡はなかったです。でも、連絡がこない日もあるので、その時は心配はしてなかったんですけど……」後悔するように貴美が言った。

「怪我して病院に運びこまれて、しかもちゃんと説明しようとしなければ、ご家族が怒ることもあると思います。そういうことで喧嘩になったわけではないですか？」

「主人は厳しく聞きましたけど、私がとりなしましたから」

「家出するような大喧嘩になったわけではない？」

「はい」

「そういうことが、家出の理由になることもあるんですが……白井《しらい》麗亜《れいあ》さん、ご存じですか？」

「あの……女優さんですか？」

「十代でデビューした時は、アイドル歌手でしたよね」

「はい。その人が何か……」

「人には言わないで欲しいんですけど、失踪したことがあるんです」

「そうなんですか？」

「ええ」

白井麗亜は、今年三十五歳だっただろうか。気づくと、どのドラマにも何かの役で出ている、というタイプの女優である。主役は張らないが、出ているだけで「ああ、綺麗な人がいる」と分かる——そういう、見ただけで何かのシンボルになる役者は大事なのだ、と実里が言っていた。いかにも悪そうな人、ひ弱な人、豪快な人。そういう人が、見た目通りの役柄を演じると、観ている方は自然にその世界に入りこめる。一方、まったく逆の演技を見せれば、いい意味で「裏切られた」快感を得られるのだ。

「アイドル時代は結構な売れっ子だったんですよね。でも、ご両親の干渉が厳しくて、特に母親はステージママとして、仕事の現場にも来て、一々駄目出ししていました。それが鬱陶《うっとう》しくなって、ある日母親と大喧嘩して、家を飛び出したんです。アイドルが失踪なんていうことになれば大事ですから、密かに警察が動き始めました」

「それを岩倉さんが捜査したんですか？」

「いえ、私は手を出していません」岩倉は首を横に振った。「当時は失踪課もまだできていなかったかな？　だから捜索の専門家もいなくて、所轄が中心になって調べ始めました。でも、表沙汰にするわけにもいかず、極秘にやっていたので、大変だったようです。ところが、急転直下解決しましてね」

「どういうことですか？」

「本人はさっさと出国して、韓国で遊んでいました。向こうでブログを更新して、トッポギの写真を載せたことで、居場所が分かったんです。それですぐにホテルに連絡を取って――本人は『よく遊んだ』と笑って帰って来たそうです」

「そんなことがあったんですか？」

「一応、黒歴史ということで表沙汰になっていないので、内密にお願いします。こういう話をしたのは、失踪課に入ってくる相談の多くが未成年の家出で、届出があってもすぐに戻ってくることが多いという実例としてです。というより、そういうケースがほとんどです。子どもは、本気で家を捨てようなんて、考えてはいないんです。ちょっと親の顔を見たくないとか、困らせてやろうとか、そういう動機が多いんですよ」

「有紗もですか？」

「それは分かりませんが、そういう可能性もあると覚えておいて下さい」

「でも有紗は、今までそんなに……反抗期もありませんでしたし、自分のことは自分でやれる子です」

「ええ。バイトも、留学の費用を自分で貯めるためだ、と聞いています」

「うちは、こんな具合で、商売はあまり上手くいっていません。だから留学費用ぐらいは自分で何とかすると……でも、円安が進んで、いくらバイトしても留学費用なんか貯められないって溜息をついてましたよ」

金が必要な若い女性が何をするか――体を売るか、薬物の売買に手を染めるかだ。しかしまだ、そこまできつい言葉を母親にぶつけるわけにはいかない。

「篠田康平《しのだこうへい》さんをご存じですか？」

「はい、あの……有紗の昔のボーイフレンドです。高校時代の。うちにも何度か来たことがあります」

「別れた、と聞いています」

「ああ、はい……仙台と東京で遠距離になっちゃって、きついって言ってました。大学生ですから、そんなに頻繁に行き来できないですよね。長い休みの時しか会えないと、辛いでしょう。それに、有紗には留学という目標があって、バイトで忙しくなっていましたから」

「別れる時に、揉めるようなことはなかったんですか？」

「なかったです。篠田君の方から言い出したみたいで、有紗はしばらく落ちこんでいましたけど、そんなにひどい状態ではなかったです」

「そうですか……となると、私生活のトラブルも考えられませんね。もしかしたら本当に、どこかへ旅行に行っているかもしれません」

「海外ですか？」

「パスポートはご自宅にありましたよね」実際岩倉は、先ほどデスクの一番上の引き出しでパスポートを確認していた。そういうところに無造作に入れていることには驚いたが。

「ええ」

「だったら海外でなくて国内のどこか……それこそ、湯治場で膝の怪我を治しているとか」

「やっぱり、ちょっと考えられません。有紗は大学とバイト優先なんです。それを放り出してどこかへ行くなんて……私たちに嘘をつくのも、あり得ません」

「ご家族や友だちも知らないだけで、新しい恋人がいる可能性もありますよ。言いにくい相手かもしれませんし」

「ないとは言い切れませんけど……」貴美の言葉は歯切れが悪かった。「あの子、そういうことははっきり言うんです。私、今までのボーイフレンドも全部知っています。今は、つき合っている人はいないと思います」

「状況は分かりました」岩倉はうなずいた。「これから色々と手配をして、捜索を始めます。何か思い出したら、連絡していただけますか？　いつでも構いません。それと、年賀状のリストをいただいていますけど、高校時代までの友だちで、特に親しかった人を教えてもらえますか？」

岩倉は、プリントアウトしたリストを取り出した。貴美が眼鏡をかけてリストを確認し、すぐに一人の名前を挙げた。

「小坂朋《こさかとも》ちゃんですね。小学校からの同級生で、家も近くなんです。高校まで一緒でした」

「今は？」

「今、静岡です。向こうの大学に進学して」

「静岡市？」遠くはないが、すぐに行ける距離でもない。

「だと思います」

「他には誰かいますか？」

「朋ちゃん以外だと、草間明日美《くさまあすみ》ちゃんですかね」

岩倉はリストを返してもらった。二人の携帯電話番号、住所は記載されているから、すぐに連絡が取れるだろう。

「ちょっと聞いてみますね」

「明日美ちゃんには話は聞きましたけど」

「何か言ってましたか？」

「分からない、と。同級生の間で連絡は回しておくと言ってくれましたけど……」

あまり上手い手ではない。公開捜査ならともかく、現段階では警察は極秘に動いておいた方がいい。有紗が事件に巻きこまれている可能性もあり、警察が捜査している事実を犯人が知れば、何をするか分からないからだ。公開捜査に切り替えるかどうかは、ある程度人手と時間をかけて極秘に捜査をした後で、判断すべきである。当然、貴美には「内密でお願いします」と釘を刺す。

では――取り敢えず俺は極秘にいこう、と岩倉は思った。

明日美は実家の仕事を手伝っているという。有紗の家から歩いて五分ほどのところにある町工場。「草間精工」の看板がかかっているが、それだけでは何の工場か分からない。

建物の右端にあるドアをノックし、返事を待たずに開けた。中は事務室……腹に響くような重低音が襲いかかってくる。工場の作業音だろうが、これでは中で話をするのは難しそうだ。

パソコンに向き合っていた若い女性が顔を上げ、岩倉を見る。何かが分かったようで、うなずいて立ち上がった。岩倉はドアを開けたまま後ろに下がった。

「すみません、うるさいですよね」申し訳なさそうに女性が言った。

「草間明日美さんですか？」

「はい。岩倉さん……ですよね」

「そうですけど、どうして分かりました？」

「有紗のママから連絡が入りまして……警察の人が行くから協力して欲しいって」

「そうですか」助かる、と言いたいところだが、そこまでしてもらわなくても、とも思う。こっちはプロなのだから、きちんと話ぐらいできる。「外で話してもいいですか？仕事の邪魔にならないといいんですが」

「大丈夫です」明日美が外に出てドアを閉める。横に並ぶと、かなり大柄な女性だと分かった。ヒールの高い靴を履いたら、百七十五センチの岩倉とさほど身長は変わらないだろう。丸顔で、髪を短くカットし、ボーイッシュな雰囲気を醸し出している。

「失礼ですけど、こちらは何の工場ですか？」

「主にバネです」

「バネ？」

「車のショックアブソーバーとか、そういう大型のバネです」

「それであなたは何代目に？」

「祖父の代からだから、三代目です。父が引退すれば、ですけど」

「こういう工場の経営者が女性というのは……そういう発想は、もう時代遅れでしょうね」

「まあ、そうですね」明日美が苦笑する。しかし急に真顔になった。「あの、有紗、どういうことになってるんですか？」

「今まさに、それを調べているんです。現段階では家出と考えていますが……有紗さん、ご家族との関係はどうですか？」

「普通ですよ」

「仲はよかった？　喧嘩とかもしない？」

「まあ、お父さんは……パパは怒りっぽい人です。子どもの頃は有紗も本気で喧嘩してたけど、スルーできるようになりましたから、喧嘩なんて、もう何年もしてないと思います」

「よくご存じですね」

「昔から愚痴は聞いてました」

そこから岩倉は、本格的な事情聴取に入った。交友関係、トラブル——会話の端々から、明日美が本当に有紗のことをよく知っていると分かったが、その明日美にして、はっきりしたトラブルなどは知らない。大学に入ってからの有紗がやけに忙しくしていたことだけが分かった。大学の講義とバイト。それに講義以外でも独自に英語の勉強をしていた。海外への憧れは本物だったようだ。

「真面目だったんですねえ」

「まあ——家の仕事はしたくないんでしょうね」

「家を継ぐような話でもあったんですか？」

「お父さんはそう言ってましたけど、今、町の電器屋さんは難しいじゃないですか。有紗にはそういう気はまったくなくて……家電のことも全然分からないし、お金の計算もできないからって言ってました。留学っていうのも、家から逃げるためじゃないかな。でも、仲が悪いわけじゃないですからね」明日美が釘を刺した。

「家族にも内緒の恋人とかは、いなかったですかね」

「いないと思いますよ。いれば、私には絶対に言ってたはずです。有紗、そういうことで隠し事はしない人なんです。むしろ言いたがるというか」

「そういう人、いますね」岩倉はうなずいた。聞かれてもいないのに、恋人との惚気話《のろけばなし》を延々と続ける同僚もいた。

「オープンなんです。だから、敵とかができるタイプじゃないですよ」

「分かりますよ」

今のところ、トラブルの影も見えない。もちろん、そういう人もいるだろう。特に学生の場合、何の問題もなく日常生活を送っている人がほとんどだろう。働くようになると、悪意に触れる機会が多くなり、トラブルに巻きこまれることも増える。

話が途切れがちになる。岩倉は最後に残った質問を口にした。

「小坂朋さんはご存じですか？」

「ああ、はい。高校の頃、有紗と一番仲が良かった子ですね」

「あなた以外で？」

「私も含めてですけど、小学生から一緒でしたから」

「今、静岡にいると聞いています」ただし、正確な住所や電話番号は割れていない。

「はい、大学が向こうなんです」

「連絡先、分かりますか？」

「分かりますけど、勝手に教えちゃっていいかどうか」明日美がスマートフォンをきつく握った。個人情報を簡単に明かさない態度には好感が持てる――警察的には、すぐに教えて欲しいところだが。

「そうですよね。では、こうしませんか？　あなたの方で、小坂さんに連絡を取っていただく。私に連絡先を教えていいという話になったら、改めてあなたから教えてもらう。これでどうですか？」

「分かりました」明日美がうなずく。

「では、お願いします。それと、この件は内密でお願いします。あまり話が広まらない方がいいんですよ」

「高校の友だちのグループには流しちゃいました」明日美の顔色が悪くなる。「何か情報が集まるかもしれないと思ったんですけど、まずかったですか？」

「これ以上、広がらないようにして下さい。話が広がると、それに乗っかって悪戯する不届き者もいますから」

「そんな……」

「SNSでもノータッチでお願いしますね。それと、有紗さんはインスタはやっていたと思いますが、他のSNSはどうですか？」

「インスタだけだと思います」

「それはチェックしておいて下さい。私も見ますけど、見逃すこともあるので」本当はきちんとチェックして見逃さないための手は打ってある。ただし、こうやって頼み事をすることで、相手との関係をキープしておくのも大事だ。

「分かりました。朋には連絡してみます」

「よろしくお願いします。私はしばらく動き回っていますから、携帯に連絡をいただければ」

「電話番号とかは、ショートメールでお知らせした方がいいですよね」

言われればすぐに覚えてしまうのだが、明日美は安全策を取っているのだろう。好意を素直に受け入れることにした。

改めて明日美に礼を言い、工場を辞した。これから立川まで行かなければならない。町田からだと結構距離があるので面倒だ。覆面パトカーを署に返して電車を乗り継いで行こうかと思ったが、パッと浮かんだルートはJR横浜線で八王子まで出て、中央線に乗り換えて立川、である。ないしは小田急線で登戸《のぼりと》まで行って、そこで南武線に乗り換え。どちらも微妙に面倒臭いから、このまま車で行ってしまう方がいいだろう。今、午後二時。立川行きで今日の仕事は終わりになってしまうかもしれないが、それはそれで仕方がない。

さて、久々の立川だ。懐かしい感じがあまりしないのは、自分が面倒臭いことから逃れて「逃亡生活」を送っていた街だからだろうか。

3

鎌倉街道を北上するルートで、立川まで約一時間。岩倉は、立川中央署の向かいにある警視庁多摩総合庁舎の駐車場に、覆面パトカーを停めた。ここには八方面本部、そして失踪課の八方面分室が入っている。

わざわざここへ来たのには理由がある。知り合いの醍醐塁《だいごるい》が今、この分室のナンバーツーとして勤務しているのだ。元プロ野球選手という異色の経歴の持ち主であり、警視庁一の子沢山としても知られている。子どもは四人だったか五人だったか……。

事前に連絡を入れずに顔を出したので、醍醐は仰天した。元々体の大きい男なので、「いきなりどうしたんですか」と言いながら大袈裟に両手を広げると、アホウドリの羽ばたきのように見える。アホウドリは確か、現存する飛ぶ鳥の中で最大ではなかったか。

「どうしたんですか、ガンさん？　嫌な話を覚悟した方がいいですか？」

「人を疫病神みたいに言うなよ。ちょいと相談があってね」

「捜査一課として？」

「ああ」

「まあ、どうぞ」

分室は狭いが、四人が座れる応接セットはある。岩倉が腰を下ろすと、醍醐は「お茶でもどうですか」と勧めてきた。

「いや、お前に用意してもらったらバチが当たるよ」午後の時間、スタッフは全員が出払っているようで、部屋には醍醐しかいないのだ。岩倉はバッグからお茶のペットボトルを取り出した。誰かに渡す可能性があると思って持っているのだが、今日はもう何もないだろう。飲んだら、またどこかで補充すればいい。

「しかし、ご無沙汰でしたね」

「そうだな。高城課長、どうしてる？　また呑み過ぎてるんじゃないか？」捜査一課の先輩でもある高城は、元々優秀な刑事だった。しかし一人娘が行方不明になったことをきっかけに酒浸りになり、自分のデスクの引き出しにウィスキーを隠すまでになった。さすがに勤務時間内に呑みはしないが、夕方になると密かに一杯、そしてもう一杯……明らかな規則違反なのだが、高城の悲惨な状況は上司も同僚も知っていたので、咎《とが》められることはなかった。あの酒がなければ、高城は捜査一課の刑事として頂点に達していたかもしれない。失踪課に異動になったのは、さすがに酒の問題が看過できなくなったからだと言われているが、この異動は高城にも警視庁にもプラスになったとも言える。

失踪課は行方不明者の捜索に一定の成果を出しているが、それは高城がスタッフに加わってからなのだ。そして今は、責任者にまでなっている。

「最近はさすがに酒量は減りましたよ。失踪課では呑まなくなりましたし」

「それはいいことだ……っていうか、当たり前だよな。しかし、高城さんも歳取ったかな？　定年が近いし」

「そうですね」

警察官も六十五歳まで定年が延長されたが、一気にそこまで引き上げられたわけではない。段階的な延長という仕組みが作られ、高城の場合は定年が一年伸びて、六十一歳まで勤めることになる――つまり、今年が定年だ。最終的に八年後、令和十四年度には全員が六十五歳の定年になる。岩倉も完全定年延長が適用される年齢層に入っており、警察官人生はまだまだ続く――定年延長の話を聞いた時は、石につまずいたような気分になった。定年後の楽しみ――未解決事件を研究して本にまとめる――が先延ばしになる……いや、定年を待たずに辞めて、やりたいことをやる手もあるだろう。ただし収入の問題もあるし、体力も衰えていない。まだまだ仕事ができるのだから、六十歳で辞めるのはもったいないとも思う。この制度が決まる前に辞めた人は、そういう感じでは悩まなかっただろうが。

「それで？　今はどこの特捜ですか？　今、連続殺人事件で捜査一課は大変でしょう」

「いや。俺はそっちには入ってない」

「事件を呼ぶ男のガンさんが？」醍醐が大きな目をことさら大きく見開いた。「ガンさんがいると、事件の発生率が一気にアップするって言われてるじゃないですか」

「縁起でもないこと言うなよ」

「いやいや……」醍醐が苦笑した。

「今、町田の殺しの現場に入ってる。ただし、ちょっと外れて所轄の手伝いをしてる」

「もしかして、大学生がいなくなった案件ですか？」

「こっちでも家族に事情聴取はしたんだろう？　何で正式に取り上げなかったんだ？」

「事件だと判断する材料がないんですよ」

「大怪我していた人間が病院から抜け出して、その後に家からも出たんだぜ？　何かおかしいと思わないか？」

「おかしいですけど、だからと言って犯罪とは言えない……今のところ、単純な家出としか考えられません。高城課長も同じ判断です」

「高城さんなら、騒いで大袈裟にしそうだけど」

「ピンと来なかったんだと思います」

「高名な高城の勘は、発動しなかったのか」高城の勘は有名だ。岩倉は基本的に、理屈で説明できないような「勘」は信じていないが、高城の場合は、やはり何かある。彼の一言で、捜査が思いもかけない方向へ動いていったことは何度もあった。

「それで、どうしてガンさんがその件を？　一課に面倒をかけるような案件じゃないですよね」

「署でたまたま、その大学生の父親と会った」

「あの、かなり怒りっぽい人ですよね？」

「それがどういうわけか、俺に対してはそんなに怒らないんだ。年齢が近いせいかもしれないけどな。それで、所轄の地域課から、ちょっと面倒を見るように頼まれた」

「それはルール違反ですけどねえ」醍醐が呆れたように言った。

「しょうがねえよ。困ってる人に頼まれたら断れない」

「これからは、いい人路線でいくんですか？」

「今更悪い方向にいっても、変なオッサンに見られるだけだから。とにかく、少し地均《じなら》しして、先行きの目処だけつけようと思った。で、こういうことならやっぱり失踪課に話をしておかないとな」

「ガンさんの見立てではどうなんですか？」

「それが何とも言えないから困る。ただ、昔の事件が引っかかってるんだよな。平成三年に豊島区で起きた女子高生の行方不明事件、覚えてるか？　被害者は高鳥真美《たかとりまみ》さん、当時十八歳の高校三年生だった」

「すみません、失踪課ができる前の事件ですね」

「最初は単純な家出だと見られていた。親と喧嘩して、明け方に家を抜け出したんだ。母親が心配になって警察に届け出たんだけど、警察はすぐに動かなかった。それから一ヶ月、被害者は家に帰らず、連絡も取れなかった」

「だったら、学校でも問題になったでしょう」

「それが夏休みでさ……ところが、夏休み最終日の八月三十一日、群馬県の山中で見つかった遺体が、高鳥真美さんだと判明したんだ。所持品で見当がついて、歯の治療痕で最終的に確認できた。遺体の腐敗具合から見て、行方不明になった直後に殺され、山中に遺棄されたようだった」

「そいつは……警察的には失点でしたね」醍醐が顔をしかめる。

「もちろん当時は、事件性がないと判断したことに問題はなかった。事件に巻きこまれたことを示唆する材料は何もなかったからな。そしてこの事件では、犯人は速攻で捕まった。高校の同級生の男だった」

「恋人？」

「いや、違う。免許取り立てで、夜中に車で街を流していたら、ふらふら歩いていた被害者をはねてしまったんだ。息がない……放置しておくわけにもいかなくなって、車のトランクに押しこんでひたすら走って、群馬の山奥に捨てた」

「うわあ……ひどい事件ですね。捜査一課が仕切ったんですか」

「ああ。正確には、仕切り始めた途端に、容疑者が名乗り出てきた。遺体が見つかったという報道を見て、ビビったんだろうな。夏休みの間ずっと黙って耐えてたけど、ニュースになった途端に我慢できなくなったらしい。車のトランクから血痕が見つかって、被害者の血液型と一致したし、証言にも矛盾がなかったから逮捕された。結果的には殺しじゃなくて、交通事故プラス救護義務違反プラス死体遺棄になった。捜査一課と交通捜査課が合同捜査をしたはずだよ」

「きつい事件ですねえ」

「今回の件を聞いてから、俺は三十年以上前のその事件を思い出して、ずっと頭に引っかかってたんだ」

「相変わらずのすごい記憶力ですね。でも、今回の件がそういう事故かどうかは分かりませんよ」

「今ならあちこちに防犯カメラがあるから、事故があったら引っかかりそうだ——それで、俺もまだ情報収集を続けるけど、支援課でも手を貸してくれよ。っていうか、そっちがプロなんだから、メーンで頼むぜ。もしも浅野さんの扱いが面倒なようだったら、俺が同席してもいいし」

「ガンさん、猛獣使いのノウハウまで身につけたんですか？」

「浅野さんは猛獣じゃないぞ」岩倉は肩をすくめた。

「はいはい——何か、うちが動くような理由、あるんですか？」

「勘」岩倉は耳の上を人差し指で突いた。

「ガンさんは勘を否定する方だと思ってましたけど」

「俺だって、勘が働くことはあるんだよ。高城さんには、珍しく岩倉の勘が発動したって言ってくれ」

「……それ、ガンさんが課長に直に言ってくれた方がいいかもしれませんけど」

「それは管轄違いだよ。直属の部下はお前じゃないか」

「高城さん、最近ちょっと心ここに在らずという感じなんですよ」醍醐が心配そうに言った。

「何でまた？　何か心配事でもあるのか」ずっと行方不明だった娘は遺体で見つかり、以来高城はまた変わってしまったと言われている。「仕事にも人生にも熱がなくなった」と評する人もいる。捜し続けていた娘が亡くなっていると分かった時のショックを考えれば、何一つやる気がなくなってしまってもおかしくはないが。

「高城さん、警察を辞めたくないんじゃないかな。でも定年はどうしようもないですから、辞めた後は探偵でもやろうか、なんて言ってるんですよ。人探し専門の探偵。それで、失踪課と協力して仕事するのもいいかもって。だけど、探偵なんて、あまり現実味がないですけどね」

「とにかく今回の件も、高城さんが好きな人捜しになるじゃないか。よろしく説得してくれよ」

「しょうがねえなあ」

「おっさんの勝手な思いこみだと思ってさ」

「本当に、勝手ですよ」醍醐が唇を尖らせた。

「無事に解決したら奢る」

「そいつは助かります」醍醐がほっとした表情を浮かべる。「何しろ小遣いがきつくてですねえ」

「子どもさん、何人だっけ？　お前のところ」

「四人。まだまだ金がかかるんですよ」

「お前の血を継いで野球をやってるとか？　それでドラフトに引っかかれば大儲けじゃないか」

「それが全然でしてねえ」醍醐が肩をすくめる。「そっちで親孝行はしてもらえないですね」

そういうのも親孝行というのだろうか。醍醐はプロ入りの際、親孝行をしたのだろうか。


町田へ戻る途中、四谷橋で多摩川を渡っている時にスマートフォンが鳴った。一度だけだから、ショートメールの着信だろう。明日美だと見当をつけ、橋を渡り終えてから左折して細い道路に入り、車を停めた。予想通り、明日美からだった。静岡にいる小坂朋と連絡が取れたので、向こうの電話番号を教えてきた。ただし、電話するなら夕方六時以降にして欲しい、ということだった。朋は大学の理学部で学んでおり、実験などに追われているらしい。岩倉には合点がいく話だった。別れた妻も理系で、大学での実験で遅くなることが多かったのだ。それが、仲が悪くなった要因ということではないが……妻はとにかく、きつい人だった。きつく人に当たることが自分の役目だと思っていたのかもしれない。

明日美に礼のメッセージを返す。町田署に戻って五時過ぎ、朋に電話するのはそれからになる。今日は無駄なく仕事ができた——しかしそれだけに、一息つく暇もないまま疲れている。

——一息？　いつの間にそんなことを考えるようになったのだろう。

町田署に戻って、本当に一息ついた。交通課の前の自動販売機でコーヒーを買い、ベンチに座ってゆっくりと飲む。そこへ、彩香が戻ってきた。前田を引き連れているので、用心棒を同道した女親分という感じになっている。

「ガンさん、どうしたんですか？」彩香が詰め寄ってきた。「いきなり捜査から外れて、何かあったんですか？」

「まあまあ」岩倉は立ち上がり、傍の自販機に小銭を入れて、ココアのボタンを押した。出てきた紙コップを彩香に渡す。この怒りよう……どうやら鹿野は、ちゃんと事情を話さなかったようだ。

「買収ですか？」紙コップを受け取りながら彩香が言った。

「仕事終わりで疲れてるだろう？　糖分補給した方がいい。前田もどうだ？　きついブラックコーヒーで」

「あ、自分は……」

「遠慮するなって」

新しく買ったブラックコーヒーを渡してやる。前田が恐縮しきって紙コップを受け取った。岩倉はまたベンチに腰を下ろし、コーヒーを啜《すす》る。彩香は立ったまま。それでもココアを飲み、「こういう状態でも美味しいから困るんですよ」と言った。

「怒ってたら不味く感じるはずだとか？　怒ってるんだな？」

「だってガンさん、この忙しいのに、全然関係ない仕事でいきなり捜査を外れるっていうから」

「係長がちゃんと説明したはずだけど」岩倉は声を低くして、地域課の方を見やった。「頼まれたんだよ」

「そうなんですか？」彩香が目を見開く。

「ああ、ちょっと対応が難しい人がいるんだ。ただ俺は、たまたまその人と普通に話ができる。地域課の人がそれを知っていたから、俺に仕事を振ってきた」

「そんなに難しい話じゃないのに、係長は話を省略し過ぎですよね」彩香が溜息をつく。

「あいつは昔からそうなんだ。話を短くしさえすれば、仕事は早く終わると思っている」

「まあ……そんなに間違っているわけじゃないですけど、ケースバイケースですよね」

「融通が利かない男だから」言って、岩倉は苦笑してしまった。「とにかく申し訳ない。少しそっちの事件を離れるけど、目処がついたら戻るよ。失踪課と話をしたから、あいつらも本格的に調査に入ってくれると思う。プロが出てくれれば安心だ」

「ですかね……」

「まあ、俺としては父親の気持ちは理解できるよ」岩倉はうなずいた。「娘は怪我してるし、普段と行動パターンが違う。心配になって、警察に対して怒鳴り散らすのも当然だ」

「同じ父親として、ですね」

「ああ。ただこの件、少し特異な感じがするから、最初からちょっと興味は惹かれてたんだ」

「何かに興味を持つのはいいことだと思いますけど、早く片づけてこっちに戻って下さいよ。特捜も人手は足りないんですから」

「分かってるよ」

「じゃ、失礼します」

無言でうなずく。見ると、前田はまだコーヒーに口をつけず、手に持ったまま戸惑いの表情を浮かべていた。

「遠慮しないで飲めよ」

「いえ、あの……自分、コーヒー、駄目なんです」

「そうなのか？　早く言ってくれよ」

「すみません、せっかくなので申し訳なくて」

「いいよ、無理するな。俺が飲むから。それより、一つ忠告だ。いいことでも悪いことでも、はっきり言い切った方がいい。相手がどう思うかなんて関係ない。自分の意思や情報をはっきり伝えることが大事なんだから」

「すみません……」もう一度謝り、前田が紙コップを渡してきた。自分が飲んでいた分もまだ残っているのだが……結構濃いコーヒーで、一気に二杯飲んだら胃が痛くなりそうだ。そして今夜は眠れなくなる——小さな失敗も、積み重なると大きなダメージになるものだ。


午後六時。岩倉は地域課のデスクを借りて小坂朋に電話を入れた。既に署は当直体制に入っていて、人の動きは少なくなっている。上階の特捜本部では、これから一日を締めくくる捜査会議が開かれるのだが。


朋は呼び出し音二回で電話に出た。岩倉はできるだけ静かな声を出すよう意識した。

「警視庁捜査一課の岩倉と申します」

「はい、小坂朋です」「はい」は伸びて、「はーい」に聞こえた。

「お忙しいところ申し訳ありません。草間さんから電話、いきましたよね？」

「はい、明日美から聞きました。有紗、家出したんですか？」心配そうな口調だった。

「はい。今、捜しています。知り合いの方にお話を伺っています」

「でも最近、有紗とは話してないんですよねえ」

「最後に会ったのはいつですか？」

「二週間ぐらい前です」

二週間前なら「最近」だろうと思った。だいたいこの頃は、様々なツールで連絡が取れるから、直接会わずとも「会っていない」感じにはなっていないのかもしれない。

「春休み中ですね？」

「そうです。帰省して、会いました」

「浅野さん、どんな感じでした？　何か問題を抱えている様子はありましたか？」

「いいえ、全然」

「大学とバイトで手一杯という感じですか」

「うーん、それだけじゃないけど」朋が含みを持たせて言った。

「何かあるんですか？」

「明日美は何か言ってましたか？」

「いえ、特に異常はないと」

「異常とは言いませんけど、ちょっと……びっくりしちゃいましたけど」

「何ですか」悪戯っぽい口調で言ってはいるが、何かありそうだ。岩倉は少し強い口調で攻めた。「問題でなくても、何か変化があれば」

「彼氏なんですけど」

「それは、篠田康平さんではなく？」

「篠田君とは、去年の夏ぐらいに別れてると思いますよ。別の人です。有紗、あんなに忙しいのに、彼氏を作る暇があるのって、すごいですよね。タフなのかな」

「それは分かりませんが、新しい恋人がいたんですか？」これは「太い」情報だ。男女関係は常に、トラブルの原因になる。

「ええ」

「誰ですか？」

「それは……ええと」それまでてきぱきと話していた朋が、急に口ごもった。

「言いにくい相手ですか？」

「あの、それは——ええと、そうです」

「不倫ですか」岩倉はずばり聞いた。

「何で分かるんですか？」

「そういうケースはたくさん見てきました。伊達に歳は取っていません」こういう時に使う台詞ではないかもしれないが。「それで、相手は誰ですか？」

「ええと、バイト先の——英央塾にいた人です。今は、別の教室に変わって」

「以前の同僚ということですね」

「はい」

「名前は聞いていますか？」

「いえ……あの、水《みず》さんって呼んでましたけど、苗字なのか名前なのか」

「手がかりにはなります」岩倉はうなずいた。スマートフォンを持つ手に汗をかいているのを意識する。「何かトラブっていたんですか？」

「それは……相手にパートナーがいれば、トラブルでしょう。あ、でも、結婚してたんじゃないみたいです。事実婚？　一緒に住んでいるけど籍は入れていない感じ？　詳しいことは聞いてないんですけど」

実際には、かなり詳しく聞いている感じではある。彼女から十分情報を絞り取らなくては、と岩倉は覚悟を決めた。朋がこの情報を知ったのは、去年の暮れだったという。年末に東京へ帰省するから、どこかへ遊びに行こうと相談しているうちに、いきなり出てきた話だった。有紗は嬉しそうに、しかし遠慮がちに新しい恋人の存在を朋に明かした。そして正月に直接会った時に、実は不倫関係で……と告白したのだった。

「この情報は初めて聞きます」

「ああ、積極的に人に言う話じゃないですよね。有紗は、明日美とはそういう恋愛話はしませんし」

「そうなんですか？　幼馴染みだったら、隠し事なしに話しそうなものですけど」

「明日美はあまり恋愛体質じゃないんで……そういう話が苦手な人もいますよ」少し諫《いさ》めるように朋が言った。

「失礼……何か思い出したら、連絡してもらえますか？」

「有紗、大丈夫なんですか？　まさか、変な事件に巻きこまれていないですよね？」

「それも含めて調べています」

巻きこまれている可能性は――この事情聴取で、一気に高くなったと言っていいだろう。つき合っていた男がいれば、何らかのトラブルがあってもおかしくはない。事件の多くは家族間で起きるが、次に多いのが恋愛関係のもつれだ。

電話を切り、英央塾の玉川学園前校に電話を入れる。校長の塩春菜が電話に出た。

「度々すみません」岩倉は空に向かって頭を下げた。

「いえいえ」軽い口調で言ったものの、春菜はやはり戸惑っているようだった。

「ちょっと教えていただきたいんですが、そちらの先生か事務員の方で、名前に『水』がつく人はいませんか？」

「水ですか？　いえ……そうですね、今はいません」

「今は？」岩倉は食いついた。「以前はいたんですか？」

「去年まで、水口《みずぐち》という先生がいました。今は異動して、別の教室ですけど……その方が、どうかしたんですか？」

「浅野さんと親しかった、という情報を得ました」

「親しいというのは……」

岩倉は答えず、話が途切れる。春菜は、こういうプライベートな話に突っこんでくるタイプではないようだ。岩倉が咳払いすると、春菜が再起動する。

「浅野先生の失踪に何か関係あるということですか？」

「私生活も知っている人かと思いますから、事情を聴いてみたいんです」

「でも、個人情報ですから、簡単に教えるのはまずいです。本部に相談しないと」

「その時間がもったいないんです」どこかの教室で講師をやっていれば、この時間帯には摑まる可能性が高い。「あなたから情報が出たことは明かしません。情報源は守るとお約束します」岩倉は粘った。「ちなみにその水口さんは、バイトではなく正式な社員なんですか？」

「ええ。エキスパート……正式な教員免許を持っていて、講師として十年以上のキャリアがある人です」

「そうか、教員免許を持っていても、全員が先生になるわけじゃないですよね」

「正直、塾で教えている方がお金になる場合もあります」

「じゃあ、そっちの方が……今は、学校の先生は大変と聞きますよね。授業の後片づけや準備で残業続きだし、部活の指導もあるし」

「そうですね」

「それで——転勤というか、異動はよくあるんですか？」

「数年に一度です。ローテーションと言いますか、そんな感じですね」

「それで、ローテーションでどこへ回ったんですか？」

春菜が溜息をついたが、結局勤務先を教えてくれた。成城学園前の教室。これなら小田急線で一本だ。水口が休みでない限り、摑まえられる確率は高い。

一日で、有紗の不倫相手にまでアプローチできた。

自分を褒めてもいいかもしれない。

4

午後八時、岩倉は小田急線成城学園前駅に降り立った。ここも学生の街なのだが、若い人の姿はそれほど目立たない。街に「学生の役にたってやろう」という雰囲気は薄く、安い飲食店や古本屋など、学生街に定番の店があまりないのだ。やはり、世田谷区を代表する高級住宅地と言った方がいいのだろう。

英央塾の成城学園前校は、駅前通りにある雑居ビルの二階と三階を占めていた。今は、子どもたちの出入りはない。玉川学園前校の時間割と同じだとすれば、ちょうど夜の後半の授業中のはずだ。

岩倉は事務室に顔を出し、水口が出勤していることを確認した。さすがに不審そうな表情で対応されたが、授業が八時半までということも確かめた。ここで待たずに、八時半に出直そう。授業が終わったからといって、水口はすぐには帰らないはずだ。

食事は済ませていたので、駅前まで戻り、チェーンのハンバーガー店に入ってコーヒーだけを頼む。こういうところで飲み物だけを注文すると、後ろめたい気分になるのだが、きちんと夕飯——特捜の弁当——を食べた後でハンバーガーを食べるほど、胃に余裕はない。そうでなくてもこのところ、腹の丸みが気になっているのだ。

急いでコーヒーを飲み、予定より少し早め、八時二十分に教室に戻る。しばらく待っていると、子どもたちが一斉に出て来た。後半の授業終了、ということだろう。子どもたちの波に巻きこまれるのが嫌だったので、人の流れが落ち着いてから階段で二階に上がり、事務室に顔を出す。先ほど会った女性職員が嫌そうな表情を向けてきたが、すぐに一人の男性に視線を投げる。それに気づいたのか、男性が岩倉の方を見た。すらりと背の高い、スタイルのいい男性で、記憶に刺さるような特徴はないものの、整った顔立ちである。岩倉は男性の席に近づき、「水口さんですか？」と声をかけた。

「ええと……なんですか？」

岩倉はさらに水口に近づき、小声で「警視庁の岩倉と申します」と告げた。

「警察の方？」

「浅野有紗さんのことです」

途端に水口の顔が青褪める。「ちょっと、ここでは……」と言いながら立ち上がり、手元の書類を無意味に動かし始めた。

「話せる場所で……教室とかでは駄目ですか。警察に行ってもいいですが、所轄はちょっと遠いので」

「いや、はい。教室でいいです」

慌てて言って、水口が事務室を出ていった。後を追うと、すぐ隣にある教室に入っていく。後から入った岩倉は、引き戸をそっと閉めた。完全に密室になるわけではないが、誰かに話を聞かれる心配はないだろう。

二十ほどのデスクが並んでおり、前には巨大なホワイトボード――電子黒板だろう。小さな教室という感じだった。岩倉は、座るように水口を促した。水口は恐る恐る椅子を引いて腰を下ろしたが、背が高いので、ひどく窮屈な感じになってしまう。岩倉は隣の席について椅子を動かし、彼に向き合う姿勢を作った。椅子が小さいので、長い時間事情聴取を続けたら、腰にダメージがきそうだ。

「浅野有紗さんをご存じですね」

「いや、ええと……」

「あなたが彼女と交際しているという情報があります。本当ですか？」岩倉は畳みかけた。

「いや、それは……」

「違うんですか？」

「だったら何なんですか？」水口が急に開き直ったように言った。「何かまずいんですか？」

「まずいとは思いますけど、今はそのことは言いません。有紗さんが行方不明です。知

って いましたか？」

「え？」水口が目を見開く。「マジで？　そんな……いや、確かに連絡は取れないけど……」

「話してないんですか？　メッセージのやり取りとかは？」

「全然……先週の月曜日に話してから、会ってないです。連絡が取れないから変だなと思ったけど、携帯以外で確認もできないし……」

「不倫関係だから、ですね」岩倉は指摘した。

水口が固まる。口が半開きになり、岩倉の顔をまじまじと見るだけだった。

「あなたには、同居している女性がいますね？　それにもかかわらず、浅野さんと交際していた。不倫ですよね」

「俺は結婚してない。だから、不倫では……」

「なるほど。じゃあ、正確には二股だ」岩倉は訂正して指摘した。

「それは――」水口が唇を引き結ぶ。

「不倫も二股も、それだけでは犯罪ではありません。だから警察官としては何も言えません。でも、その結果犯罪が起きたら、厳正に捜査します。浅野さんは行方不明なんです。今のところ、私生活でトラブルの原因になりそうなのはあなただけだ」

「俺は、別に……そんな……」水口の言葉が切れ切れになる。

「やはり、警察に行きましょうか。向こうでしっかり話を聴いた方がよさそうだ。もしかしたら、あなたが最後に浅野さんに会った人かもしれませんね」

「俺が何かやったっていうのか？」

「不倫関係のもつれから人が人を殺す——そういうのは嫌というほど見てきましたよ」

「俺は何もやってない！」

「だったら、あなたと浅野さんの関係を、全部話して下さい。それを聞いて、どういうことか判断します」

「クソ……」

水口ががっくりうなだれ、その拍子に額がデスクにぶつかった。演技とは思えない激しい音で、コブでもできるのではと心配になる。しかし声をかけるのも筋違いな気がするので、岩倉は水口が自分を取り戻すのを待った。水口がのろのろと顔を上げる。額は赤くなっているかもしれないが、髪がはらりと落ちているので、はっきりとは見えない。

「前の教室で知り合ったんですよね？」岩倉はそもそもの話から入った。

「ああ」

「二人とも講師で。彼女はバイトですね？」

「そうです」

「あなたはエキスパート——英央塾の正社員でプロ講師、という意味ですよね？　ちなみにあなた、生年月日は？」

確認して、年齢は三十二歳と分かった。有紗とは一回り以上違うことになる。まあ、それぐらいの年齢差は珍しくない……岩倉と実里は二十歳差である。彼女とつき合うようになってから、岩倉は年齢差というのは男女の間であまり問題にならないのでは、と考えるようになった。育ってくる間に触れてきた文化などは違うにしても、それは断絶の原因にはなり得ない。

「いつから交際しているんですか」

「去年の……十一月ぐらい」

ということは、有紗はつき合い始めてすぐぐらいのタイミングで、朋に打ち明けていたことになる。よほど嬉しかったのか、そもそもそういう話をするのが好きなのか。

「あなたが声をかけたんですか？」

「それは、お互いに――別に俺が口説いたわけじゃないです」

「彼女は、あなたに同棲相手がいることを知っていたんですか？」

「――ああ」

「どういう反応ですか？」

「いや、特には」

「特に？　何もない？」

水口がうなずいた。何だか困ったような表情……話は、彼が予想もしていなかったような方向へ進んでしまったのかもしれない。

「そういうことになって……初めて、今一緒に住んでいる相手がいるって打ち明けたんだけど、有紗は気にしないって。別に俺と結婚する気も一緒に住む気もないから、たまに会えればいいって……ずいぶん淡々としてるな、と思って驚いたんですよ」

「あなたはそれでよかったんですか？」

「まあ、有紗は——好みの子ではあったから」

「遊ぶのにちょうどいい？」

「遊びではないけど」

「じゃあ、どちらの女性に対しても本気なんですか」

「そんなの、自分では上手く説明できませんよ」

きっかけは何となく分かった。有紗は奔放なタイプなのかもしれない。将来を見据えてしっかりバイトしていても、今を楽しもうという気持ちも強かったのではないか。真面目さと奔放さが入り混じる人もいるものだ。

「あなたは今年になって、こちらの教室に異動になったと聞いています。不倫がバレて問題になったんじゃないんですか」

「まさか」

「バレていない？」

「そんなヘマはしないです」

「じゃあ、浅野さんとの関係は、完全に秘密だったんですね？　どうやって交際していたんですか？　浅野さんは大学の講義と塾のバイトで手一杯だったはずですけど」

「別に、二十四時間埋まってるわけじゃない。土日もあるでしょう」

「そういう空き時間を利用して会っていたわけですね」

「ああ」

「それで、最後に会ったのは？」

「先週の月曜日──八日」

「どこで会いましたか？」

「玉川学園前駅の近く──塾の近くで。車で迎えに行って、家まで送って行った」

「早い時間ではないですよね」

「時間が遅くても……そういうのをマメにやらないと駄目なんですよ」

「そうやって口説いたんですか？」

「だから、口説いてないです」水口が嫌そうな表情を浮かべた。

「失礼。とにかくあなたは浅野さんを迎えに行ったと」

「彼女の家、駅から遠いから。暗くて危ないし、たまに送りに行くんです」

「何時頃でした？」

「授業が終わってからだから、九時前ぐらいに。彼女はすぐに出てきて」

「そのまま家まで送ったんですか？」

「しばらく車の中で話して、それから……彼女が車を降りたのは、十時前ぐらいだったと思うけど、はっきり覚えてないな」

「ドラレコは？」

「つけてないです。古い車だし」

「家まで送ったんですか？」

「いえ」

「じゃあ、どこまで？」

「家まで歩いて五分ぐらいのところで、彼女は降りて」

「家族に見られないためですか」

「それぐらいは気を遣います」

「なるほど……じゃあ、あなたは、彼女が家に入るのを見届けてはいないわけですね」

岩倉は念押しして確認した。

「有紗に何があったんですか？」

「翌日の午前三時頃、自宅からそこそこ離れた場所で、怪我した状態で歩いているのが見つかりました。タクシーの運転手さんが発見して保護し、救急車を呼んだんです」

「まさか」水口の顔面が蒼白になった。「怪我って、何が……」

「それが、まったく分からないんです。浅野さんは病院に運ばれましたけど、警察の事情聴取を拒否しました。本当は入院している必要があったのに強引に自宅へ戻り、その後家も出てしまったんです」

「それは何で……何でそんなことを？」

「あなたには連絡はなかったんですか」

「何も……俺は何度も電話して、メッセージも送ったけど、反応がなくて」

「それでも、誰かに確認はできなかったんですね」

「家族や塾には聞けないし、友だちも知らないし」

「だったら、心配で仕方なかったんじゃないですか？」

「だけど、どうしようもない……あなたが来て、まずいとは思ったけど……」

「何が起きたと思います？」

「そんなの、分かるわけないでしょう！」水口が叫んだ。

「あなたは関与していないんですか？」

「俺が何かやったって言うんですか！」

「誰かがトラブルに巻きこまれた時、交際相手を疑うのは常道です。あなたが、八日に浅野さんと会っていたか、いつ別れたか、そういうことは証明できないんじゃないですか」

「俺は何もやってない！」水口が叫んだ。

「では、いろいろと調べさせてもらいます。明日以降、専門家があなたのスマートフォンの分析などを行いますので、提出をお願いすることになります」

「スマホがないと……仕事もできない」

「人一人の命がかかっています。そこはご協力いただかないと。通話記録も調べますが、メールやメッセージも削除しないで残しておいて下さい。削除すれば分かりますし、その場合は証拠隠滅と判断します」

「俺は……俺は犯罪者じゃない！」

「私もそうは思っていません。ただ、浅野さんは見つけなくてはいけないですから、それに協力してもらいたい。協力できないというなら、警察としてはやることをやるだけです」

「脅すんですか」

「脅しではなく、単にこれからどういうことをするかを説明しただけです。私は絶対に浅野さんを見つけます。あなたも恋人なら、協力して下さい」

「だけど俺には、一緒に住んでいる相手がいて……」

「その人と結婚するんですか？　浅野さんとはあくまで遊びだと？」

「いや、そういうわけじゃないけど」

岩倉は何とか怒りを押し殺した。女性を食い物にする男はいる。単に遊びの相手と見て、向こうの感情も考えずに適当に捨ててしまうクソ野郎もいる。岩倉はこれまで何十人ものひどい男を見てきたが、水口はその中でもかなり上位に入りそうだ。自分の欲望だけに従って有紗と遊び、彼女が危機に陥っているのに、自分の立場を優先的に考えている。

「では、明日の朝、担当者から電話をさせます。余計なことはしないで下さい。あなたの電話番号と住所を教えてもらえますか」

水口が渋々、情報を口にした。岩倉が「ありがとうございました」と言うだけなので、不審気な視線を向けてくる。

「メモとか取らないんですか？　それとも勝手に録音とかしてたんですか？」

「覚えました」岩倉は耳の上を人差し指で突いた。

「まさか」

岩倉は住所と携帯電話の番号をすらすらと告げた。

「マジかよ……」呆れたように水口がつぶやく。「そんなに記憶力がよかったら、試験とか、楽勝だったでしょう」

「試験は、覚えていればいいってわけじゃないですから。その辺、水口さんの方がよくお分かりじゃないですか」

子どもの勉強のことは分かっているだろう。しかし人生の真実が分かっているとは思えなかった。

「もうそこまで割り出したんですか？」電話の向こうで、驚くというより呆れた口調で醍醐が言った。

「運もよかったんだ」

「これじゃ、うちがサボっているみたいじゃないですか」

ないから」

「失踪課は忙しいじゃないか。俺はこれだけに集中して調べたから」

「――それで、明日の朝イチでこの水口という男に連絡を入れればいいですね？」

「ああ。スマホはいじらないように警告しておいた。証拠隠滅されたらたまらないからな」

「了解です――こいつがやったと思いますか？」

「レベル九ぐらいのクソ野郎だけど、人を殺すような度胸があるとは思えない。調子がいいだけの奴じゃないかな」

「しかし、浅野さんは不運ですよね。今の話を全面的に信じるとしたら、浅野さんは家まで歩いて五分――その場所から家に戻るまでの間に、トラブルに巻きこまれたことになります」

「拉致とか」

「静かな住宅街ですけど、騒がれずに拉致する方法はあるでしょう」

「だろうな。とにかく、一つの手がかりにはなると思うんだ。明日以降も俺は手伝うけど、どうする？」

「水口という男のことは任せて下さい。ガンさんは、関係者に当たってもらえますか？いい情報、引っ張ってきているし、その流れで」

「分かった――しかし何だか、本格的に失踪課の仕事をしているみたいだな」

「何だったら、失踪課に来ませんか？　定年も延びたし、これから新しい仕事もやれるでしょう」

「そうなんだろうけど、せっかく捜査一課に戻ったんだから、しばらくこっちで頑張るよ。これはあくまで、臨時ということで」

「でも、興味があるなら言って下さい。高城課長に相談しますから」

「人に誘われるうちが花とか、よく言うよな」

「ガンさんなら、引く手数多《あまた》だと思いますけど」

「お前、いつの間にか口が上手くなったな」

「子どもを四人も育ててると、言葉で相手を動かすテクニックが自然に身につくんですよ」

「俺は子どもか」岩倉が笑うと、醍醐も釣られて笑い声を上げた。

醍醐も決して、望んで失踪課に異動したわけではないが、いつの間にか馴染んで、ワークライフバランスも取れているようだ。

人はいつの間にか、置かれた環境に慣れる。そこに喜びを見出せる。

自分はこれから、捜査一課でどんな喜びを見つけていくのだろう。あるいは人生で。

リストを使って、有紗の友人たちに一気に事情聴取をしようと思ったのだが、電話をかける場所がない。地域課はオープンなスペースだし、所轄の一階は新聞記者も出入りしていい決まりになっているので、誰に話を聞かれるか、分かったものではない。有紗の失踪事件は広報されていないが、奇妙な事件なので、嗅ぎつけたら興味を持つ記者もいるかもしれない。記事になる前に、さっさと解決したかった。かといって、特捜本部の隅で、こそこそ電話作戦を繰り広げるわけにはいかない。あそこはあくまで、殺人事件の捜査のための部屋なのだ。

結局、交通課の取調室を借りることにした。もしも何か事件が起きて向こうが使うことになったら、すぐに出て行く——そう考えると何だか落ち着かない。交通事故は頻繁に起こっており、交通課の取調室は、警察署で一番多く使われる場所とも言われているのだ。

しかし今日は、静かだった。いい日だと思ったが、岩倉の電話作戦は思わしくない。相手が摑まらなかったり、話をしてもろくな情報が出てこなかったり、そもそも電話番号を割り出せなかったり。一時間が経過すると、早くも肩が凝ってきた。コーヒーを補給しようかと立ち上がった時、スマートフォンが鳴る。失踪課八方面分室の番号が浮かんでいた。

「お疲れ様です」醍醐だった。

「お疲れ」

「水口を引きました」

「逮捕したのか?」昨夜の感じでは、水口は有紗に何かしたとは思えない。

「いやいや、取り敢えず、やっこさんの自宅近くの所轄に呼んだだけです」

「了解。失踪課では、何か疑っているのか？」

「事件だとすれば、第一容疑者と言っていいんじゃないですか。まあ、その辺は任せて下さい。うちにも人材は揃っていますから、何かあれば必ず吐かせますよ」

「それは信用してるけど……」本当に事件になっていたらまずい。有紗が姿を消してから、既に一週間以上。もしも殺されて、遺体がどこかに遺棄されていたら。一週間以上も、誰にも見つからずに一人でいたとしたら、悲し過ぎる。

「馬力をかけてやりますよ。うちもサボっていたわけじゃないですけど、ちょっと甘くみていたかもしれません」

「たまげたな」

「何がですか？」

「警察には、自分のミスを認めるような組織はない――少なくとも俺は知らない」

「うちは数少ない例外ですから」

「そうか……俺も、水口を叩くのに協力しようか？」

「いや、それはこっちに任せて下さい」

「じゃあ、せめて取り調べの様子を見せてくれよ。奴の自宅の最寄りは、世田谷北署じゃないか？」塾の講師というのは、やはり儲かる仕事なのだろうか。自宅は小田急線の梅ヶ丘駅近く。女と一緒に住んでいるとしたら、狭いワンルームでもあるまい。

「そうですけど」醍醐は渋っていた。

「俺も勉強したいんでね。どうせ、午前中一杯はかかるんじゃないか？　見学させてくれ」

「それは止められませんけど、自分で取り調べする、なんて言わないで下さいよ。昨夜は特別ですからね」醍醐が釘を刺した。

「分かってる。じゃあ、現地に行くよ」

「……はいはい」

醍醐に迷惑をかけていることは分かっているが、興味は抑え切れない。あらゆる物事に対する興味を失ってしまったら、刑事はおしまいだ。


小田急線で一本、梅ヶ丘までは近いと思ったが、途中で急行から各停に乗り換えたりして、結構時間がかかった。梅ヶ丘駅からほど近い世田谷北署に着いた時には、町田署を出てから一時間以上が経っていた。既に午前十一時半。

水口に対する事情聴取は続いていた。容疑者というわけではないのだから、会議室でも使えばいいものを、刑事課の取調室に入っている。事情聴取に当たっているのは女性刑事で、何となく見覚えがあった——と思った瞬間に思い出す。明神愛美《みようじんめぐみ》、失踪課で高城が片腕と頼むスタッフだ。本当は所轄から本部の捜査一課に栄転する予定だったのだが、あるトラブル——若い警官の自殺——で人事の予定がずれ、その余波を食って失踪課に異動になったという可哀想なキャリアの持ち主である。ただし、それからもう十数年も経つ。異動する機会はあったはずなのにまだ失踪課にいるということは、気に入っているのかもしれない。岩倉の感覚では、あまり面白そうな職場ではないのだが、置かれた場所で喜びを見出す力は誰でも持っているのだろう。

岩倉は、モニターで事情聴取の様子を見守った。愛美は厳しくはないのだが、一切感情を感じさせない冷たい態度で話を聴いている。水口は非常に居心地が悪そうで、両手を腿《もも》の間に挟みこみ、背中を丸めていた。既に話は煮詰まっているようで、二人の言葉は途切れがちになる。沈黙が始まると、水口は体を揺らし、咳払いして、何か言おうと必死に努力しているようだった。

岩倉が到着してから二十分後、若い男性刑事が取調室に入っていく。愛美の耳元で何か囁くと、愛美がうなずいて立ち上がる――それで、取り調べは終わりになったようだった。

水口と顔を合わせるのも気が進まないので、岩倉はモニターの前からどいてトイレに行った。用を済ませて戻ると、水口は既に帰されたようだった。モニターにはまだ取調室の内部が映っており、愛美が若い刑事と打ち合わせをしている。岩倉は構わず、取調室に入った。

「すみません、関係者でない方は――」愛美がこちらを見もせずに言った。

「関係者じゃないけど、関係している者ですよ」

愛美が首を捻って取調室の出入り口を見た。厳しい表情は崩さずに「岩倉さんじゃないですか」と言った。

「どこで会ったか思い出したよ、久しぶりだ。二年ぶりかな？　俺が立川にいた時に会っている」

「——この件、岩倉さんが引っ張ってきたんですよね」

「頼まれ仕事だよ。水口のことが気になって、ここまで来ちまった」岩倉は肩をすくめた。「何だか邪魔したみたいになったから、昼飯でも奢ろうか」

「じゃあ、ご馳走になります」愛美があっさり言った。一度か二度しか会ったことがない相手にしては、妙に図々しいというか、距離の詰め方が速い。「飯でもって、警察の中ではよくある挨拶じゃないですか」

「ああ。さようなら、ぐらいの感じでよく使うな」

「でも、今度飯でもっていう話が実現することなんて、まずないでしょう？　だから私は、そういう時は『今度』じゃなくて『今』にしています」

「分かった、分かった」岩倉は苦笑した。はっきりものを言うのは、警察官として極めて正しい態度だが、高城は閉口しているのではないだろうか。仕事はできそうだから、右腕と頼むのは当然として、何かあったら平然と高城をやりこめそうだ。

「食事の前に悪いニュースです。水口さんは、一応シロと判断しました」

「そうか」

「意外だって感じじゃないですね」愛美が目を見開く。

「クソ野郎だとは思うけど、人を殺すまでではないか……」

「クソ野郎については同意します」愛美が無言でうなずいた。「街で会ったら、知らんぷりして後ろから足を引っかけてやろうかと思います」

「俺が一緒にいない時にしてくれ。フォローが大変そうだ」

「そうします」真顔で愛美がうなずく。「さて……行きますか」

「じゃあ、自分は本部に戻ります」若い刑事が言った。

「あら、君もご馳走になったら？　捜査一課のベテラン刑事さんに奢ってもらう機会なんて、あまりないわよ」

「課長が、一刻も早く報告するように言っていますので」

「高城さん、そんなにきつい人だったか？」岩倉は思わず訊ねた。自分に厳しく、他人には甘い印象があるのだが。

「彼はきたばかりで、研修中みたいなものですから」

「そいつは残念。今度何かあったら奢るよ」

「ありがとうございます」若い刑事が丁寧に頭を下げた。「では、自分は失礼します」

「礼儀正しいじゃないか」刑事が出て行くと、岩倉は言った。

「それだけじゃあ……」愛美は不満そうだった。

「物足りない？」

「いい子なんですけど、あまりにも癖がないのもどうかと思います。それに、あんな風に直立不動で対応されたら、行方不明者の家族は緊張しちゃいますよ」

「確かに。支援課と失踪課は難しいな」

「嫌われ者の支援課と一緒にされても」

刑事が無駄話をしていると「どこの部署が嫌われているか」という下らない話題がしばしば出る。よく言われるのが、総合支援課、SCU、捜査一課の追跡捜査係が「警視庁三大嫌われ部署」というものだ。総合支援課は、被害者や加害者家族のケアを最優先するために、捜査に「待った」をかけてしまうこともある。SCUは「どこの部署が担当するか分からない事件を捜査する」という名目で作られた部署で、時に他の捜査部署との間で、仕事の担当に関して摩擦が起きる。追跡捜査係は、未解決事件を解決することによって、結果的に事件発生当時に担当した刑事たちに恥をかかせる、と言われる。ただし追跡捜査係は、基本的に捜査一課が担当した事件しか再捜査しないので、「被害」は少ないという指摘もあった。

失踪課も以前は、高城の強引な捜査で他の部署とトラブルになることもあったが、高城が娘の失踪事件と折り合いをつけてからは、そういうこともなくなった。以前は「嫌われ者の四天王」と言われていたのだが、今では失踪課が問題を起こすことはほとんどなく、そのレッテルは外されている。だいたい、そんなにトラブルばかり起こしていたら、高城も課長になれるわけがない。仕事ぶりがしっかり評価されたからこそ、警視にまで昇進できたのだ。

岩倉は梅ヶ丘には縁がない。小田急線沿線の高級住宅街、という印象しかなく、飲食店の情報はゼロだった。署を出て歩き出すと、愛美がぶつぶつ言い始めた。

「下北沢なら、お店はいくらでもあるんですけど、今からそっちへ行くのは面倒ですよね」

「そうだな。それに、若者に揉まれて窒息死しそうだ」

「右に同じくです」

「君が？」岩倉は疑いをこめて言った。愛美は小柄で、非常に若く見える。

「私もう、四十を過ぎましたから。若いなんて言ったら馬鹿にされます」

おっと、これは迂闊だった。今時年齢のことを気にする女性はいないかもしれないが、余計なことは言わない方がいい。

「さて、どうしますかね」

愛美が駅の方へ歩き出す。まあ、無難な選択……しかし、駅から署まで歩く間の五分では、食事が取れる店は見つからなかった。結局駅前まで出て、チェーンの中華料理店に入る。

「贅沢は言えないですね」残念そうに愛美が言った。

「奢るなら、高くて美味いものがいいと思ったんだけど」

「それ、借りておいてもいいですか？　次の機会に」

「了解」

昼間なので、ニンニクの効いた料理を頼むわけにもいかない。結局二人ともチャーハンにした。スープつきで四百五十円。堂々と「奢った」とは自慢できない額だ。

そそくさと食事を終え、署の方へ戻る。途中に広大な公園があるので、そこで話すことにした。平日の昼間、中を散策する人も少ないので、人目を気にせず話せる。安いチャーハンだけではさすがに申し訳なく、自動販売機でお茶を買って渡した。これでも昼飯は五百円台だが。

ベンチに腰かけると、何だか気が抜けてしまう。今日はぽかぽか陽気というより暑さえ感じる一日なのだ。確か、最高気温の予想は二十五度ぐらいだったのではないか。思わず背広の上衣を脱ぎ、膝の上に置く。

「ここ、梅の名所なんですね」愛美が唐突に言った。

「ああ、それで名前が梅ヶ丘か。惜しいな。梅にはちょっと遅かったね」

「梅の時期だと、ここでのんびり日向ぼっこはできないんじゃないですか。梅祭りとかで混むでしょう」

「確かに……それで、どうして水口はシロだと？」

「四月八日午後十時四十五分、新百合ヶ丘駅近くのガソリンスタンドで、彼が給油したのが分かりました。カードの使用履歴と店の記録で確認しています」

「家の方には近づいていたわけだ……ただ、浅野有紗さんが何時に襲われたかは分かっていない。家の近くで降ろしたのも嘘で、ずっと連れ回していたのかもしれない」

「それと、日付が変わった九日午前〇時十分、自宅マンションに戻ったことが確認できています」

「車にはドラレコはついていないっていう話だけど」

「マンションの駐車場で確認できました。防犯カメラの映像は上書きされていたんですけど、立体駐車場に、いつどのナンバーの車が停まったか、出ていったかは、ログが残るそうです。しかも一ヶ月分」

「そこに水口の車の記録があった」

「そういうことです。その時間に家に帰って、車はその後数日間、駐車場から出ていません。ということは、水口が町田市へ戻ったとは考えられないんです」

「タクシーは……というのは強引な考えかな」

「はい。水口は不倫に対して後ろめたい気持ちも感じないクソ野郎ですけど、浅野さんとの関係は悪くなかったみたいです。お互いに遊びと割り切っていたんじゃないでしょうか」

「大学生が、そんな風に考えるかね」

「年齢は関係ないんじゃないですか」愛美がさらりと言った。「水口も、浅野さんが自分との関係を割り切ったものだと思っていたことは分かっていて、その方が気が楽だと言ってますよね」

「ああ、ひどい話だ」

「ひどい話ですけど、嘘とも思えません。今後、スマホの通話記録やメール、メッセージのやり取りは調べますけど、やばい話が出てくるとは思えません」

「そうか……申し訳なかった。無駄足を踏ませたな」

「高城さんがやる気になってますから、これから頑張ります」

最初から頑張ってくれていたらと思ったが、醍醐を責める気にはなれない。彼は自分の失敗を認めているのだから。

「お茶、いただきますね」

「どうぞ」

チラリと横を見ると、愛美は首を後ろに倒すようにしてお茶を飲み始めたところだった。細い首筋に光るネックレス——それを見た瞬間、岩倉の脳裏に蘇る記憶があった。

「そのネックレス、ジェーンだよな」

「何ですか、いきなり」愛美が喉元を掌で押さえた。

「ジェーンのリトルフラワー、品番はＪＬＦ００１」

「岩倉さん、女性用のアクセサリーに興味なんかあるんですか」愛美が嫌そうに言った。

「いや——町田の殺人事件で、現場に落ちていたのもそれなんだ」

「あまり気持ちいい話じゃないですけど、これ、人気商品ですから」愛美が指先でネックレスを持ち上げた。「若い子向けですね。私はもう、ジェーンのアクセサリーをつける年齢でもないんです」

ネックレスやイヤリングに「年齢」があるのだろうか？　デザインが若者向けかどうか、岩倉には判断できない。

「そうか……そういうのって、どんな風に保管してる？」

「どうって……専用の入れ物がありますよ。ネックレスはもつれがちなので、できるだけ真っ直ぐな状態で置いておく感じですかね」

「そうだよな……」

「何か……愛人にプレゼントとかですか？」愛美が皮肉っぽく笑う。

「いやいや」そもそも実里は、あまりアクセサリーを身につけないタイプだ。

岩倉が気にしているのは、有紗のことだ。

5

記憶にあった通りだった。

有紗のアクセサリーケース。不自然な「空き」を岩倉は思い出していた。

愛美が言ったように、ネックレスを長いまま保管する「溝」が五列ある。そのうち四列にはネックレスが置いてあったが、一列だけ空いている。しかしよく見ると、ネックレスを固定しておく溝の部分に、擦れた跡があった。五列の溝全てが使われていたのは間違いない。

　岩倉はアクセサリーケースをローテーブルに置いて、貴美に示した。

「ここには普段、ネックレスが五本、保管してあったと思います」

「そうですね。このアクセサリーケース、私が買ったんです」

「そうなんですか？」

「有紗、結構雑なところがあって、よくネックレスが絡まってたんです。だからきちんと保管するようにって」

「それで、五本あったんですね……問題は、これです」岩倉はタブレット端末を取り出し、有紗の免許証の写真を示した。去年取得したばかりの免許なので、現在の顔と近いだろう。「この写真でも、ネックレスをしていますね。これ、ジェーンというブランドのリトルフラワーではないですか？　品番はＪＬＦ００１」

「品番は分かりませんけど、はい、リトルフラワーなのは間違いありません」

「確実にそう言えますか？」

「ええ。大学の入学祝いで、自分にご褒美的に買っていました。高校生の頃の憧れのブランドだったんです。ただ、高校生にはちょっと背伸びした値段なので」

「愛用されていた？」

「ええ……ちょっと……ちょっと待って下さい」貴美が額に右手を当てた。目をきつく閉じ、しばらく何か考えていたが、目を開けると、自信なげに切り出してきた。「有紗、これをなくしたかもしれません」

「なくした？」

「はい、あの……八日の朝、あのネックレスをして家を出たのは間違いないんです。朝、玄関先で見たのは覚えていますから。でも、次の日に病院で見た時は、ネックレスはしていませんでした」

「服とかはどうなっていましたか？」

「私が見た時は、病院のパジャマに着替えさせられていたので……」

「その後、服は見ましたか？　破れていたりとかは……」

「いえ、汚れていましたけど、破れてはいなかったです。汚れは、土か何かがついた感じだったんですけど」

「それ、どうしました？　洗濯済みですか」

「もちろんです。あの、服が何か……？」

岩倉は一呼吸置いた。暴行された形跡はあるか――母親には聞きにくい話だ。しかし貴美の方で、岩倉の意図に鋭く気づいたようだ。

「暴行を受けたということはないと思います。汚れていたけど、服はきちんとしていました」

「その服を、お借りできますか」

「構いませんけど……やっぱり、乱暴されたんでしょうか」

「そうなのかどうか、判断するために調べます。もう一度確認しますけど、有紗さんはリトルフラワーをなくした可能性がありますね？　例えば誰かと揉み合いになって、そのタイミングで外れてしまったとか」

「外れやすいそうです。実は一度見つからなくなって、大騒ぎになりました。ベッドに落ちていたんですけど」

「そうですか……では、服をお借りします」


失踪事件の関係なので、この服は失踪課に持ちこむのが筋かもしれない。しかし岩倉は、醍醐に相談して、町田署の特捜本部に持って行った。どうせ調べた結果は、失踪課とも共有することになるだろう。

鹿野は、岩倉が持ってきた袋を見て、怪訝《けげん》そうな表情を浮かべた。岩倉はラテックス製の手袋をはめ、中のものを取り出してテーブルに並べた。濃紺のブラウス、色落ちしてダメージが入ったジーンズ、そしてこれが大きな手がかりになるかもしれないが、トレンチコート。ブラウスとジーンズは洗濯したが、トレンチコートはクリーニングに出すつもりでいて、有紗の失踪の混乱の中で忘れていたのだという。広げて確認すると、背中にまだ泥がくっついている。他に、草が擦れたような形跡もあった。有紗は、芝生の上で転がりでもしたのだろうか。そしてコートとブラウスの袖口には、小さな切り傷があった。

「ガンさん、これは何なんですか？」

「町田署の管内で行方不明になっている、浅野有紗さんの服です」

「ええと……その件は、ガンさんに任せてありますよね」

「こっちに関係あるかもしれない」

「殺しに？」

「現場で見つかった刃物とネックレス、鑑識が調べていますよね？」

「もちろん」

「ＤＮＡ型の鑑定は終わっていると思いますけど、結果は来てます？」

「来てますけど……」

「ネックレスの方、何か出てますか？」

「引っかかっていた髪の毛からＤＮＡ型は検出されているけど、照合する対象がないですから」

「照合対象はあります」岩倉はブラシを取り出した。有紗が使っているものを借りてきたのだが、髪が数本、絡んでいる。「このブラシの髪の毛を鑑定して、照合して下さい」

「まさか、行方不明になった女性が殺しの現場にいたと？」

「可能性はあります。現場で見つかったネックレスですが、浅野有紗さんも同じネックレスを持っていました」

鹿野がぴたりと動きを止めた。しかしすぐに立ち上がり、特捜本部の片隅にあるロッカーに向かう。鹿野はしばらくロッカーと格闘していたが、鍵が開かないのか、悪態をついてロッカーを殴りつけた。怒るとモノに当たるのがこの係長の悪い癖だ……岩倉はロッカーの前に立ち、鍵を受け取った。見た瞬間、鹿野がそもそも勘違いしていたのだと分かる。

「係長、これ、デスクの鍵でしょう」

「え？」鹿野が慌ててズボンのポケットを探る。すぐに、岩倉が持っているのとよく似た鍵を手に取った。今度はロッカーはすぐに開いた。

中から、証拠品袋に入ったネックレスを取り出す。岩倉はバッグからルーペ――最近老眼鏡だけでなくルーペも持ち歩くようにしている――を取り出し、ネックレスをじっくり観察した。型番や製造番号らしきものはない。付着していた髪の毛のDNA型鑑定に頼るしかないだろう。

「すぐに手配しますよ。今日は、気合いを入れ直しだ。一課長にも来てもらいますか」

「まだあまり期待させない方が……一課長、連続殺人事件で追いこまれているから、すぐに食いつきますよ」

「それは……そうですね。それで外れていたら、目も当てられない」

「それは……そうですね。もうちょっと結果がはっきりしてからにしますか」

「その方がよろしいかと」

「では、そのブラシ――髪の毛の手配をします」

「それは俺がやりますよ」

「ガンさん――これ、どういうことだと思います？」

「係長はどう思いますか？」岩倉は逆に質問した。

「うちの事件は解決するかもしれない。しかし、そっちは……この二人、何か接点はあるんですか？」

「浅野有紗さんサイドから見たら、澤田友毅との関係はないですね。ただし、あくまで『今のところ』なので、これから調べ直します」

「澤田の方からも調べてみましょう」

「ただ、関係がある感じではないですね。浅野さんには恋人もいて、八日──先週月曜の夜にも会っていたことが分かっています」

「その恋人は事件に関係ない？」

「失踪課が調べていますが、浅野さんが負傷したことには関係ない可能性が高いですね」

岩倉はブラシに付着した毛髪の鑑定を科捜研に頼んだ。こちらで持ちこまねばならないので、岩倉が本部へ行くことになる。その前に──ふと頭に浮かんだ疑問を解決するために、病院へ寄っていくことにした。

「少し遅くなるかもしれないけど、構いませんね？」岩倉は事情を説明した。

「電話で、というわけにはいきませんか？」

「病院は、怪我や病気の容態については、電話では教えてくれませんよ。いかに失踪事案であっても、無理でしょう」そもそも初動の段階で、病院側に確認しておけばよかったのだ。いきなり病院から抜け出すという異常事態だったから、病院側も捜査に協力してくれたかもしれないのに……今はかなり時間が経ってしまっているから、態度が硬化しているかもしれない。

ここは頭を下げ続けるしかないだろう。この歳になると、頭を下げることに抵抗はなくなる。もっと屈辱的なことも、いくらでも経験してきたのだ。

病院では、外科の福村和美《ふくむらかずみ》医師が応対してくれた。大柄で柔和な笑顔。いかにも患者が安心しそうなタイプだ。

「ずいぶんゆっくり来るんですね」いきなりの皮肉攻撃。大らかなのは見た目だけかもしれない。

「申し訳ありません。当初は事件性がないと思われていたんですが、ちょっと状況が変わりまして」早くも頭を下げることになった。まだ本題には入っていないのに。

「ということは、あの人——浅野さんは事件の被害者ということですか?」

「被害者かどうかは分かりません」

「まさか、加害者?」福村医師が急に食いついてきた。事件に興味がある人は、どこにでもいるものだ。

「それを調べています。今日は取り敢えず、怪我の具合を確認させて下さい」

「まず、性的暴行を受けた形跡はありません。本人もそう言っていました。一番ひどい怪我は左膝。よく歩いていたと思うぐらいですけど、靭帯の状態を詳しく検査する前に出ていってしまったから、詳細は……それと腰と背中を打撲。ひどく転んだような怪我ですね。ただ、骨折などはなくて、あくまで打撲です。腕にもあざがあったけど、あとは、そうですね……左前腕部に切り傷。小さな傷だけど、かなり鋭い刃物による傷だと思われます」

「ナイフとか？」

「ナイフとか」

実際、コートもブラウスも、左袖が切れていた。切りつけられたような跡。町田署の地域課も、最初にこれをしっかり調べていれば、きちんとした初動捜査につながっていたのではないだろうか。刃物が使われたということは、かなり凶悪な事件と判断できたはずである。

「その辺について、浅野さんは何と言っていたんですか？」

「何も言わないんですよ。それで朝になって、いきなり出て行っちゃうんだから、訳が分からない」

「深刻な怪我は膝だけですか？」

「少なくとも頭は打っていなかったと思う。外傷もなかったし、会話もきちんと成立していたし。ただし本人は、すごく慌てていたけど」

「どういう感じですか？」

「パニック一歩手前という感じ。会話は成り立つんだけど、途中で過呼吸みたいになって。だから私も、事情を聞くのは朝になってからと思ったんだけど……いきなりいなくなるから」

「ご家族も心配しています。自由に動けるんでしょうか？」

「マラソンは無理ね」笑えないジョークに、言った福村医師本人が引き攣った表情を浮かべる。

「何があったと思います？」

「それは私に聞かないで下さい」福村医師が厳しい表情を向けてきた。「警察の仕事でしょう……もう、手遅れかもしれないけど」

痛いところを突かれた。手遅れ——そうかもしれないが、走らないわけにはいかない。

第四章　リンク

1

中島桃花《なかじまももか》、十九歳、大学一年生。ふざけたことに、ホストクラブ通いをしている。ただし月に二回だけ。あとの時間は、ホストクラブで金をばら撒くためにアルバイトをしている。

週四回、午後七時から十一時まで、新宿のキャバクラ勤め。男たちに肌を見せ、愛嬌を振りまいて、十一時を過ぎると一切の表情を消して、中央線で三鷹のマンションに戻る。月曜から木曜までは、判で押したように同じ生活だ。

狙うのは三鷹駅から自宅までの間と決めていた。

帰宅ルートは常に同じ。自宅近くが特に暗く、帰宅時間の午後十一時過ぎになると、もう人通りはほとんどないから、そこがポイントになる。既に計画は立った。しかし、もう少し泳がせておこう。最後に、ホストクラブでたっぷり遊んでくればいい。いい気分になって帰ってきたところで、最悪の終幕を味わってもらうから。こういう人も世の中には必要だ。真面目に働き、稼いだ金をホストクラブに落として経済を回す。しかしこの女は消える。俺の手で消える。目に入ってしまったのだから、仕方がないではないか。

久々に本部へ上がり、DNA照合用のブラシを科捜研に預ける。既に検査が終わっているネックレスから検出されたDNA型との照合を、頭を下げて頼みこむ。科捜研には常に多くの材料が持ちこまれていて、鑑定を求める依頼書は、大変な高さに積み上がっている。頭を下げても早くやってもらえるわけではないが、話をしているうちに、どんよりしていた技官の目が光り出すのを、岩倉は確認した。科捜研や鑑識の連中は、ブツから事件の謎に迫っていくパターンが多い。今回応対してくれた技官も、謎解きが大好きタイプと見た。まったく違う事件がひょんなところからくっつく——その可能性に興奮しているのだろう。

難しいほど燃える、ということもあるわけだ。

捜査一課の自分のデスクに戻り、パソコンを立ち上げてメールだけチェック……しかし新着メールもなかった。一日を無駄にしないように、さっさと町田署へ帰ろう。これからできることもある——むしろ、これからが本番だ。

立ち上がったところへ、大友がやって来た。

「あれ、どうしたんですか？」

「ちょっと科捜研にお届けものがあってね」

「町田の事件も、なかなか動かないみたいですねえ」

大友は妙に疲れているようで、ハンサムな顔には渋みが増していた。岩倉の隣のデスクについて溜息を漏らし、両手で顔を擦る。

「どうした。そんなげっそりした顔してると、イケメン台無しだぞ」

「連続殺人ですよ。げっそりするのも当然じゃないですか」

「新しい事件はないだろう」

「結局、うちの係も投入されたんです。特捜の体制を立て直して、一課長が毎日気合いを入れていますよ」

「四件か……被害者に共通点があるから、すぐに犯人に辿りつけると思ったけどな」

「いや、その共通点というのも、ありそうでないかもしれないんですよね。結局、犯人を捕まえてみないと分からないんじゃないかな」

「被害者は十八歳から二十一歳まで。全員学生。それだけじゃ、共通点とは言えないか」

「微妙ですよね」

「江田美優、二十一歳の大学三年生、柴崎礼、二十歳、大学二年生、杉本愛菜、高校三

年生で十八歳、最新の被害者が中島桃花、十九歳で大学一年生か」

「自分で捜査もしてないのに頭に入ってるんですか？」

「あれだけニュースで流れてたんだから、嫌でも覚えるよ。あと、共通点と言えば、現場が全部多摩地区、ということだな。多摩市、稲城市、狛江市、三鷹市」

「多摩地区でくくれますけど、路線はバラバラですし、それほど近いわけでもない。多摩市と狛江市なんか、結構離れてますよ」

「微妙、か」岩倉は腕を組んだ。自分なりに色々考えてもみたのだが、どうにもつながりが悪い。犯人は現場に遺留品を一切残さず、被害者に性的暴行も加えていないので、DNA型が検出できる体液なども残していない。若い女性ばかりが襲われる事件というと、性的暴行目的のケースが多いのだが、この犯人は純粋に殺すことを楽しんでいるようだった。被害者の死因は全て失血死。鋭利な刃物で腹や胸など数ヶ所を刺されていた。手際がいいという表現はどうかと思うが、犯行時間は短く、確実に急所を狙っている印象があった。その刃物傷は同一、つまり凶器は同じと判断され、さらに被害者全員の遺体から、わずかな鎮静剤の反応が出ていた。鎮静剤で眠らされ、現場へ連れていかれて――というパターンだろうか。

「典型的なシリアルキラーだな」

「ですね」大友が同意してうなずいた。「海外っぽい事件だな。日本では珍しいですよね」

シリアルキラー――連続殺人犯。犯罪心理学的には、一ヶ月以上にわたって、一定の休止を挟みながら殺人を繰り返す犯人を指す。この「シリアル」は「連続して」という意味で、犯人はまさに淡々と、同じ手口で犯行を繰り返すのだ。動機は性的なものである場合もあるが、ただ誰かを殺したいという、まさに異常心理に基づく場合も多い。こういう連続殺人は、大友が指摘する通り、日本よりも海外の方が圧倒的に多い。銃器が手に入りやすいという背景もあるだろう。一般的に、刃物で刺したり首を絞めたりするよりも、距離を置いて銃で撃つ方が心理的抵抗が少ないと言われている。

「間隔は……法則性があるわけでもないな」

「ですね。最初の事件が去年の二月。まだ寒い時でした」

「二回目が六月、三回目が九月、間隔が空いて、直近は今年の二月だ」

「シリアルキラーだったら、決まった間隔で犯行を繰り返すものじゃないですか？」

「必ずしもそうとは限らないけどな。毎週水曜日とか、毎月十五日に決まっているとか、そういう話は聞いたことがない」

「そういうのって、ミステリ小説の中の話ですよね」

「ああ。科捜研の心理学の専門家に聞いてみる価値はあるけど、今はそのタイミングじゃないな。そういう話を聞いても、事件の解決につながるとは思えないし」

「そうですね……とにかく、プレッシャーがすごいですよ」

「石本課長、相当カリカリしてるよな。うちの特捜にはほとんど顔を出さないぐらいだから、それだけ連続殺人の方に傾注してるってことだ」

「ですね」

「それで？　今はどういう体制になったんだ？」

「ここに統括本部を置いて、各所轄の特捜をまとめています。現場に出ている本部の刑事を減らすわけにはいかないから、分析担当の我々がここで毎日、書類を洗い直しているわけですよ。必要があれば現場にも行きますし」

「バテるよな」

「まったく、てんてこ舞いですよ。前の特捜が終わったばかりなのに……ガンさんは、本当はこっちの特捜に興味があるんじゃないですか？」

「もちろんさ」岩倉はうなずいた。「ただ、順番を無視して勝手に動くわけにはいかない」

「捜査一課に遊軍がいてもいいかなって、昔から思ってるんですよ。どこかの係が難儀している時に、さっと登場してヘルプに入るような。ガンさんなんか、そういう役目にぴったりだと思うけどなあ」

「普段はどうしてるんだよ。ぶらぶらしてればいいのか？」

「それでいいんじゃないですか。元々待機中は、何かやってるわけじゃないし。領収書の整理ぐらいでしょう」

思わず苦笑してしまった。捜査一課は係のユニット単位で動くので、「お呼びがかからない」待機状態が長くなることも珍しくない。そういう時に何をしているかというと、前の特捜で使った経費の精算だ――というのは、昔から言われているジョークである。ただし岩倉も忙しい時は領収書を溜めがちで、後で必死に思い出して精算、ということは珍しくない。事件に関する記憶力は確かなのに、それが日常生活には生きない……生活能力は低い方だと言っていいと思う。妻も、そういうところが嫌だったのかもしれない。

「ま、頑張ってくれよ。お前の仕事は、犯人を逮捕してからだと思うけど」大友は係の取り調べ担当だ。容疑者を逮捕してからは取り調べに専念し、他の刑事たちは証言の裏を取る。岩倉にもよく分からないのは、大友の尋問テクニックだ。「大友の前に座ると、容疑者は自然に話し出す」と言われているぐらいだが、もちろんそんなことがあるわけもなく、何か独自のテクニックがあると思うが……。

一般に取り調べは、論理的に攻めるか、情に訴えるか、二つの方法が主流である。絶対的な証拠や客観的に証明できる犯人の動機をつきつけ、相手が犯行を認めざるを得なくなるように追いこむやり方。それか、犯人の気持ちに寄り添い、良心を揺さぶって、向こうから自然に話させるやり方。人によって得意不得意はあるし、両方のやり方を上手くミックスできる人もいるが、大友はどちらだろう。一度自分が記録係に入って、そのテクニックを盗みたいとも思っている。五十代後半に入っても、勉強は続くのだ。

「ガンさんの見立てはどうですか？」

「何とも言えないな。被害者像以外に共通点が見つからないんだ。その共通点も、年齢が近いこと、学生であることだけだ。同じ学校に通っていたわけじゃないし、互いに知り合いでもなかった。犯人の行動範囲が広過ぎる感じもする」先ほどもこの話は出たのだが、やはり引っかかる。

「同じ多摩でも、結構離れてますからね」

「一つだけ言える可能性があるとしたら、犯人は犯行に車を使っている。被害者はいずれも、夜帰宅する途中で拉致されたと見られているだろう？　帰宅ルートと遺体が見つかった現場は、どの事件でもかなり離れている。遺体を担いで運ぶわけにはいかないから、絶対に車を使っている。そして、かなり入念に被害者のことを調べているはずだ。おそらく、ずっと監視して、行動パターンを摑んでいたんだろう。帰宅ルートのどこで襲えば防犯カメラに映らないかまで、計算していたんじゃないかな」

「気持ちのいい話じゃないですね。住宅地図を用意して、防犯カメラの位置までマッピングしているなんて、想像しただけでもぞっとしますよ」大友が肩をすくめた。

「まったくだ」

「まあ、何とかしますよ」大友が深刻な表情でうなずく。「これじゃ、世間に不安が広がる一方だ。ネットでは、無責任な噂が広まってるんです」

「同じ親として、俺も心配だよ」この事件が三件目になった時、岩倉は千夏に警告していた。普段にも増して身辺に気をつけること、特に夜道では要警戒。常に出せるところに防犯用のホイッスルを持ち、暗い道は通らないようにする――千夏は「はいはい」と軽い調子で聞いていたが、実際には自分の警告を守るだろうと分かっていた。基本的に用心深いのだ。

「そうなんだよ。今、就活でしょう」

「千夏ちゃん、今、相談に乗ってくれって言われてるんだけど、時間がないんだ」

「就職、今も女の子の方が難しいんじゃないですか」

「お前のところは、そうでもなかったか？」大友の息子は、もう就職している。

「大学に入ってからは、もう親と関係ない感じでしたよ。大学だって勝手に決めて北海道に行ったし、就職の時も、何の相談もありませんでしたからね。まあ、上手く行ってるんだから、よしとしてますけど」

「今は？　同居はしてないんだろう？」

「お互い仕事が忙しいですからね。向こうも一人暮らしの方が気が楽なんでしょう」

「じゃあお前も、料理の腕のふるいようがないな」大友は妻を事故で亡くしてから、一人で子育てをしてきた。必然的に料理もやるようになり、一時はスーパーのチラシを職場に持ってきて、昼飯時に夜のメニューを考えていたぐらいである。

「まあ、気楽な一人暮らしということですよ」大友が苦笑した。「すみませんね、お忙しいところ。この事件では、どうしても愚痴をこぼしたくなります」

「俺でよければいつでも聞くぜ」

「ガンさんにも仕事があるでしょう」

「特捜の仕事で追いまくられるような時代からは卒業したよ」

「さすが、ガンさん」

「褒めても何も出ないぞ」

出ないが、気分はよくなった。もしかしたらこれが、大友のテクニックかもしれない。話すだけで相手をリラックスさせ、本音を引き出す——大友を相手にする時は警戒しないといけないな、と気を引き締めた。つい余計なことを言ってしまいそうになる。


夜の捜査会議は、久しぶりに活気あふれるものになった。とはいえ、岩倉にとっては嫌な雰囲気だったが。行方不明になっている女性が、殺人事件に関係しているかもしれない——何だか自分も罪を犯しているような気分になるのだった。

「——というわけで、病院の方では、浅野有紗さんの腕の傷を、刃物によるものと見ています。着ていたコート、ブラウスにも刃物傷があり、誰かに襲われた可能性は否定できません」

「逆襲して相手を殺した？」鹿野が首を捻る。

「そうしたという、積極的な証拠はありませんが」

「二人の関係も、まだ出ていませんね？」

「今のところ、接点はありません。失踪課に、浅野有紗さんの恋人をもう一度追及してもらっています」

「不倫関係ということでしたよね。浅野さんという女性は、どういうタイプなんですか？」

「自立心が旺盛で、きちんと目標を持って生きている人です。若いのにしっかりしていると言っていいですけど、男性関係については、多少奔放なところがあるようです。相手に別のパートナーがいることは分かっていて、関係解消を要求するわけでもなく、遊びと割り切って交際していたらしいですね」

「ということは、トラブルの原因にはなり辛いか……」鹿野が顎を撫でる。

「しかも澤田さんとの接点は今のところありません」

「では、明日以降の捜査は、二人の関係を中心に調べましょう」

鹿野が仕事を割り振った。岩倉は引き続き、有紗の行方を探す。失踪課とも正式に協力することになった。高城が出てくると厄介だな、と心配になる。醍醐か愛美なら、普通に話ができると思うが。

事態が動いたので、彩香も有紗の捜索に加わることになった。捜査会議が終わってからさらに細かく打ち合わせをしたが、彩香はまだピンときていない様子だった。

「ガンさんが考えているのは、浅野さんが澤田さんを殺したという構図ですよね？」

「そこまでは言っていない。明確な証拠はないんだから」

「今のところは、現場に落ちていたネックレスが浅野さんのものかもしれないということだけ……何でそんなこと、思いついたんですか？」

「失踪課の明神、知ってるか？」

「ええ」彩香がうなずく。

「彼女が同じネックレスをしていた。それを見てピンときたんだ」

「まさか、胸元をガン見したんですか？」彩香が非難するように言った。「よくないですよ」

「たまたま見えたんだよ」しかしこの話をした時、愛美が嫌そうな表情を浮かべたのを思い出す。少し配慮が足りなかったか……こちらは単に仕事の感覚だったのだが。

「気をつけて下さいよ。今は、何をやっても色々言われる時代ですから」

「君みたいに忠告してくれる人がいる分、俺は幸せなんだろうな。忠告してくれる人もいない人間は、気づかないうちにろくでもないことをやって、墜落する」

「忠告されなくても、自分でケアして下さい」

「了解」

打ち合わせを終えた時、その愛美から電話がかかってきた。夕方からまた、水口を叩いていたのだ。今度は朝よりもきつく、実際に「叩く」感覚だったかもしれない。

「どうだった？」

「澤田友毅さんのことは知らないと言ってますね。今のところ、嘘はないと思います。そもそも澤田さんと水口に、接点はあるんですか？」

「仕事上の接点はない。水口は大学を卒業して英央塾に就職して、そのままずっとそこで働いている。澤田さんは就職に失敗して、派遣会社に登録したり、バイトをしたりの生活だった。一度も正式に就職していない」

「プライベートでも、接点はないですか」

「ないと思う。水口も否定していたんだろう？」

「まあ、全面否定ですね。何でこんなことを聞かれるか分からない、という感じでした。それで、明日以降の展開なんですけど、水口をマークしておく必要はありますか？」

「二十四時間マークの必要はないと思う。ただし、視界には入れておいてくれないかな」

「難しい注文ですね。失踪課には、しっかり監視ができるほど、人がいないんですよ。元々、そういう捜査は想定していませんし」

「了解。もしもやばい状況になったら、うちにも声をかけてくれ。捜査一課や所轄でも、監視の手伝いはできると思う」

「今、捜査一課は大変じゃないですか。連続殺人事件でてんてこ舞いでしょう」

「そうなんだよな……まあ、いざという時は何とかなるから。逐一、情報を共有しよう」

「了解です」

「高城課長によろしく」

「よろしく？　必要な時以外は話しませんよ」

思わず苦笑してしまった。愛美はどうしてこう、ツンケンしているのだろう。女性刑事として、警視庁という男社会の中でやっていくために、必然的に身についた防衛策なのか？　それとも元々の性格？

いずれにせよ、仕事であっても関わり合いになりたくないタイプだと思った。

自宅へ戻ると、計ったように実里からメッセージが入った。撮影終わりに撮った写真を送ってきている——彼女にしては珍しい、スーツ姿だ。

今回のドラマは、四十歳の女性三人を中心にしたものである。それぞれ違う仕事をしている大学時代の友人同士の転機を描く、一種のシットコム。大学卒業から二十年近くが経ち、人生何度目かの転機がきた、というのが基本設定のようだ。実里はその主役三人の一人で、ＩＴ企業のプロダクトマネージャーという役柄である。仕事に熱中してきた余りに婚期を逃し、しかしまだ結婚を諦めたわけではなく、仕事以外では婚活に必死になっているという役割を、少しコミカルに演じるらしい。ＩＴ系企業の管理職というとＴシャツにジーンズという軽装のイメージがあるが、実里は常にスーツ姿で、硬めのイメージを作っているらしい。

ある意味、変わり者として。

同じコミュニティの中で、他の人と違う服装をしていれば、それだけで「変わった人」というイメージになる。刑事ドラマの刑事《でか》部屋に、Tシャツとジーンズ姿の若い刑事を放りこむようなものだ。普通の刑事は、ネクタイは締めずとも、スーツ、そうでなくてもジャケット着用に及んでいる場合がほとんどである。どんな人を相手に話を聴くか分からないから、最低限の礼儀を保てるような服装にする、という暗黙の了解があるのだ。

　実里のスーツ姿は新鮮だった。普段彼女は、まずスーツを着ない。役柄だとは分かっていても、スーツに眼鏡姿になっているだけで「できる管理職」という印象が強くなるのが面白い。さすが女優、という感じだ。彼女自身は一度も就職したことがなく、バイトでもスーツを着るような職場はなかったはずだが、何故かスーツ姿がしっくりくる……演じる人の不思議な能力を、岩倉はこういう時に感じる。

　少し迷った末、岩倉は実里に電話を入れた。まだ撮影中だったら困るなと思ったが、実里は呼び出し音一回で電話に出た。

「まだ撮影中かと思ったよ」

「もう十時よ？　今はそんなに遅くまで撮影しないから」

「働き方改革？」

「私がアメリカにいる間に、コロナ禍で色々変わったみたい」

「なるほどねえ」

　警察の業務も、コロナ禍の影響は受けた。接触を最低限にする、マスク着用、アルコール消毒の徹底。息が詰まるような日々だったが、そういうのも緩んできた。結局、厳しく仕事をする時は厳しくやる、それ以外の時には勤務ダイヤと勤務時間をきっちり守って、というルールは以前のままである。警察は、コロナ禍以前から働き方改革に取り組んではいたのだ。

「撮影はどんな感じ？」

「まだ始まったばかりだから何とも言えないけど、ちょっと変な感じかなあ」

「何が？」

「四十歳のドラマでしょう？　なのに、主役の三人にリアルな四十歳が一人もいないのよ。お芝居だから何とでもするけど、宣伝的にはリアルな四十歳がリアルに演じました、っていうのがいいのよね」

「君も、テレビ的な考え方をするようになったんだね」

「好きなことを続けていくために、お金儲けは大事ですから」

実里が心地よい笑い声を上げた。彼女に言わせると、一番効率がいいのはCM、次がテレビドラマ、映画、舞台と続く。彼女は自分の本拠地を舞台と見ているのだが、金儲けのためにテレビドラマやCMに出ることを避けはしない。舞台の活動資金を稼ぐための、割のいい仕事、ぐらいの感覚のようだ。

「しかし、この一年ぐらい、ずっと忙しいよな」

「事務所が張り切っているから」

彼女は去年、大手の芸能事務所に移籍していた。それまでは所属劇団がスケジュールを仕切っていたり、個人で全部やったりとさまざまな形で仕事をしてきたのだが、劇団の形態が変わったのを機に、大手事務所と契約したのだった。劇団は今後、所属俳優のスケジュール管理を行わず、芝居の上演に専念する、ということらしい。コロナ禍でしばらく活動ができなくなっていたことが影響しているようだが、詳しい事情は岩倉には分からない。一つはっきりしているのは、新しい事務所が、本格的に実里の売り出しに乗り出したということだ。この一年で単発のテレビドラマが三本、映画が一本、今年になってから舞台にも出ている。出会ってから初めてという忙しさで、母親の世話の問題もあり、会う機会は減ってきた。

「体には気をつけてくれよ。君が倒れたら、大変だ」

「ガンさんこそ」

「俺は平気だ。何十年も続けて慣れてる仕事を、いつも通りにやってるだけだから」失踪課的な仕事はあまり経験していなかったが。「まあ、時間がないのがちょっと困るけど。娘が就活の相談をしたがってるんだけど、それに乗ってる暇がない」

「あらあら。やっぱり就活は不安なんじゃない？」

「だろうな。今の大学生は売り手市場だっていうけど、必ず自分の行きたい会社へ行けるとは限らないし」

「警察官とかにならないの？　法学部だから合ってるんじゃない？」

らない」
「何か悩んでるみたいなんだけど、そんなに急いでないっていうか。ちょっとよく分か
らない」
「就職する時って、何かと不安になるものじゃない？　せめて話し相手になってあげな
いとね。就職したら忙しくなって、もうパパは相手してもらえなくなるかもしれないし」
「それはしょうがない……そんなものだと思ってるよ」
「ショックを受けるかもよ」
「俺には君がいる」
「ガンさんのこと、パパって呼ぶべき？」
「君は娘じゃない」
「そうね」高い声で笑って、実里が「じゃあ」と電話を切った。忙しいはずだが、元気
だ。むしろ忙しい方が元気なのかもしれない。彼女のようにフリーで活動する人の適正
な仕事量は分からないが、先々まで予定が詰まっていれば、安心できるのではないだろ
うか。もっとも実里は、仕事があまりない時期でも、焦ったりすることはなかった。仕
事があればあるでよし、ないならないで日々の生活を楽しむ——あんな自然体の女性に、
いや人間に、岩倉は会ったことがなかった。

2

澤田殺害事件。有紗の失踪。二つの事件を一緒に扱うべき決定的な材料はないが、特捜本部はその筋で動き始めた。岩倉の考えでは、あまりにも話がスムーズに繋がっている時には、むしろ何かがおかしい。こちらが、どこかを都合よく解釈して繋げてしまっている場合もある。岩倉はそういう状況によく気づいて「待った」をかけるのだが、今回はその得意の一言を発する機会がなかった。二つの事件が繋がっている可能性は高いが、確定できるわけではない、という状態なのだ。

朝、玉川学園前駅で彩香と待ち合わせる。今日は、八日夜に水口が有紗を降ろした場所から、数時間後に有紗が発見された場所までをしらみ潰しに調べて、事件のヒントを探す予定になっていた。自宅から町田署まで近い彩香が先に町田署に寄って、覆面パトカーを持ち出すことになっている。

車――そう、車のことが引っかかっている。澤田の車、有紗が家から乗っていった車、双方がまだ見つかっていないのだ。都内だったら、放置してあれば絶対に気づかれるものだが……よほど人目につかない山の中に乗り捨てたか、どこかの車庫に停めたとしか考えられない。そうでなければ、海へ。乗ったまま海へ飛びこむのは自殺行為だが……自ら命を断つ理由も思い浮かばない。二人の間に何があったのか、あるいはなかったのか、まだまったく分からないのだ。

二台の車に関しては手配されているが、まだ手がかりはゼロだ。車が出てくれば、捜査はまた大きく動くと思うのだが。

約束の九時まで五分、待ち合わせ場所にしていたコイン式の駐車場に、彩香が運転する覆面パトカーが入ってきた。玉川学園前駅の近くには、短時間車を停めておける場所もないので、苦肉の策である。ここに車を乗り入れ、すぐに出ていけば問題ない。

岩倉が乗りこむと、彩香がすぐに謝った。

「遅れまして……」

「まだ時間前だよ」

「先輩を待たせたら制裁、というのが特殊班のルールでした」

「それはいくら何でも前時代的だ。特殊班のルールを改めるべきだと思う――左に出て、最初の信号を右折してくれ」

「了解です」

岩倉の指示通りに、彩香が車を走らせる。車では五分ほどなのだが、歩けば二十分近くかかるだろう。有紗の家は、ここからさらに十分ほど歩いた先だ。

「ここに一度停めてくれ」

二人は車から降りた。鶴川街道を越えたところ……彩香が「変なところで降ろすんですね」と首を傾げる。

「彼女の自宅から少し遠いところだ。家族にも見られたくなかったんだろう」

「何だか、ですねえ」彩香もこの二人の関係に、疑念というか嫌悪感を抱いているようだ。愛美も同様。捜査の途中では、関係者に対して個人的な感情は抱かないように意識しておいた方がいいのだが、好き嫌いは簡単にコントロールできるものではない。とはいえ、できるだけニュートラルな気持ちでいないと、捜査がおかしな方向へ突っ走ってしまうのも事実である。先輩としてここは忠告しておこうかと思ったが、その矢先に彩香が口を開いた。

「言い忘れてましたけど、朗報です」

「どうした」

「あさイチで科捜研から連絡が来ました。澤田さんのパソコンのロック、解除できたそうです」

「十歳若かったらガッツポーズを作ってるところだ。これは、大きな手がかりだぞ」

「うちから二人、科捜研に派遣して、共同で分析作業を始めました」

「何か出てくるといいんだが……」

「焦らず待ちましょう。パソコンの分析には時間がかかりますよ」

とはいえ、これは確かに朗報だ。ただし、パソコンを持っていても、ネットサーフィンにしか使わない人もいるから、過大な期待は避けなければ。

「でも、いくら家まで送っていけないとしても、こんなところで降ろさなくてもいいと思うんですけどね」彩香がぼそりと言った。「今は朝だから平気ですけど、夜だったら相当怖いと思いますよ」

「確かに」

住宅街の真ん中なのだが、右側が広大な緑地なのだ。公園か……公園だったらどこかに看板がありそうなものだが、見当たらない。立ち止まった彩香がタブレット端末で検索して「森みたいです」と言った。

「みたい、とは？」

「ふるさとの森、という名前がついています。有志で整備している……本当の森なんですね。住宅地の貴重な緑ということで」

「中には入れる？」

「散策路はありますけど、わざわざ夜中には入らないでしょうね。家に帰るのに近道だったらともかく」

「誰かがここで待ち構えていて襲いかかったとか。夜だったら、木陰に身を隠していれば、道路を歩いている人からは見えないかもしれない――いや、それはないな」

「ガンさん、ノリツッコミみたいな反応はやめて下さい」半分怒ったように、彩香が言った。

「すまん。待ち伏せするには、彼女がその時間にここにいることを分かっていないといけないわけだよ。ストーカーでもないと、こんな変則的な行動パターンは読めないと思う」

「浅野さんって、水口さんとどれぐらいの頻度で会ってたんですかね」

「決まった日はなかったようだ。基本は、水口が休みの日、夜遅い勤務がない日に、こっちへ来てドライブデートしていたらしい」

「なるほど……でも、浅野さんが夜に塾のバイトに入っていることは、一週間ぐらい尾行を続ければ分かりますよね。塾の前で待ち構えていて、恋人の車で送ってもらうのを尾行したら、ここで降りるのが見えた。いいタイミングだと思って一気に襲った――どうですか？」

「悪くないシナリオだ」車に押しこんで拉致する――岩倉と彩香は、まず近所の家の観察から始めた。防犯カメラを設置している家はないか……しかしこの辺は治安がいいのか、わざわざセキュリティを強化している家は少ない。何軒かで防犯カメラを見つけて確認してみたが、既に十日も前なので、上書きされてしまった、という家ばかりだった。不在の家も何軒かあったので、こちらは夜にでも当たることにする。

車に戻り、地図を確認した。町田市はかなり広く、この場所から澤田の遺体が発見された公園までは、車で二十分近くかかる。しかもルートは様々だ。最短ルートで走る意味はないだろう。そもそも公園やその近くで車は見つかっていないのだから、どうしたのか……彩香が怪訝そうな声で訊ねた。

「私たち、浅野さんが澤田さんを殺したという前提で動いてますよね」

「その可能性はある、ということだ」

「パーセントで言ったら？」

「今は、そういう推測はしたくない。何とも言えないんだ」

「第一段階、この現場で澤田さんが浅野さんを拉致した」彩香が指を折った。「第二段階、澤田さんが、犯行現場になった公園まで浅野さんを連れて行った。第三段階、浅野さんが澤田さんを殺した――としたら、第二段階と第三段階の間に飛躍があり過ぎです」

「そうだな」岩倉としても、彩香の指摘は認めざるを得ない。「実は、第一段階と第二段階の間にも大きな飛躍があるんだ。一人で誰かを拉致するのは難しい。薬を使うとかして、気を失わせれば可能だけど、そうしたら公園のあの現場まで行くのに、担がなくちゃいけない。長い階段の途中まで背負っていくのは、大柄な人間でも大変だぞ」

「浅野さんは小柄ですけどね」

「百五十センチ、体重は多分四十キロもないぐらいだ。それでも、意識がない状態で背負って歩くのは難しい。相手がしがみついていてもきついのに、それもないわけだから」

「意識がある状態で、脅して歩かせたとか？　拳銃でも持っていたら、相手を思うように動かせるんじゃないですか？」

「それはあり得る」岩倉はうなずいて認めた。「銃が出てくると、話がまた複雑になるんだけどな……ただ、現場にあったナイフで脅したという可能性はある」ただしそのナイフは、澤田を殺した凶器なのだが。「取り敢えず、ゆっくり車を走らせて、公園にアプローチしてみよう。何か分かるかもしれない」

「了解です」あまり熱の入らない口調で言って、彩香が車を出した。

住宅街の中を走っていく。途中、古代遺跡を復元したような公園の脇を抜け、アップダウンを慎重にクリアし……大きな団地の横に出る。この近くに有紗の自宅があるのだが、降りた場所から五分では辿り着けそうにない。一度車を停めて確認すると、「オートバイ乗り入れ禁止」の看板が掲出された細い道路を見つけた。小さな森の脇を通る道──まるで農道のようだが、ここを降りると自宅のすぐ近くまで行けるようだ。

「ここも危ないですね。夜とか、絶対に歩きたくないです」

「団地からも離れているし、何かあっても助けも呼べないな」

「ですね……」

この時間なら「ただの細い道」で、歩いても問題なさそうだが、ここに覆面パトカーを停めておくのはまずい。細い道路を避けて、このまま車で有紗の自宅まで行くようにと指示した。

住宅街の中にぽつんとある電器店は、今はひどく侘《わび》しい存在に見えたが、かつては──と思ってしまう。浅野は二代目の店主で、父親の代から五十年近く、ここで電器店を営んでいるという。団地ができた頃は、大賑わいだったのではないだろうか。新しく引っ越してきた人が家電を揃えるのに、近くにある電器店は頼りになる存在だったはずだ。今のように、大型家電量販店が一般的になる前だったはずだし。

「自宅に寄りますか？」彩香が、家を見渡せる場所で車を停めた。

「いや──あれ、失踪課の連中じゃないかな？」

岩倉は、有紗の家から出てきた二人組に目を留めた。スーツ姿で、セールスマンに見えないこともないが、発する気配が明らかに刑事のそれだ。

岩倉は車を降りて、二人の方に歩いて行った。向こうも岩倉に気づき、さっと頭を下げる。刑事の気配は消せないものだ……一人は三十代半ば、もう一人はまだ二十代に見えた。失踪課にもこういう若い刑事がいるわけだ、と変に感心してしまう。ベテラン揃いのイメージを勝手に持っていた。

「捜査一課の岩倉だ」先に名乗った。

「失踪課八方面分室の橋本《はしもと》です」年長の方が丁寧に頭を下げた。

「ちょっと情報交換しようか。車は？」

「少し離れたところに停めました」

「うちの車はすぐそこだ。中でどうかな？」

「了解です」

岩倉と橋本が並んで後部座席に腰かけ、もう一人の若い刑事は助手席に座った。橋本が、首筋の汗をハンカチで拭う。今日も最高気温は二十度ぐらいの予想だが、朝から曇りで、汗をかくような陽気ではない。

「浅野さんに絞られたか？」

「昔、警察と何かあったかと思いました」

「そんなことはないけど、娘のことが心配でしょうがないんだ」

「毎日顔をだすようにしろと、うちの醍醐から指示が」

「あいつらしいや。体がでかい割に、気が回るんだよな」思わず微笑んでしまう。

「ガンさん、それとこれとは別問題かと」運転席から彩香がダメ出しをする。

「失礼――まだ冷静になってないか」

「うちが本格的に乗り出して、ますますヒートアップしています」

「プロが入ってきたから、捜査が本格化すると思ってるんだな」

「プロだと思ってくれていたらありがたいですが」

それから二人は、しばらく情報を交換し続けた。岩倉が、水口が有紗を降ろした場所を先ほど確認してきたと言ったら、失踪課でも既に同じように調査を進めているという。

「何だ、ダブったか。完全に捜査の情報を共有しないと、無駄になるな」

「岩倉さんは、これからどうされるんですか？」

「澤田さんが殺された現場まで、車で走ってみる。浅野さんが、水口さんの車から降りてあの公園に行くまでに何が起きたかを、解明したいんだ」

「分かりました」

「それで――ちょっと待ってくれ」岩倉のスマートフォンが鳴った。鹿野だった。

電話に出ると、鹿野が珍しく興奮して、慌てた口調で話し出す。

「ＤＮＡ型、当たりですよ」

「ネックレスですね？　浅野さん本人のものに間違いない？」

それを聞いて、彩香が体を捻ってこちらを見た。岩倉のスマートフォンを奪い取って、自分で話を始めそうな勢いだった。岩倉は空いている右手を伸ばして、彼女の勢いを削ごうとした――しかし、目の輝きが薄れるわけではない。

「毛髪のDNA型が一致した。これで浅野有紗さんが現場の公園にいたことは証明されたと言っていいでしょう」

「一歩前進ですね」謎が一歩深まったと言ってもいいのだが。「今、失踪課と現場で一緒になりました。動きが無駄にならないように、こちらの捜査会議にも入ってもらった方がいいかもしれません」

「失踪課の上の方と相談しておきます」

電話を切って、今の結果を報告した。橋本の顔が暗くなる。

「ということは、我々は殺人犯を探していることになるわけですか？」

「あくまで結果的に、ということだ。浅野有紗さんが澤田さんを殺したという直接の証拠はない。凶器のナイフからは、指紋も発見されていないから。あくまで、あの現場に浅野有紗さんがいた可能性が高い――いや、いたのは間違いないんだ。ただし、時期が分からない。澤田さんが殺されたタイミングだったのか、あるいはその前か」

「確かに、前だったかもしれませんね。澤田さんはたまたま、落ちていたネックレスを拾って握っていた可能性もあります」橋本が気を取り直したように言って、スマートフォンを取り出した。「本部の明神さんが、水口さんを摑まえています。あの公園に行ったことがあるかどうか、確認してもらいます」

「頼む」

愛美に嚙みつかれたら、水口も大変だろうと思う。自分が容疑者だったら、たまらずにすぐに自供してしまうはずだ。彼女には、場の空気を妙に緊張させるところがあるのだ。大友とは別の意味で、容疑者を追いこめるタイプかもしれない。

橋本が電話を終えるのを待って、もう一度詳細をすり合わせる。失踪課でも、有紗が水口の車を降りた付近での防犯カメラのチェックを行っているというので、そちらは任せてしまう。

「今夜、特捜で会うことになるかもしれないけど、その際はよろしく」

「了解です」

二人を送り出し、岩倉は助手席に戻った。彩香がすぐにエンジンをかける。

「公園でいいですか？」

「ああ。彼女が公園にいたのは間違いないから、あそこは今までよりも重要な意味を持ってきた。現場百回だよ」

「じゃあ、改めて見てみますか。それと、澤田さんの車でも探します？」

「どうかな……ちょっと気にかかっているんだけど、澤田さんと浅野さんは、どうやってあの現場に行ったんだろう」

近くに車を停めて」

「その手段は、浅野さんにでも聞いてみないと分からない。もう一つ謎なのは、その車がどこに消えたか、だ」

「目立たない場所に隠してあるとか」

「だったら、あの公園の近くで探してみるか。路地の一本一本を確認して、車がないかどうか見てみる――と思ったんだけど、澤田さんがどこかに車を隠したとは思えないんだ。そもそもあの辺には、隠せるような場所がないはずだし」

「公園の近くは、結構入念にローラー作戦をやりましたよね」

「ああ。だから、もう一つの可能性を考えた方がいいと思う」

「何ですか？」彩香が苛立たしげに、ハンドルを指先で叩いた。

「現場で澤田さんを殺した浅野さんが、車を奪って逃げた」

「でも、浅野さんは一人で歩いているところを発見されたんですよね？　午前三時頃に」

うなずき、岩倉は頭の中で時間軸を整理した。有紗が、水口の車を降りたのは午後十時前後――時間軸を整理するまでもなかった。そこからタクシー運転手に発見されるまでの五時間、有紗の足取りは分からないのだ。それを話すと、彩香がうなずく。

「五時間あれば、何でもできますね」

「人を殺して、自分を拉致した車を奪って逃げ出す――ただ、彼女が見つかったのは、家からも殺しの現場からも微妙に離れた場所だ」

「意識が混濁していたとか？」

「運びこまれた病院では、話はできた。薬の効果が薄れただけかもしれないけど。ただ、薬については考えてもいいな。澤田さんが浅野さんを薬で眠らせて拉致し、その後意識が戻った浅野さんが澤田さんを殺して、澤田さんの車を奪って逃走した。しかし、まだ薬の影響が残っていて、訳が分からないまま車を走らせていて、事故に遭って放置したとか」

「事故だったら、通報がありますよ。田舎じゃないんですから、絶対にばれます」

「今のシナリオにも穴があるか……」どうしてもぴたりと決まらない。

「穴はあるけど、埋められるかもしれません」

「浅野さんが見つかれば、だ。失踪課に期待するしかないな。あの連中はプロだから。今までも、絶対に見つからないと思われていた人を見つけ出してきた」

「その半分が遺体だったっていう話もありますけど、それって都市伝説ですか？」

「統計を見ればすぐ分かる。でも、知らない方がいいかもしれない」

「じゃあ、公園に向かいます」

現場に着くまで、岩倉は口を開かなかった。頭の中で様々な考えがうずまく――ゾーンに入った状態だと自分で分かっていた。ただし、明確な筋道が見えているわけではなく、あらゆる方向、可能性を検討して、脳細胞がフル回転している状態。

その中で、一つの情報が浮上してきた。可能性としては……共通点は……無視できない。無視できないが、一気にこれを並べてしまうのは無理がある。

「――ガンさん？」彩香が怪訝そうに呼びかけた。

「ああ？」

「大丈夫ですか？」

「何が？」

「着きましたよ――って言ったのに、反応がないから」

「すまん。俺は基本的にシングルタスクなんだ」岩倉は詫びた。

「はい？」

「考えごとをしてると、人の呼びかけが聞こえなくなる」

「そんなに大変なことを考えていたんですか？」

「まだまとまらない――取り敢えず、車を探してみよう」

だが、その作業に集中できないことは自分でも分かっていた。頭の片隅に浮かんだ可能性は、今や雷雲のように、黒く、大きく膨れ上がっている。

しかしすぐに、この作業はストップした。彩香のスマートフォンが鳴り、全く新しい情報がもたらされたのだ。

神奈川県警から。

町田市を、「東京都の盲腸」と失礼な呼び方をする人がいる。あるいは「神奈川県町田市」。東京の地形は、全体には東西に細長いのだが、町田市だけが、神奈川県の方へ垂れ下がっているように見えるのだ。実際、北辺が多摩市と八王子市に接しているだけで、あとは神奈川県に囲まれている感じである。歴史的にも、明治時代の一時期は神奈川県に移管されていたのだ。

そういうわけで、今でも神奈川県とは関係が深い。過去にも、両県を跨《また》いだ事件で、町田市が舞台になったことも何度もあった。そういう意味で、警視庁と神奈川県警が協力する最前線でもあるのだが、常に情報を共有しているわけではない。

3

澤田の車が見つかった――場所は小田急黒川駅の北東にある空き地。住所的には川崎市麻生《あさお》区になる。澤田の遺体が見つかった公園からは、車で五分ほどと近い。

岩倉たちが一番乗りになった。空き地というか、森の脇にある砂利敷きの狭いスペースである。聞くと、近くにある農家の私有地で、畑に行く時に車を停めておく場所――だったという。高齢になった一家の主人は、最近畑仕事もやめてしまい、ここへ来ることもなくなったのだという。近所の人はそんな事情を知っていたので、この家の主人のものではない車がずっと停まっているのに気づいて、相談した上で一一〇番通報した。

ナンバーが、警視庁から手配されていた澤田の車とすぐに一致、町田署の特捜に連絡が回ってきたというわけだ。

現場には、地元の所轄の制服警官が二人いた。人が来るような場所ではないということで、規制線も張っていない。岩倉は二人に挨拶して、外から車を調べることにした。ドアはロックされていないので中には入れるのだが、それは鑑識に任せた方がいいだろう。自分たちが手をつけて、汚染してしまったらまずい。

タチ自動車の「ティエラ」。街中でもよく見かける小型のSUVだ。本格的にアウトドアを走る車ではなく、ファッションとしてのSUVだろうが、車高がほどほど高いので、運転していて見晴らしは良さそうだ。小型と言っても、パッケージはかなり工夫されているようで、外から見ただけで広々しているのが分かる。色はオーソドックスな紺色。アウトドアで振り回すことなどほとんどないようで、ボディは綺麗だった。

「キーがありますよ」

「ああ」見覚えがあるスマートキーだった。澤田が殺された現場で見つかったものと同じ。普通は、車のスペアキーは持たないものだが……。

「バッグもありますね」彩香が指摘した。確かに、運転席には小さなショルダーバッグが無造作に置かれている。ここに放置されているということは、財布などは入っていないのだろうか。遺体からも財布は発見されていないが。

「開けちゃいますか？」彩香がドアハンドルに手を伸ばした。

「よせよ。君たち若者は気が短くていけない」

「もう若いって言われる年齢でもないですけど」彩香が唇を尖らせる。

「とにかく待とう」

岩倉は車を離れ、警戒している制服警官に歩み寄った。年長の方——それでも三十歳にはなっていないだろう——に声をかけ、改めて礼を言う。

「これが大きな手がかりになるかもしれない——でも、十日もここに放置されていて、よく見つからなかったな」

「ご覧の通りで、周りに家がありませんので……車もあまり通らない場所なんです」制服警官が言い訳するように言った。

「にわかには信じられないけど……そんなものか」

「基本的にここは田舎ですから」自嘲気味に制服警官が言った。

「この土地の持ち主も、これまで車は見ていないんだな？」

「体調が悪くて、自宅で寝たきりに近い状態なんです。近所の人に言われて、何とかここまで来て車を確認してくれました」

「なるほど……発見の経緯に不審な点はない、ということでいいですね？」

「はい、現段階では」

「現段階」という言い方に岩倉は好意を抱いた。簡単に断言してしまわず、調べていけば何か変わるかもしれないと含みを残す——警察の仕事に「絶対」はないから、こういう一歩引いた態度は大事なのだ。

二十分後、鑑識が到着した。その頃には神奈川県警の所轄からも応援が来ており、現場の人数は膨れ上がっていた。警察官が大勢いるということで噂が流れたのか、野次馬も増えている。結局、所轄の連中が規制線を張ってくれた。鑑識の連中は、さらに車の周辺をブルーシートで覆って作業を開始した。プロに任せて、岩倉たちは見守るしかない。ブルーシートで覆われた中にいるので、陽光があまり射しこまず、薄暗くなっている。光を補うために投光機が強烈な光を発しているので、車の周辺は気温が上がっていた。スーツの上衣を脱ぎたくなったが、我慢する。

幸い、鑑識課員が一人、すぐに車内から出てきた。手には車検証、そして運転席に置いてあったバッグを持っている。岩倉は車検証を受け取り、名義を確認した。間違いなく澤田の名前で登録されている。

問題はバッグだ。縦三十センチ、横二十センチほどの縦型のバッグで、ショルダーストラップの長さを見ると、斜めがけにして使っていたようだ。

鑑識課員が、地面にトレイを置いてくれたので、その上にバッグの中身を出して確認していく。

財布はバッグの中にあった。現金一万一千五百二十円。クレジットカードと銀行のカードが一枚ずつ。運転免許証もあった。しかしスマートフォンが見当たらない。犯人は、スマホを持ち去ることで、被害者の身元につながる手がかりを消せたと思ったのかもしれないが、免許証にまでは考えが及ばなかったのかもしれない。

　素人臭い。

　他には、半分ほどに減っている煙草の箱とライター。携帯灰皿も入っているのは、一応の礼儀を弁《わきま》えていると考えるべきだろうか。今は、禁煙の場所が増えて、外で吸っているだけで非難の目が集まるようになっているのだが。

「スマートフォンはないですか？」彩香が鑑識課員に訊ねた。

「もうちょっと待ってくれないか。シートの下まで探すには、少し時間がかかる」

　岩倉は立ち上がり、車内を覗きこんだ。右側のフロントとリア、両方のドアが開け放たれていて、鑑識課員が細長い棒のようなものをシート下に挿しこんで動かしている。

「ああいうので、手探りで確認してるんですか……意外に古典的ですね」彩香が言った。

「いや、あれは先端にＣＣＤカメラがついていて、狭いところもモニターで確認できるようになっています。胃カメラのようなものですよ。解像度も高い」

「そうなんですね……」

「たまには鑑識の作業も真剣に見て下さい。最新技術のオンパレードですから」屈みこんで作業をしていた課員が、上を見て言った。

「失礼しました」彩香があっさり謝罪して頭を下げた。

　ほどなく課員が立ち上がり、棒を折りたたむと首を横に振った。スマートフォンは車内にはなし、か。岩倉は、スマートキーをいじり、「エンジン、始動して大丈夫だろうか」と鑑識課員に訊ねた。

「ちょっと待って下さい。ええと……」課員が躊躇った。「シートに座るのは待って下さい。シートの上も、全部調べないといけないので……シートに座らないと、エンジンはかけられないんじゃないですか？　ブレーキを踏まないと」

「ブレーキを手で押しこんでおけば、大丈夫じゃないかな」岩倉は彩香に目配せした。「俺がブレーキを担当するから、君はスタートボタンを押してくれ」

「了解です」

　岩倉は運転席の前方に体を入れ、アクセルとブレーキを探った。左側……ぐっと力を入れて押しこむと、彩香に「ＯＫ」と声をかけた。すぐにエンジンが始動する音が響き、振動が伝わってくる。岩倉はどこにも触らないように気をつけながら慎重に立ち上がり、インストルメントパネルを確認した。ガソリンは半分ほど残っている。エンジンも安定して動いていた。ＦＭラジオが低い音で流れている。これが犯行に直接関係あるとは思えなかったが、念のために局を記憶した。

　ふと気づき、彩香に訊ねる。

「運転席のシート、ずいぶん前に出てないか？」

「確かに」

「澤田さんは、標準的な身長だと思う。シートはもう少し下げているはずだ。今は……君でもきついぐらいじゃないか？」

「浅野有紗さんは、私より小さいです」彩香が頭の上で掌をひらひらさせた。

「ということは……」

「この車をここに放置したのは浅野さんということですか？」

「第三者がいたとしたら、話は別だけど」

「うーん……」彩香が首を捻る。「今考えてることがあるんですけど、穴が多過ぎて困ります」

「たぶん俺も同じことを考えてるけど、確かに穴だらけだ。埋めていくしかないな」

「あるいは全然別の方向へ行くべきかもしれません」彩香が深刻な表情でうなずいた。

押収された車は、町田署へ持ちこまれた。岩倉たちも署に戻り、車のチェックに加わることにした。本当はパソコンを調べたいのだが、問題のパソコンは科捜研にあり、応援組も本部で仕事にかかっているので、岩倉は何もできない。

電話を受けていた鹿野が、渋い表情で受話器を置く。岩倉を見ると、力なく首を横に振った。

「どうかしましたか？」

「パソコンの中で、ロックされたフォルダが見つかっています。サードパーティのソフトで暗号化されているようで、解除にはしばらく時間がかかりそうです」

「怪しいな」

「怪しいですね」鹿野がうなずいて同意する。「重要な情報があるかもしれない。逆に言えば、他にはろくな情報がないんですよ。メールは使っていないし、ウエブの閲覧履歴、検索履歴でも怪しいものはなかった」

「履歴は消去できるでしょう。パソコンの電源を切る時に、いつもそういう作業をしていたのかもしれない」

「誰かに見られるかもしれない前提で？」

「単に用心深いだけかもしれませんが」

「澤田さんは、そんなに用心深いタイプかな……適当な人間という印象しかないですけどね」

「仕事を何度も変わっているというだけの話じゃないですか？　職場でも周囲と交わろうとしなかったから、人となりについては何も言えませんよ」

「確かに……」鹿野がまた渋い表情を浮かべる。「車の方はどうでしたか？」

「遺留物は財布と煙草ぐらいですね。スマートフォンは見つかっていないから、犯人が持ち去ったと考えるべきかもしれません」

「浅野有紗？」鹿野が低い声で言った。

「確率は高いけど、断定はできません。何しろ本人が見つかっていないんですから」

「早く見つけないと……今のところ、唯一の手がかりですね。それで――ちょっと思ったことがあったんだけど、家族が何か隠しているとは考えられませんか？」

「有紗さんの行方について？　いや、あの様子だと、それは考えにくいですね。特に父親のパニックぶりは、本物だと思います」

「少しいじってみませんか？　ネックレスの件、結果を言ってませんよね？　それを明かして、反応を見る」

「そうですね」プラスマイナスを考える。ここで一度家族を刺激してみるのは手かもしれない。何かを隠しているとも思えないが、忘れている、見逃していることはあるかもしれない。ちょっとした手がかりを与えれば、何か新しい情報が出てくる可能性もある。

「ただ、澤田さんのことは話さない方がいいでしょう。あくまでまだ、可能性の話です」

「では、浅野さんがあの公園にいたらしい……足取りの確認になるということで、話をして下さい。あとはガンさんのアドリブで」

「分かりました。君は残ってくれないか」彩香に頼みこむ。

「どうしてですか」取り残されると思ったのか、彩香がむっとした口調で確認した。

「浅野さんの父親は、かっとしやすい人なんだ。失踪課も本格的に動き始めたから、今は安定しているかもしれないけど、何かのタイミングで爆発するかもしれない。できるだけ穏やかに話を聴くには、大人数で押しかけない方がいい」

「大人数って、二人ですよ？」

「一人の二倍なら大人数だ」岩倉はＶサインを作った。「君は車の面倒を見てくれ。鑑識作業もしばらくかかるだろう」

「私が手伝うことなんか、ないですよ」

「監督作業だ。鑑識で判断しにくいことが出てきたら、君が判断すればいい」

「私を邪魔者扱いしてないですよね？」彩香が疑わし気に言った。

「俺も三十年近く刑事をやってきて、何十人もの人間と組んできたけど、君は最高の相棒だよ」

岩倉はにこりと笑って親指を立てて見せたが、彩香の表情はまったく緩まらなかった。仕事中のハードな態度も、岩倉の相棒史上最高かもしれない。

浅野は接客中だった。珍しい……と思ったが、一日客が来ないわけではあるまい。カウンターで浅野と話をしているのは、八十歳ぐらいの小柄な女性だった。

「重いから、後で届けましょうか？」

「まさか。これぐらい大丈夫よ」

「じゃあ、持ちやすい袋に入れますね」

「すみませんねえ」

「いえいえ……でも、アイロンも二十年も使ってもらったら満足でしょう」

「成仏するようにお祈りしてから、燃えないゴミに出すわ」

二人は笑い声を上げた。浅野は岩倉を見て「ちょっと待って」とでも言いたげにうなずきかけた。岩倉はうなずき返して、店の出入り口のところで待った。

ほどなく商品の包装が終わり、浅野が客を出入り口まで送って出てきた。

「じゃあ、気をつけて。調子悪かったら言って下さいよ」

「どうもね」

女性はよろよろと店を出て、団地の方へ向かって歩いて行った。

「アイロンですか」

「二十年使ったんだってさ。そういえばあそこの旦那さん、いつもぴしっとしたシャツを着てる。今時、家でしっかりアイロンをかける人も珍しいよね」

「普通は、クリーニングですかね」岩倉も、家を出て一人暮らしを始めた後には、シャツはクリーニングに出していた。しかし特捜本部が立つと、クリーニングに出したり取りに行ったりする時間もなくなってしまうので、思い切ってノーアイロンのシャツに切り替えた。一気に十枚を買い、二週間、平日の勤務に使う。洗濯は面倒だが、干しておくだけでシワも取れるので、結局はこれが一番楽だと思う。糊の効いた硬い襟の感触が懐かしくなることもあるが。

「昔の家事は、アイロンかけも普通だったんでしょうね。今の奥さんは、毎日三十分はアイロンかけをするって言ってたよ。精神集中にもいいらしい。そうなると、修行だね……それで、どうしました？　今朝も失踪課の人が二人、来たばかりなんだけど」

「ご報告することがあります。奥さんにも一緒に話を聞いていただけませんか？」

「おい、まさか――」浅野の顔からさっと血の気が引く。

「いえ、浅野さんが想像したような、酷い話ではありません。警察的には一歩前進という感じです。それに関して、何か情報をお持ちではないかと思いましてね」

「だったら――どうぞ」

岩倉は改めて店に入った。先日もついた丸テーブルに視線を投げたが、今日は座らない方がいいだろう。浅野に関しては、テキパキと話をした方がいい。話を短く終わらせるには、立ち話がベストだ。

浅野が自宅への出入り口に首を突っこんで、妻の貴美を呼んだ。すぐに出て来た貴美は、岩倉を見てさっと頭を下げた。

「ブラシ、ありがとうございました」岩倉は礼を言った。

「いえ」

「鑑定結果が出たので、お知らせにきました。有紗さんのものと思われるネックレスが公園で見つかったとお話ししましたが、有紗さんのネックレスだとほぼ確認できました。ネックレスに絡んでいた髪のDNA型が、ブラシから採取した髪のそれと一致したんです」

「それは、どういう……」浅野が怪訝そうな顔で訊ねた。「話を聞いたんだけど、よく分からないんだ」

「人の遺伝子――DNA型は固有で、血液型よりもはるかに高い確度で、個人を特定する役に立ちます。DNAは血液のほか、皮膚片や髪の毛などからも検出できるので、今回有紗さんのヘアブラシの毛と照合しました。あのネックレスについても調べたんですが、外れやすいそうですね。何かの拍子に外れて落としてしまうこともある——そうでしたよね、お母さん？」有紗が一時ネックレスをなくして騒いだ、という話を思い出した。

「ええ」

「とにかくこれで、有紗さんが行方不明になる前に、公園にいたことが分かりました。ただし、正確にいつだったかまでは分かりません。防犯カメラはチェックしましたが、有紗さんは確認できませんでした」

「しかし……あの公園でしょう？」浅野がカウンターにノートパソコンを載せて操作した。画面を凝視して首を傾げる。地図アプリで確認したのだろう。「うちからはかなり離れているし、普段行くような場所じゃないんだよね」

「一度も行ったことがないですか？」

「ない……んじゃないかな」

浅野が首を捻り、妻に助けを求める。貴美がパソコンの画面を覗きこんで、首を横に振った。

「ないと思います。少なくとも家族で行ったことはないです」

「有紗さん一人ではどうでしょう？　免許も持っているし、家には車もあるんだから、少し離れた公園に行くぐらいはできると思いますけど……ちょっとしたドライブで」

「いやあ、それはないな」浅野が髪を撫でつけた。「有紗は、車の運転には興味がないんだ。免許だって、身分証明書を増やしたいから取るって言ってたし……あとは、アメリカに留学したら向こうで車が必要になるから、その時に備えてってね」

「なるほど。では、家の車に乗ることはほとんどなかったんですね」

「だから、この前車に乗って出て行った時にはたまげたんですよ」浅野が不思議そうに言った。「それで、これは異常事態だと思ったんですけどね」

「分かります。ちなみに、有紗さんが交際している相手がいたかどうか、分かりますか？」

浅野がまた妻の顔を見る。家のこと——娘のことは、基本的に妻に任せきりなのだろう。

「あの、高校の同級生はどうした。うちに遊びに来たこともあっただろう」

「ああ、あの子は仙台の大学に行って……会えなくなって別れたそうよ」

「最近の若い連中は、我慢が足りないね」浅野が呆れたように言った。「別に海外にいるわけじゃないのに……大人しくて、性格が良さそうな子だったんだけどねえ」

しかし今、有紗はどちらかというと放縦な男女交際にはまっていた。水口という男は、結婚こそしていないが、ほぼ事実婚と言える相手がいる。だが有紗は、あくまで遊びで水口と会い続けていた。いずれこのことも両親には話さなければならないが、今でなくてもいい。

そしてその役目が自分に回ってこないようにと、岩倉は祈らざるを得なかった。

署に戻ると、鑑識が成果を挙げていた。車のハンドルやボタン類から採取した指紋が、不完全ながら有紗のものと一致したのである。さらに助手席から、澤田のものと違う長い髪の毛が数本、採取できている。これもDNA型鑑定に回されることになった。

「浅野さんがこの車を運転していた確率が高くなったな」と彩香に言う。

「それと、最初は助手席に乗っていた――乗らされていたと考えられますね。おそらく、薬物で眠らされていたんでしょう」

「それで公園まで？　それはいいけど、公園の中まで、彼女を担いでいったのか？」

「いえ、たぶん公園の近くに車を停めて、浅野さんが目覚めるのを待ったんだと思います。そこからは刃物で脅して歩かせた」

「乱暴するために？　それはちょっと筋が合わない。あの公園、夜中は人の出入りはないと思うけど、遺体が見つかったのは芝生広場の真ん中にある丘じゃないか。あんな開けた場所で、暴行に及ぶとは考えられない」

「まだ移動中だったんじゃないですか？　人目につかない植えこみもありますし」

「その途中で、浅野さんが逆襲して澤田さんを殺した――というシナリオか？」

「はい」彩香がうなずく。「それで現場に澤田さんを放置して、身元を隠すためにスマートフォンと車のキーを奪って逃げた。自分で車を運転して逃げようとしたけど、慣れない車だし、五分ぐらい走らせたところでどこにいるか分からなくなって、あとは歩いて帰ろうとした」

「ナビがついてるぞ」

「ナビも、初めてのやつは使いにくいじゃないですか」

「……まあな。シナリオに破綻がない。なさ過ぎるな」

「それが何か、まずいですか？」彩香が不満そうに唇を尖らせる。

「まずくはないけど、大抵の事件は、もっとゴツゴツしてるんだよな。説明できない部分や矛盾、穴があったり——今回も疑問点はある。例えば、凶器のナイフはどこから出てきた？」

「それは、澤田さんが持ってたんじゃないですか？　浅野さんを脅すために」

「なるほど。浅野さんがそれを奪って逆襲した、か。でも二人の体格差はかなりある。浅野さんが逆襲してナイフを奪えるかな」

「生きるか死ぬかの状態になったら、人は何でもできると思いますよ」

「ちょっとゴツゴツしてきたな」

「そうですか？」

「今、俺たちは推測を話している。推測に頼らないといけない状況があるということは、俺たちが書いているシナリオは完全ではない」

「……ですね」

目の前の電話が鳴り、岩倉は無意識に受話器を摑んだ。携帯での連絡が主流になってはきたが、警察には今でも固定電話を重視する傾向がある。

「はい、町田署特捜」

「お疲れ様です、前田です」

「お疲れ、岩倉です――今、本部だよな？」澤田のパソコンの解析を進めていたはずだ。

「はい、ちょっと気になる情報がありまして……澤田がネット通販でナイフを購入していました。それが、公園の現場に残されていたナイフと同型なんです」

「何だって？　ちょっと待て」岩倉は電話をスピーカーモードにして、鹿野を手招きした。鹿野が怪訝そうな表情を浮かべてやってくる。鹿野が隣に座ると、岩倉は会話を再開した。「どこで分かった？」

「ブラウザのブックマークに、ネットショッピングのサイトがありました。そこはログアウトしていなくて、購入履歴が確認できたんです。その中に、問題のナイフがありました」

「買ったのはいつだ？」

「それがずいぶん前で……一年ほど前なんです。去年の二月」

「他に何か、目についた買い物は？」

「それぐらいです。あとは服とか、普通の買い物です」

「この件、君が見つけたのか？」

「はい」前田が遠慮がちに認めた。

「お手柄だ。IT系の捜査は、やっぱり若い人に限るな。情報は共有しておくから、引き続きチェックを頼む」

「了解です」

「どういうことですか?」

岩倉が受話器を置く前に鹿野が訊ねる。事情を説明すると、鹿野が前のめりになった。

「凶器を購入していたわけですか」

「同じメーカーの同型のナイフであることは間違いないです。ただし、あのナイフには型番はなかった。だから現場で見つかったものと、澤田が買ったものが同じだとは断定できないですよ」

「そうか……しかしこれも、一歩前進じゃないですか」

「シナリオの穴が埋まったかな」岩倉は彩香にうなずきかけた。

「いえ、ガンさんが言った通りで、同じナイフかどうかは確定できないじゃないですか。確定できる材料はあるんでしょうか」

「今のところはないな。鑑識作業でも、指紋も出ていないし、血痕が澤田のものと確認できただけだ」

「はっきりしませんね」

「いや、前進であることは間違いない」鹿野はへこたれなかった。「この線は進めていきましょう。パソコンからは、まだ材料が出てくるかもしれませんよ」

「期待しましょう」言ってうなずきながら、岩倉は気を引き締めていた。捜査には、それまでぶつかっていた壁が崩れ、一気に前に進める時がある。新しい物証や証言が次々に出てきて、シナリオに空いていた穴が埋まり始める——しかし、そういう時こそ危険なのだ。あまりにもスムーズに話が流れていく結果、大事なものを見逃してしまう。あるいは自分に都合の良い解釈で、穴を埋めようとしてしまう。

その結果でき上がるのは、歪《いびつ》なシナリオだ。そのシナリオに即して捜査を進めていくと、最悪の場合、冤罪という結果が待っている。

調子がいい時ほど気をつける。長い刑事生活で岩倉が得た教訓の一つだった。

4

夜の捜査会議は沸き立った。これで捜査は決まりとは言わないが、目処が立ったのは間違いない。指揮官の鹿野さえ、少し表情が緩んで浮かれている感じがあった。引き続き澤田の身辺調査、さらに有紗を「容疑者」として捜すためにも人員を割き、失踪課と協力して捜査を進める方針が示された。それで捜査会議は終わり——笑い声さえ聞こえる。捜査では笑顔禁止というわけではないものの、岩倉は少し引っかかった。特捜で最年長という立場の自分は、こういう時には場を引き締める役目を果たさなければならないのではないだろうか。

「ちょっと待った」言いながら立ち上がると、急にざわめきが鎮まった。会議室の最後部にいるので、他の刑事たちの顔は見えないが、気楽にニヤけている奴もいるはずだと考え、意識して厳しい口調で続ける。「今日、様々な証拠が出てきたのは間違いありません。ただしどれも、決定的な証拠ではない。シナリオを完成させるには、まだ早過ぎます」

「まあまあ、ガンさん」鹿野がなだめにかかった。「捜査が前進したのは間違いないんだから。そこまでカリカリしなくてもいいでしょう」

「いや、こういう状況で失敗した特捜は、過去にあります。平成七年の、足立区での殺し——今川《いまがわ》事件では、危うく関係ない人間を逮捕するところだった」

「今川事件……」鹿野が首を傾げる。平成七年ということは、鹿野は警察官にはなっていても、まだ刑事ではなかったかもしれない。自分で担当しなかった事件を知らなくても不思議はない。

岩倉は知っているが。

「この事件では、被害者の今川敏志《さとし》さんは自宅で刺殺されました。凶器は刃渡り二十センチほどのナイフです。近所の聞き込みをしていた刑事たちが、たまたま北岡浩二《きたおかこうじ》さん、二十五歳の自宅で事情聴取をしていたところ、北岡さんのナイフのコレクションを発見しました。別に隠すわけではなく、趣味で集めてリビングルームに飾っていたものです」

ハンドメイドのナイフには、芸術品と言っていい仕上がりのものもあり、実際に使用するのではなく、鑑賞用にコレクションしている人もいる。北岡の場合もこれで、自宅で保管している分には特に違法ではなかったのだが、当時の捜査員はここに目をつけた。

「立派なケースがあって、ナイフが九本、入っていたそうです。ところがケースは十本用で……そこが妙に気になって訊ねたところ、間違って刃が欠けてしまったので、一本を修理に出した、ということでした。特捜ではこのナイフが凶器ではないかと疑って、修理していた業者まで出向いてナイフを押収しました。また、北岡さんが、ゴミの出し方を巡って、今川さんと揉めていたことも分かりました。当然、特捜では北岡さんを引いて厳しく事情聴取をしました。しかし本人は完全否定。強引に逮捕かという時に、犯人が自首してきたんです。犯人は、別居していた今川さんの長男でした」

ほう、という溜息のような声が、鹿野から漏れる。

「ガンさん、我々は十分慎重にやってますよ」鹿野がやんわりと反論した。

「もちろんです。この件の教訓は、急ぎ過ぎてはいけない、ということです。それと、普段の行いが良ければ、犯人が自首してくるかもしれない」

今度は失笑が漏れた。若い刑事たちの気の緩みを引き締め、緊張が頂点に達したところで少し笑わせて弛緩させてやった——最年長のオッサンらしい役割を果たしたというところだろうか。

会議が終わると、鹿野が近づいてきた。嫌そうな表情——しかし岩倉に向かって頭を下げる。

「ちょっと調子に乗り過ぎでした」

「俺も同じような気持ちですよ。ただし、悲観主義者なので」

「まあ、まだ確定的なことは何もないですからね」自分に言い聞かせるように鹿野が言った。

「お互い、慎重にいきましょう」岩倉は鹿野にうなずきかけた。「この特捜は、全体的に若いんです。タフだし、勢いがあるのはいいことですけど、なにぶんにも経験が足りない。全体に滑って動いてしまいそうな時には、待ったをかけないと」

「そこはガンさん、またよろしくお願いしますよ。ガンさんの『待った』には重みがある」

「重みねえ。それだけ歳を取ったということでしょう」

それは事実だ。そして、年齢なりの重みが身についていればありがたい、としみじみ思う。

「ナイフを見た？」岩倉は思わず身を乗り出した。「間違いないですか」

目の前にいる羽田麻美は、恐縮しきっていた。岩倉にとっては大事な情報だが、彼女は「余計なことを言ってしまった」と慌てているかもしれない。

「どういう状況ですか」

「バックヤードにいた時です。澤田さんがテーブルにバッグの中身を出して——何か探し物をしていたみたいなんですけど、その時にナイフが見えました」

「どんな形のナイフですか？」写真を見せることはできる。しかし岩倉は、麻美に思い出して欲しかった。本人が自主的に思い出して証言した方が、信頼性が高いと言える。

「こう……」麻美が右手を右から左へ動かした。「二十センチ？　三十センチはなかったと思います。三十センチもあったら、脇差という感じですよね」

「そうですね」

「それで、鞘に入っていて」

「鞘の色は？」

「茶色……結構濃いめの茶色でした」

「これですか？」

岩倉はここで初めて、タブレット端末を麻美に示した。写真が二枚。一枚は現場で見つかったもので、もう一枚はカタログからダウンロードした、もっと鮮明なものだった。

「あ、たぶん……似てます。この、何て言うんですか？　刃と柄のくっついている部分が、大きく広がっていますよね？」

「パーツとしては、ヒルトと呼ぶそうです。手が滑って、刃で指を怪我しないようにするものですね」

「こんな感じで、上下に大きく広がっていました」

「そういうデザインなんでしょうね」持ち運びの便利さという点では、マイナスである。どこかに引っかかったら、取り出すのに時間がかかる。ただし、このヒルト部分は、警察の捜査では手がかりになっていた。澤田は腹を何ヶ所も刺されていたが、刃物傷だけではない奇妙な跡も見受けられた。解剖を担当した医師の所見では、強く刺し過ぎて、ヒルト部分が肌に傷をつけたのだろうということだった。鑑識の鑑定結果でも、傷跡とヒルトの形状がほぼ一致して、現場に落ちていたナイフを凶器と確定するのに一役買ったのだ。もちろん、刃部分についた血痕の血液型、DNA型も澤田のそれと一致したのだが。

「絶対これだったかって聞かれると、困っちゃうんですけど」麻美が慌てて言い訳した。

「もちろんです。ちなみに、見たのはいつ頃ですか？」

「いつ頃だったかな……よく覚えてないですけど、澤田さんが辞める直前だったかな」

「去年の年末ぐらい？」

「そうだったかもしれません」

「澤田さんはどんな反応でした？」彩香が割って入った。「その大きさの刃物は、持ち歩くと銃刀法違反になります。本人がそれを自覚していたかどうか……そういうナイフを持ち歩いているというだけで、問題があります」

「普通にしまいました。目が合って、軽く頭を下げて、何事もなかったようにバッグにナイフを入れていました」

「どういうことかは聞かなかった？」彩香がさらに突っこむ。

「怖いじゃないですか。変なこと聞いて、そのナイフで刺されたら……」麻美がうつむく。

「そういう怖いことをしそうな人だと思ってましたか？」

「というより、よく分からない人っていう感じです。何考えてるのか分からない。だから、ナイフなんか持っているのを見て、怖くなっちゃったんです。でも結局、そのすぐ後に辞めたので、誰にも何も言わなかったんです。正直、今まで忘れてました」

「よく思い出してくれました」岩倉は褒めた。麻美は「いえ」と言うだけでうつむいてしまい、嬉しそうな様子を見せない。警察に褒められてもろくなことにはならない、という感覚だろうか。

「何か思い出したら、また連絡して下さい。仕事の邪魔をして申し訳ありませんでした」岩倉は丁寧に頭を下げた。

「いえいえ」

そう言ったものの、麻美は明らかに緊張していた。短期間に警察が何度も訪ねてきたら、いい気分にはならないだろう。しかも職場……あとで説明するのが面倒かもしれない。市役所を出ると、岩倉は思わず溜息をついてしまった。

「何ですか、朝から」彩香から非難される。

「若者の邪魔をしちまったな、と思って」

「こっちも仕事ですよ」彩香が平然と言った。

「就職したばかりで、仕事を覚えるので必死だろう？　俺たちが何度も訪ねて来て、動揺してると思う」

「これぐらいで動揺してたら、仕事は上手くいきませんよ。彼女が事件に関係して動揺しているとしたら、私たちにはチャンスですけどね」

「よせよ」岩倉は顔をしかめた。「仕事の出だしは大事だろう。彼女の場合、人生の出だしなんだし」

「娘さんの就活、気になりますか？」

「そりゃそうだ――仕事に絡めて考えたら駄目だけど」

「そういう普通の感覚、大事じゃないですかね」

「君にそんな風に言われるようになるとは、俺もそろそろ引退かね」

「定年はまだまだ先ですよ」

やりこめられても、怒りも悲しみも湧いてこない。これこそが、歳を取った証拠かもしれない。

澤田の最後のバイト先であるガソリンスタンドに赴く。店長の仲野は、ひどく疲れた様子だった。岩倉は思わず「大丈夫ですか」と声をかけてしまった。疲れているというか、病気かもしれない。

「いや……」仲野が、首に巻いたタオルで顔を拭った。「連続勤務が続いているんですよ。一人いなくなって、バイトの募集をかけてるんですけど、全然集まらないんですよね。昔は、ガソリンスタンドはバイトの花形だったんですけどねえ」

「そうでしたね」岩倉はうなずいた。岩倉の学生時代——もう三十年以上前だが——にバイトというと、まず候補に上がるのがガソリンスタンドとコンビニエンスストアだった。今、ガソリンスタンドは数が減っているし、コンビニエンスストアは、都心部では特に外国人のアルバイトが目立つ。ああいうバイトを日本人の若者が忌避し、代わりに外国人がやっている感じなのだろうか。

「ええと、今日は？」仲野が不安そうに訊ねる。

「こういうものを探していまして」岩倉はタブレット端末を示した。「澤田さんが持っていたナイフなんです」

「ああ、はいはい」仲野が軽い調子でうなずいた。「確かに持ってました。これと同じかどうかは分からないけど、似てますよ。柄のところのデザインが」

「どうして持っているのが分かったんですか？」

「ええとね、何かの拍子で免許証を確認しなくちゃいけない時があって、彼、慌ててたのかな？　バッグの中から免許証の入っている財布を引っ張り出そうとして、中身をぶちまけちゃったんですよ。その時に、このナイフが落ちてきて」

「おかしいと思いませんでしたか？」

「何がですか？」仲野が目を瞬かせる。

「かなり大きな刃物ですよ？　持っているのを警察官に見つかったら、即逮捕です」

「逮捕って……」

「その段階で教えていただければ、澤田さんを逮捕できました。逮捕されていれば、澤田さんは殺されなかったかもしれません」

「私のせいで澤田さんが殺されたって言うんですか」仲野が気色ばんだ。

「結果的にはそうなります」

「そんなこと言われても……」仲野が唇を嚙む。

「今さらどうしようもないことですし、無知によるものですから、あなたの責任を問うわけにもいかない。ただ、大きな刃物を持ち歩いているだけで犯罪になるということは、覚えておいて下さい」

「……分かりました」

「そのナイフについて、澤田さんは何か言っていましたか？」

「いえ。普通に拾い上げて、バッグにしまいました」

「普段から持ち歩いていたんでしょうか」

「それは分かりませんけど……」

持ち歩いていたに違いない。二ヶ所のバイト先で見られていたということは、毎日必ずバッグに入れていた可能性が極めて高い。

何のために？

岩倉の頭の中で、嫌な想像が膨らんできた。まだ誰にも話していないのだが、そろそろ情報を共有すべきかもしれない。いや、まだ早いか……別に誰かと競争して捜査しているわけではないのだ。結果的に事件が解決すればいいのだから、焦ることはない。焦ると、捜査の結果はろくなことにならないのだ。

ガソリンスタンドを辞して車を出したところで、岩倉は「昼飯にしようか」と提案した。

「早くないですか？」彩香が腕時計を見た。

「早い方が混まなくていいだろう。このすぐ近くに、チェーンのスパゲティ屋があるの、分かるか？」

「ああ、ありますね」彩香がうなずく。「パスタ気分なんですか？」

「パスタが食べたいというより……とにかく安いんだ。この前通りかかった時に幟《のぼり》が見えたんだけど、確か『三百九十円』って書いてあった。パスタが三百九十円だったら、すごい安値じゃないか」

「三百九十円のパスタは……どんな味ですかね」

「それを試してみたい気持ちがあるんだよな」

外食派の岩倉も、最近はパスタだけは作って食べることがある。要はパスタを茹《ゆ》で、何か具材とソースを合わせるだけだから、難しく考えることはない。組み合わせは無限大だ。岩倉の場合、ツナをメインにして、大量のネギや大葉と炒め合わせ、それをパスタに絡めるパターンが多い。軽く醬油で味を整えて……ツナの和風パスタという感じで、実里にも評判がいい。「これならいつでも一人でやっていけるわね」と言われた時にはがっくりきたが。

自分で作るようになったからと言って、それでパスタにうるさくなったわけではない。

十一時半。広い駐車場はまだ埋まっていなかった。店内もガラガラ。イタリアンファミレスという感じで、清潔だがただ機能的……最近、あまりファミレスに入らないので、懐かしい感じだった。昔は、外回りの昼食といえばファミレスが定番だったのだが、いつの間にか数が少なくなってしまったし、今見ると値段はかなり高めだ。

しかしここは、やはり安かった。ランチメニューを見ると、パスタはセットで六百九十円からである。

「ニンニク臭くならないのはどれかな」

「このラインナップだと……明太子パスタとかでいいんじゃないですか？　そうでなければ、ハンバーグとかチキンの料理の方が、無難かもしれません」

「せっかくパスタの店にきたけど……ハンバーグにするよ」

「じゃあ、私もそうします」

ライスにスープバー、ドリンクバーがついて七百九十円は、最近ではやはり安い方だろう。注文を終え、スープバーからコーンポタージュを取ってきて一息つく。ドリンクバーは食後でいいだろう。

ふと、胸が締めつけられるような思いを味わう。ファミレスは、昔は馴染み深い存在だった。聞き込みの途中の栄養補給に使っていただけではなく、家族で出かける時にも……安かったわけでも、格段に美味かったわけでもないが、メニューが豊富なので、全員が必ず、食べたいものを見つけられたからだ。そう言えば千夏は、小学生の頃は必ず、普通にハンバーグやカレーを食べた後で、ねだってパンケーキを追加注文していた。それを絶対に食べきれず残して、岩倉が片づけていたものだ。甘いものはあまり好きではない岩倉だが、あの残り物のパンケーキは、何故か嫌いではなかった。

席へ戻ると、彩香に訊ねてしまう。

「パンケーキ、好きか？」

「はい？」

「パンケーキ」

「好きか嫌いかって言われると嫌いじゃないですけど……フレンチトーストの方が好きですね。ガンさん、好きなんですか？」

「甘いものの中では、まあ、好きな方かな」

「追加注文します？」彩香がメニューを広げる。「残念……パンケーキはないですね。

ジェラートは結構充実してますけど」

「いや、いいんだ」

「ガンさん、娘さん、どうかしたんですか?」

岩倉はスープカップを下ろした。「何が?」と素知らぬ態度で訊ねる。

「さっきの羽田さんのこと……それに今のパンケーキの話。甘いものをあまり食べないガンさんがそういう話をする時って、娘さん絡みかなって思って。そうじゃなければ彼女?」

「彼女ではないけど、俺は君の教育を間違ったかもしれない」

「そうですか?」彩香が首を傾げる。

「変なところで鋭くなるように、教えたつもりはないんだけど」

「何かお悩みなら、聞きますよ」真顔で彩香が言った。

「それも教育間違い……というより、予想外の成長だな。まさか君に、悩みを聞いてもらう日が来るとは思わなかった」

「それで……」

「確かに、娘絡みだよ。就活で、相談に乗って欲しいって言ってきてるんだけど、そういう時に限って、この有様だ。会えなくて困ってる」

「明日、土曜日ですよ? 週末はローテーションで休めばいいじゃないですか。それで会って話をすれば」

「そう急にはいかないだろう。向こうだって忙しい」

「でも、ガンさんに相談があるんでしょう？　それなら乗ってくると思いますけど」

「まあな……」

「親なんですから」

「親っていう人種には、いろいろ節目が来るもんだと思うよ。主に子どもが進学するタイミングだけど、今の俺には、節目はあと二つか三つしかないんだ」

「就職と、結婚、出産ですかね」彩香が指を折った。

「ああ。就職は大事なポイントだよな。親がアドバイスできる貴重な機会——最後の機会かもしれない。それを逃すとか、失敗したら、永遠に信用を失いそうなんだよな」

「就職なんて、情報はどこからでも入ってくるじゃないですか。大学なら、就活で先輩から話を聞くような機会もあるでしょうし。それをわざわざ、家族に相談しようとしてるのは、不自然ですね」彩香が断じた。

「確かに」

「ガンさん、娘さんとは頻繁に会ってるんですか？」

「——そうでもないな」彩香には、離婚したことは話していた。いろいろ差し障りがありそうなので、実里の存在は隠しているが。

「大学の学費って……」

「それは出してる」

「養育費みたいな感じですか？」

「別居した時にある程度の額をまとめて払って、それが学費になってる」

「奥さん、大学の先生ですよね？　大学の先生って、副業でもやってない限り、あまり儲かってないって聞きますけど」彩香がいきなり突っこんできた。

「ああ」岩倉は苦笑してしまった。「らしいね。でも元妻は、実家が金持ちなんだ。伊豆の川奈に別荘を持っていて、長い休みにはそこで過ごして――っていうのが俺には苦痛だったんだよ」

「優雅な別荘ライフじゃないですか」

「向こうの両親が硬い人で、つき合いが難しかった。とにかく元妻は、遺産相続で懐は温かいんだ。離婚の時も、俺に対する要求は少なかった」

「思いやりですか」

「いや」岩倉は首を横に振った。「あてこすりかもしれない。あんたの世話にはならない、私は一人でも十分やっていける、みたいな無言の宣言とか」

「それは……」彩香が苦笑した。「まあ、人それぞれですけど、本当にそうだとしたら、ガンさん、離婚して正解じゃないですか」

「ありがとう。一人でも味方がいるのはありがたいな。味方というか、理解者か」

「ガンさんのことを理解しているとは思えませんけどねえ」

料理が運ばれてきて、二人は粛々と食事に取りかかった。安かろう……ではないかと予想したハンバーグだが、味は悪くない。多少サイズが小さいのは仕方ないだろう。だいたい、ランチに大盛りの料理が出てきても、嬉しくはない年齢になった。

「ここ、覚えておいていいかもしれませんね。チェーン店だから、他の街にもあれば使えます」

「そうだな」

そそくさと食事を終え、ドリンクバーで二人ともアイスコーヒーを取ってくる。そろそろ店が混み始めていたが、もう少し粘っても大丈夫だろう。

「とにかく、早く話すことですよ」彩香はまだ千夏の就活話にこだわっていた。「直接、ちゃんと聞かないと。ガンさん、娘さんのことになると弱いですよねえ」

「君も、自分のお父上に聞いてみるといい。娘がウィークポイントじゃない父親なんかいないから」

「そう言えば、うちの父親、結婚式で号泣して、参列者全員にドン引きされてました」

「それだけ、感慨深かったんだろう」今の岩倉なら、彼女の父親の気持ちが理解できる。千夏が結婚したら……と考えると、涙腺が緩んでしまいそうになるのだ。

「別に、それまでは淡々としてたんですよ。旦那を連れて結婚の挨拶に行った時も『そうか』って一言言ったぐらいで。だから私、仰天しました」

「いや、俺は理解できるな。抑えていたものが一気に溢れ出たんだよ。普段淡々としている父親の方が、感情が爆発するんじゃないかな」

「じゃあ、ガンさんは笑って結婚式に出られますね」

「何で？」

「娘さん大好きを隠さないじゃないですか。普段からそういう人は、結婚式では晴々とした笑顔で娘さんを送り出す――違いますか？」

「そんなの、分からないよ」やはり苦笑してしまう。

もやもやしていた気持ちが少しだけ晴れた。土日のどちらかは休みになるから、必ず連絡を取ろう。そしてできれば会って、きちんと話をするのだ。

お代わりしたコーヒーも飲み干し、店を出たところでスマートフォンが鳴る。見覚えのない番号……登録した番号なら覚えてしまうのだが、これはそうではないようだ。

「――もしもし？」念のために名乗らず電話に出る。

「あの、小坂です」

「はい、岩倉です」静岡にいる小坂朋だった。声が切迫している。

「大変です。助けて下さい！」

5

急に話が転がり出した。極めて重大なポイント――岩倉は運転を彩香に任せた。彼女なら信頼できるし、自分はあちこちに連絡を取らなくてはならない。まず、鹿野。

「浅野有紗さんが見つかりました——いた、という情報が入っています」

「どういうことですか？」鹿野の声が裏返った。

「彼女の知り合いに情報網を広げていたんですけど、その網に引っかかってきました。今、八王子にいます」

「八王子？　そんな近くに？」

「詳しい事情は調査中なんですが、知り合いの家に隠れていたという話です。今、そちらに向かっています」

「こっちからも向かわせますよ。援軍が必要でしょう」鹿野が前のめりになった。

「いや、それはやめましょう」岩倉はストップをかけた。「相手は一人です。どういう知り合いかは分かりませんが、危険なことがあるとは思えません。もしも援軍が必要だと思ったら、失踪課の八方面本部に応援を要請して下さい。町田からよりも、立川から行く方が近いんじゃないですか？」

「了解。こっちで応援を要請します。状況が分かったら連絡して下さいよ」

「遅滞なく」

電話を切ると、また朋から連絡が入った。声がさらに焦っている。

「病院に搬送されたそうです！　意識がないって！」

「落ち着きましょう」岩倉は敢えて低い声で言った。「意識不明というのはどういうことですか？　何か、新しく怪我をしたんですか？　浅野さんは、頭は負傷していませんでしたよ」

「分かりません。意識が危なくなったので、救急車を要請したって」

「八王子のその場所、住所を確認させて下さい」

「はい、あの——」

「落ち着いて。ちゃんと聞いていますから」

岩倉は、朋が告げた住所を復唱した。しばらく立川に住んでいたので、近くの八王子の住所もある程度は分かる。暁町《あかつきちょう》……市の中心部から少し外れた、小高い丘の上の住宅街ではなかったか。走行中はナビに入力できないので、タブレット端末で住所を検索し、彩香に行き先を指示する。

「国立府中《くにたちふちゅう》から中央道でいいですね？」

了解の印に、岩倉は親指を立てた。そのまま朋への事情聴取を再開する。

「その相手——浅野さんがいた家は、知り合いの家なんですよね？　大学の友だちですか？」

「そうです。友だちっていうか、有紗の先輩だそうです。もう大学は卒業してます。それで、何ていうか、あの、一人暮らしなんですけど」

「ええ」何を慌てているのだろう。一人暮らしの人間など、珍しくもない。

「大きな家に一人暮らしなんです。ご両親が海外に行って、その人だけが日本に残って……家を守らないといけないから、大学の途中で実家に帰って一人暮らしで……」

「了解。まだその人の名前を聞いていませんでした」

「あ、篠沢未来《しのざわみき》さん。『未来《みらい》』と書いて『みき』です」

「この時間だと仕事じゃないんですか？」

「いえ、家にいます」

「家で仕事を？」

「起業して、家でウエブ系のデザイン会社をやっているそうです」

「じゃあ、社員もいますよね？　そういうところで、浅野さんを匿《かくま》っていたんですか？」

「大きい家らしいです」朋が「大きい」に力をこめた。

「あなたは、面識のある人ですか？」

「はい。いいえ、直接会ったことはないんですけど、有紗が篠沢さんと会っている時に、テレビ電話で話しました。連絡先も交換しました。親分っぽい感じでいい人です」

「家に行ったことはないですね？」岩倉は念押しした。

「ないです」

田舎の巨大な一軒家という感じだろうか。人が一人や二人隠れていても分からないぐらい広い家も、珍しくはない。八王子の暁町には大きめの家が多い印象があるが、そんなに大きな家があっただろうか？　もちろん、管内でもないあの辺りを、入念に歩き回ったわけではないが。

「どこの病院へ運びこまれたかは分かりませんか？」

「さっき救急車が来たばかりみたいです」

「篠沢さんは、同行していますか？」

「篠沢さんは、一緒だって言ってました」

「了解です。申し訳ないけど、篠沢さんと連絡を取り合ってくれませんか？　病院を確認したい」

分からなければ、八王子の消防に連絡を入れればいい。どこへ運びこんだか、教えてくれるはずだ。八王子市内、そうでなくても近隣の病院であって欲しかった。八王子方面へ向かっている今の動きを無駄にしたくない。

電話を切ると、彩香が「病院、分かりました？」と切迫した口調で訊ねてきた。

「いや、まだ分からない。調べてもらっている」

「八王子を目指した方がいいですよね？」

「八王子の病院だと思うんだけど……」多摩地区の行政の中心地は、ほぼ立川に移ったと言っていい。しかし市町村別で人口を見れば、多摩地区最大の街は今でも八王子なのだ。生活している人が多いということは、行政や医療のサービスも充実している。近隣の人が八王子の病院に通うケースが多く、その逆はあまりないだろう。

十五分ほど走り、高速に乗ろうかというタイミングでまたスマートフォンが鳴る。岩倉は慌てて、車を停止させるように命じた。しかし日野バイパスで車を路肩に停めるのは難しい……彩香が急ハンドルを切って、コンビニエンスストアの駐車場に無理やり覆面パトカーを突っこんだ。乱暴な……しかしこれでゆっくり話ができるし、行き先が変わっても対応できる。高速に乗ってしまったら、引き返すにも一苦労だ。

「小坂さん」

「病院が分かりました。八王子中央病院です」

「了解」市内でも一、二を争う規模の病院だ。確か、京王八王子駅前にある。「そこへ直接向かいます。篠沢さんは病院ですか？」

「はい」

「連絡が取れるようでしたら、これから警察官が病院へ行く、と伝えて下さい。いきなり話をするより、あなたから聞いておいた方がいいでしょう」

「分かりました」

「助かります。あなたのおかげで、浅野さんが見つかった」

「でも、まだ意識が戻らないらしいんです」

　そこがよく分からない。路上で負傷して発見された時も、有紗は頭には怪我を負っていなかった。当時、病院側が見逃していて、今になって症状がひどくなった？　頭の怪我は、後から症状が悪化することもあるとは聞くが、あまりにも時間が経ち過ぎている。

「病院にいれば大丈夫でしょう。人間は、案外頑丈なものです」

「私は、そっちへ行けないので……」

「連絡します。でも、友だちにはまだ何も言わないで下さい。見舞いが殺到しても困るでしょうから」

「分かりました。でも、容態は教えて下さい」

「必ず連絡します」

通話を終え、岩倉はナビの画面を操作して八王子中央病院へのルートを表示した。

「八王子第一出口を降りて、国道十六号から二十号。それで病院の近くまで行ける」

「緊急走行でいいですね？」

「ああ」

彩香がサイレンを鳴らし、パトランプを点灯させた。コンビニの駐車場から一気に国道二十号線へ飛び出し、国立府中インターへ……大きなカーブで体が横に振られるのを感じながら、岩倉は激しい焦りを意識していた。

同じ八王子でも、JRと京王の駅は結構離れている。何故離したのかは謎だ……しかし、どちらも新宿へ向かうから、ある意味ライバル路線と言っていい。何も駅舎を共有する必要はないわけか。

京王八王子駅前は、基本的にマンションやオフィスビルなどが混在する地域で、他には飲食店などがちらほら……住みやすそうな街だ。八王子中央病院は、そういう街の中にある。コイン式の駐車場が併設されているので、そちらに車を停め——車の処理は任せて、岩倉は飛び出して病院に向かった。

受付を急かして、有紗の居場所を確認する。救急車で搬送されて、処置が終わり、今は病室――ということは、命に別状はないだろう。ほっとして病室の場所を確認する。

そこへちょうど彩香がやって来た。「無事らしい」と告げると、大きく目を見開いて、肩を上下させる。

「どういう感じなんですか？」

「それはこれから詳しく聴く」

病室へ向かうために、エレベーターホールの方へ足を向けた瞬間、岩倉のスマートフォンが鳴った。朋だった。

「何度もすみません」恐縮しきった声だった。

「今、病院に着きましたよ。無事だということは確認しています」病院内なので、岩倉は声を低くした。

「あ、私も今、篠沢さんと話して聞きました。篠沢さん、治療が終わるまで待っていてくれたんです。でも一度、家に戻らないといけないそうで」

「じゃあ、入れ違いになったかな……これから、医者に症状をしっかり確認します。あなたにはまた連絡しますけど、一つだけお願いがあります」

「何ですか？」

「あなたは、浅野さんのご両親を知っていますよね？」

「はい、昔はよく遊びに行ったので」

「あなたは何も言わないで下さい。浅野さんは失踪人として届出されているので、警察の方からきちんと説明します」

「あ、でも……」朋が言い淀む。「篠沢さん、実家に連絡するって言ってました。匿っていたから、ずっと申し訳ないと思っていたって」

「匿った？」岩倉はスマートフォンを握り締めた。まるで犯罪者を保護していたような言い分ではないか。

「あ、匿っていたって、ちょっとニュアンスが違うんですけど、とにかく実家には黙って家にいさせたことが申し訳ないって」

「なるほど……とにかく、私の方から連絡します」朋に頼んで篠沢を止めてもらうのは無理があるだろう。そもそもこの二人には、ほんのわずかな接点しかない。今日は、朋が本当によく頑張ってくれた。「あなたからは言わないで下さい」

「……分かりました」

二人は、病室のあるフロアのナースステーションに向かった。確認すると、有紗は面会謝絶になっているという。重篤な症状というわけではなく、麻酔で眠っているので話ができないということだった。

有紗を治療した医師を紹介してもらい、話を聞く。中年の男性医師で、マスクが子ども用に見えるほど顔が大きかった。そのせいか、妙な信頼感がある。名札は「池永《いけなが》」と読めた。ナースステーションの一角で話を聞く。

「頭を打っています。それと、左腕、肩甲骨を骨折」

「ちょっと待って下さい」岩倉はすぐにストップをかけた。「膝を負傷しているはずです。頭や腕の怪我は聞いていません。いや、腕には切り傷があるはずですが」

「どういうことですか？」池永が怪訝そうな表情を浮かべる。

「この患者さんは、十日ほど前に、膝を負傷した状態で、路上で保護されたんです。その後行方が分からなくなって、我々が捜していました」

「いや……え？」池永が目を見開く。「ちょっと分からないんですけど、どういうことですか？」

「分からないのはこちらです。今回、どうして怪我を？」

「階段から落ちた、という話です。つき添ってきたお友だちの話だと、家の階段を転がり落ちて、頭を打ったと」

「ああ……なるほど」これが本当かどうかは分からないが、説明はつく。ただし、家は調べねばならないだろう。

「頭を打って血が流れていて、しかも気を失っていたということで、慌てて救急車を呼んだんですよ」

「それで、命に別状は？」

「それは大丈夫です。額の切創と脳震盪《のうしんとう》、あとは腕などの骨折……少し様子を見る必要はありますけど、決して危険な状態ではありません」

「そうですか……」岩倉はほっと息をついた。今度こそ、病院を逃げ出さないように気をつけておかないと。「話はできますか？」

「今、麻酔で眠っていますから、しばらくは無理です。処置前には会話はできましたけど、そうですね……明日までは待ってもらわないと。麻酔は効果が切れても、しばらくぼうっとした状態が残りますからね。ところで、膝を怪我していたとおっしゃった？」

「ええ」

「なるほど」池永が白衣の胸ポケットから手帳を取り出し、彼の大きな手にすっかり隠れてしまいそうな小さなペンで何かを書きつけた。「膝を痛めていて、歩くのに苦労している状態だと、階段を踏み外すことはあり得ますね。事故かな。ただ、落ちた瞬間は誰も見ていないそうですけど」

「階段を降りようとして失敗した、という感じですか」

「膝の負傷がどの程度だったかは分かりませんが」

「何とか歩けるけどきつい、という状況のようです。負傷して、足を引きずっているところをタクシーの運転手に保護されて、病院へ搬送されました。ただしその病院をすぐに抜け出しています」

「治療は？」

「治療が必要だったのに抜け出したんです。それで帰宅したんですけど、今度は自分で車を運転して、家を出ていってしまって」

「何ですか、それは」池永が困ったような表情を浮かべて首を傾げる。

「家出、ということで捜索していましたが、前後の状況が不自然なんです」

「確かにねえ」池永が顎を撫でた。

「できるだけ早く、話をさせて下さい」

「無理はできません」池永が釘を刺した。「とにかく明日まで待って下さい。明日の朝、きちんと話せるかどうか、判断します。脳震盪も馬鹿にしてはいけませんよ」

岩倉は彩香と顔を見合わせた。彩香は露骨に渋い表情を浮かべたが、結局何も言わず、ただうなずくだけだった。

「では、明日の朝にもう一度伺うことにしますが、最大限の警戒でお願いします」

「警戒？」

「一度病院を抜け出している人です。また脱出しようとするかもしれません」

「いや、病院で警備と言われても」

「制服警官を張りつけてもいいんですけど、それだと大袈裟になりますよ」

「——事務の方と話して何とかします」池永が折れた。

「申し訳ないです。それと、ご両親が来るかもしれません」

「それはそうでしょうね。家出なら——」池永が軽い口調で言った。

「父親が、激昂しやすい人なんです。気をつけていただかないと、病院を破壊するかもしれません」

「怒ってる人の扱いは、慣れてますよ」池永が溜息をついた。「患者さんやその家族は焦っています。どうしても乱暴になることもある。私たちは、そういう人たちに対しても、きちんと対応していますから」

「お疲れ様です」心の底から言ってしまった。世間的にアピールすることではないが、病院や警察は、しばしば一般市民からの厳しい攻撃を受ける。向こうにすれば生活が、あるいは人生がかかっている状況で関わりになるのが病院と警察なのだ。どうしても焦るし、責任を押しつけたくもなる。

「お互いに」

「では――」立ちあがろうとしたところでスマートフォンが鳴る。画面を見て、岩倉はつい苦笑いした。「問題の、そのご両親ですよ」

ナースステーションを出て、電話を使っていいエリアまで走る。

「何で連絡してくれないんだ！」浅野がいきなり怒りを爆発させたので、岩倉はスマートフォンを耳から離した。

「今、病院に着いたところです。症状を確認しました」

「無事なのか！」

「脳震盪、それに左腕と肩甲骨の骨折ですが、命に別状はありません」

電話の向こうで、浅野が必死に呼吸を整えるのが分かった。

「今は話せません。明日の朝ぐらいに話せるようになるということですから——」

「今から病院へ行く！」

「ですから、今は話はできませんよ」

「顔を見に行くんだ！」

浅野はいきなり電話を切ってしまった。追いかけてきた彩香が、困ったように顔をしかめる。

「お怒りでしたか？」

「お怒りというか、興奮してた。すぐこっちへ来るそうだ。病院に迷惑をかけないように、俺たちがガードしないといけないな。失踪課の連中も間もなく来るはずだから、そうすれば抑えられると思うけど……篠沢さんにも話を聴かなくちゃいけない」

「どっちが病院に残ってガードするかですね」彩香が溜息をついた。

「コイントスで決めるか？」岩倉はズボンの尻ポケットから財布を抜こうとしたが、彩香が「やめましょう」と止めた。

「どうして」

「私が残りますよ。失踪課の人たちの方がご両親より早く着くでしょうから、こっちは何とかなります。ガンさん、早く事情を知りたいんじゃないですか」

「それは、もちろん」

「じゃあ、行って下さい。私だって、バックアップぐらいできますよ」

「本当は、そういうのは俺たちおっさんが担当して、君たち若手が前面に出るべきだと思うけど」

「ここで篠沢さんに直接話を聴かないと、ずっと機嫌悪いでしょう」

「そんなこともない」

「ガンさん、面倒ですよねえ。まあ、でもこれから性格を直すのは無理ですから、ずっと面倒臭いままでいて下さい」

「何だよ、それ」

「仕事をやる気をなくして、事なかれ主義で時間が過ぎていくのを待つだけ――そういうオッサンにはならないで下さいよ」

「好奇心だけは衰えないんだよなあ」

「記憶力もそのままでお願いします」彩香がニヤリと笑った。

岩倉はサッと手を上げ、その場を歩み去った。彩香は、いつの間にこんなにはっきり物をいうようになったのか。本部の特殊班で厳しい仕事を経験し、私生活では結婚して、人生の幅がどんどん広がっているのは間違いない。

岩倉は思わずにやけてしまった。いい感じだぞ、と心の中で褒める。

第五章　あの男

1

浅野有紗、十九歳、大学一年生。間もなく二年生になる。

ガードが甘い、というか用心する感覚そのものが薄い。玉川学園前駅の近くにある塾から自宅までは、歩いて三十分近くかかる。途中にかなり暗い場所もあるのに、バイト終わりには基本的に歩いて帰っている。襲ってくれと言わんばかりの、不用心な態度だ。

いつでもやれる。

問題は、たまに男が一緒にいることだ。十歳ぐらい年上だろうか、バイトが終わるのを待って、車で送っていく。ただし、家までは行かない。まだ親公認の恋人になっていないのか、親に紹介できない事情でもあるのか……妻帯者かもしれない。ばれるとまずいから、家から少し離れた場所で車を停めているのではないだろうか。家の近くの、街灯もない暗く狭い道路に車を停めて三十分——毎回そんな感じなのだが、誰かが見たらおかしいと気づくだろう。

女も男も用心が足りない。こういう人間を襲ってもスリルは味わえないのだが、まあ、いいだろう。

女は俺の好みだ。小動物を思いのままにいたぶる快感……その肉にナイフが入りこむ感触を思い出すと、どうしても笑い声が漏れてしまう。

八王子市暁町は、岩倉の記憶にある通り、丘の斜面に張りつくように家がある地域だった。大きな家が多い。防犯意識も高い地域のようで、警備会社のステッカーが門扉などに貼ってある家も目立った。

篠沢未来の家はすぐに見つかった。周囲の大きな家をさらに圧倒するような大きさで、さながら名門旅館のような和風建築だった。ただし、全体にそれほど古い感じはないので、和風建築が好きな人が、比較的最近造った家と見た。

門扉から敷地内に入ると、右側にガレージ、左側が母屋になっている。母屋の前の庭には芝生が張られていた。今は枯れているが、きちんと整備はされているようで、春が深くなれば、青々とした姿を見せるだろう。

ガレージ……どういうことなのか、ガレージはやたらに大きく、車が四台は停められそうだった。農家だろうか？　しかしこの辺には農地はないはずだ。覗きこむと、ワンボックスカーが一台、それに——浅野家の車が停まっていた。ナンバーがすぐに、記憶と合致する。岩倉は彩香に「篠沢宅で浅野有紗の車を発見」とだけメッセージを送った。気づけば、特捜本部に連絡を回してくれるだろう。

玄関には「篠沢」という表札とは別に、小さな横長の看板がかかっている。「SLINE」と書いてあるが、読みが「エスライン」なのか「スライン」なのかは分からない。インタフォンを鳴らすと、若い男の声で「はい」と返事があった。未来は一人暮らしという話だったが、会社のスタッフだろうか。

「警察——警視庁の岩倉と言います。篠沢未来さんのお宅ですね？」

「ちょっとお待ち下さい」

岩倉が一歩引くとすぐに、家の中でどたどたと足音が聞こえてきた。ドアが思い切り開く——体を直撃されそうになって、岩倉は思わず飛びすさった。

顔を出したのは、大柄な女性だった。しかも見た目のインパクトが強い——短い髪は、上部を金色に、下をシルバーに染めている。色違いの二つの太い輪を被ったようだった。左右で別の色にした人は見たことがあるが、こういう染め分けを見るのは初めてだった。右の耳には、耳たぶが見えなくなるぐらい大量のピアス。メークこそ過激ではないが、服がまたすごい。タイダイ染めのTシャツは、真ん中から渦が広がっていくようなデザイン……太陽をイメージしたのかもしれないが、カラフルなアンモナイトにも見える。ジーンズには激しいダメージ加工が施されており、右の太腿はほとんど剝き出しになっていた。どこかに引っかかったら、右側だけ半ズボンになってしまいそうだった。

未来が無表情に両手を差し出した。手は軽く拳に握っている。

「逮捕ですよね？」

「はい？」

「私を逮捕して下さい。あれこれ言うのは面倒なので、最初に言います。有紗を匿っていたことは犯罪ですよね」

「ちょっと待って下さい」厳密に言えばその可能性は高い。岩倉たちの書いたシナリオが当たっていればだが……それなら、有紗を匿っていた人も罪に問わねばならない。しかしどうして未来が事情を知っている？　有紗が打ち明けた？　「まず話を聴かせて下さい。何があっても、いきなり逮捕はできません」

「警察は全部知っているんじゃないですか？」

「まだ何も分かっていませんよ」

急展開に、岩倉は慌てた。重要なポイントがいきなりきた——本当は二人で話を聴かねばならないところだ。病院には失踪課の連中が到着しているかもしれないから、有紗とその両親への対応は任せて、彩香にこっちへ来てもらうか……しかし、その手配をしている時間がもったいない。今は一刻も早く、未来に事情を話してもらうのが先だ。

「とにかく、話を聴かせて下さい。中でいいですか」

「どうぞ」

玄関から長い廊下を歩くと、右側に広々とした仕事場が見えた。会議室のように長いテーブルが置かれ、そこに向かって数人の若者が作業をしている。五十インチはありそうな巨大なモニターが二つ。しかし今は、スクリーンセーバーが複雑な動きを見せているだけだった。ここは元々リビングダイニングルームだったのだろう、片隅にはキッチンが見えている。その近くには、大きなダイニングテーブル……キッチンの機能もなくなったわけではないようだ。それにしても広い……この部屋だけで三十畳はありそうだ。家の外見は完全な和風だったのに、中は今風の「洋」の感じだ。

未来は、廊下を挟んで仕事場の向かいにある部屋に入った。岩倉も後に続いた。途端に煙草の臭いが襲ってくる。未来は何も言わず、デスクについて、すぐに煙草に火を点けた。岩倉が一人がけのソファに腰を下ろした瞬間、空気清浄機がかなりの勢いで稼働し始めた。未来が、慌てた様子で岩倉に訊ねる。

「煙草を吸うのに、許可が必要ですか？」

「個人の家で喫煙するのに、許可は必要ないですよ。私は煙草をやめて、かなり長くなりますけど、人が吸っているのは気にならないので、どうぞ——この部屋は何なんですか？」

「一応、社長室ですけど、喫煙部屋って呼んでます。うちのスタッフ、全員煙草を吸うので、ここがそれ用の部屋」

「それは珍しい。わざわざそういう人を選んでいるんですか？」

「たまたまです」未来が皮肉っぽく笑った。

「ご両親が、海外にいらっしゃるとか」

「もう、私のことを調べたんですか」未来が嫌そうな表情を浮かべた。

「調べたわけではありませんが……実際、それ以上のことは知りません」

「そんなこと、どうでもいいじゃないですか。さっさと逮捕して下さい」

「容疑は？」

「だから、犯罪者を匿ったら犯罪でしょう」

「浅野さんが犯罪者だというんですか」

「だって、人殺しですよ？」

　分かっていた。その疑いは強くなっていた。しかし第三者から言われると、事態の深刻さを意識せざるを得ない。

　未来は興奮している――というより、混乱しているだけだと判断した。聞けば、有紗から事情を聞かされたのは、今日なのだという。

「今日？　そもそも浅野さんは、いつここへ来たんですか？」

「九日」未来がスマートフォンを見た。「九日の夜ですね。九時ぐらいに、いきなり車で入ってきて、門扉に擦ったんです」

「約束なしでですか」車と門扉の傷には気づかなかった。もう修理したのだろうか。

「そう」

「あなたの家は知っていたんですね？」

「今までも、何度か遊びに来ました」

「あなたは、大学の先輩ですよね？　でも、どういうお知り合いなんですか？　浅野さんはサークルなどには入っていなかったはずです」

「私も入ってません」未来が新しい煙草に火をつける。空気清浄機は今のところ、全力で虚しい戦いを続けているだけで、部屋の中は白く染まり始めていた。

「では、どういうご関係で？」

「うちの大学、メンター制度っていうのがあるんです。先輩が後輩に、大学の色々なことを教えるっていうシステムですね。一年生は何人かグループになって、そこに一人メンターがつきます。それで、私が彼女のメンターになって……ただ、趣味なんかが同じで、メンター制度とは関係なく仲良くなりましたけど」

「趣味は何ですか？」

「韓流アイドルのおっかけ」

「ああ……」

「馬鹿にしてます？」

「いえ。でも、お金がかかって大変でしょう」

「お金がかかるのが趣味ですから……とにかく、それで一緒にご飯を食べたり、ライブに行ったりするようになって」

「浅野さんから見れば、何でも相談できる、頼りになる先輩だったんじゃないですか」

「だと思うけど、今回はちょっとびっくりして……いきなり訪ねて来て、少しいさせて欲しいって言って。しかも怪我してました。私は病院に行った方がいいって言ったんだけど、聞かなくて」

「何があったと思いました？」

「男だって言ってました。ストーカーみたいなのがいて、怖いから逃げてるって。自宅もばれているから、ここへ逃げこむしかないっていう話でした」

「それを信じたんですね」

「本当かどうかは分からないけど、困っていたら助けてあげないと。可愛い後輩っていうか、妹分なので。私、一人っ子なんで、昔から妹が欲しかったんですよ」

「なるほど……それで浅野さんは、先週からずっとここに隠れていたんですね」

「ええ」煙草の煙の向こうで、未来がうなずく。

「治療の必要はなかったんですか」

「いえ……膝が痛そうだったから、何度も病院へ行くように言ったんですけど、外に出るのが怖いって。ほぼ部屋にこもり切りでした。うち、部屋だけは余ってるので」

「大きな家ですよね……それで、犯罪のことは今日聞いたんですね？」

「今朝」

「今朝？」

「朝ごはんを食べ終わって、急に言い出したんです。実は男を殺してきた。きっと追われてるって。自首しないとまずいけど、怖いって泣いてました」

「それと、事故——階段から落ちたことはどう関係するんですか？」

「私は仕事をしてました——仕事どころじゃなかったけど。そうしたら、二階にいた有紗が、階段を降りようとしたんです。荷物を持ってたから、ここを出るつもりだったと思うけど……もしかしたら、警察に自首するつもりだったかも」

「一つ、確認です」岩倉が人差し指を立てると、未来が嫌そうな表情を浮かべる。「あなたが犯罪事実を知ったのは、間違いなく今日ですね」

「今朝です」

「それまで、疑って確認したこともなかった？」

「ストーカーの話は何度か聞いたけど、あまり話そうとしなくて。話したくないんだろうって思って、無理に突っこみませんでした」

「だったらあなたは、犯罪者を匿っていたとは言えません。今日事情を知ったばかりなんですから、あなたがやったことを犯罪だと決めつけるのは無理がありますし、裁判官も逮捕状の請求を許可しないでしょう」

「でも……」

「気にしないで、何があったか、正確に話して下さい。浅野さんが人を殺した——どんな状況で、誰を殺したか、言っていましたか？」

「相手が誰かは分からないそうです。襲われて、眠らされて……公園に連れて行かれて殺されそうになったから、ナイフを奪って刺した、と」

岩倉たちの考えていたシナリオ通りだが、その後のことは、有紗の記憶もあまりはっきりしていないようだ。徹底した裏づけ捜査が必要になる。

「ストーカーだった？」

「それも分からないと。誰かに尾行されているとか、待ち伏せされているようなことはなかったと言っています。気づかなかっただけかもしれないけど」

「そういうことはあります」岩倉はうなずいて同意した。「実は我々は、その可能性――浅野さんが人を殺した可能性もあると見て調べていたんです」

「じゃあ、やっぱり私は――」未来の顔から血の気が引く。

「心配しないでください。あなたからは、改めて正式に事情聴取することになりますが、この事実は今朝初めて知った、という主張は変えないで下さい」

「私を信じてくれるんですか？」

「嘘をつく意味がないでしょう。もしも嘘だとしても、浅野さんに直接確認すれば分かります。それより、ここにいた時の浅野さんの様子を教えて下さい」

「大人しくしていました。膝がよくなかったですから、自由に動けなかったんです。ちょっとうちの仕事を手伝ってもらったり、食事の準備をしてもらうぐらいでしたね」

「居候的な？」

「そんな感じです。元気はなかったけど、それは怪我のせいもあるだろうな、と」

「大学の方はどうですか？　このまま休ませておいて大丈夫だと思いました？」

「聞いてみたけど、本人が大丈夫だと言っていましたから……大丈夫なんですか？　本当に人を殺したとしたら、大変ですよね？」

「大変ですが、あくまで法に従って裁かれることです。あなたには迷惑をかけて申し訳なかったですが」

「いえ……何もできなくて。何が正解だったか分かりません。もっと早く話を聞き出して、警察へ行くように説得すべきだったんでしょうか」

「後から考えても仕方ありませんから、あまり悩まないようにして下さい。仕事に戻っていただいて結構ですよ。ただしまた後で、正式な事情聴取を行います。それは警察署で、ということになりますから」

「――分かりました。でも、仕事に戻る気にはなれないですよ」

未来の指先で、煙草の灰が長くなっていた。危ないと言おうとした瞬間、灰が剝き出しの腿に落ちる。熱くはなかったようで、未来は灰皿を手に取ると、指先で腿の灰を灰皿へ移動させた。

「自宅に会社を作ったのは、大学を卒業してからですか？」

「いえ、在学中には始めてました。私、元々イラストが大好きで、得意だったんですよ。

描いたイラストをネットで発表していたら、デザインの注文が入るようになって……だったら思い切って会社組織にして、ネット関連のデザイン専門でやろうかなって。ちょうど大学四年になる頃、父親のアメリカ赴任が決まって、夫婦で向こうへ行ってしまったので、家を持て余していて」

「広い家ですよね」岩倉は周囲を見回した——この「社長室」は六畳ほどの部屋なのだが。「失礼ですが、家業は何なんですか？」

「父ですか？　普通のサラリーマンですよ」

「ここは、普通のサラリーマンの家じゃないでしょう」

「ああ、これは祖父の代からで……いわゆる、田舎の大地主ですよ。この家だって、昔の家だから広いだけです。土台はしっかりしてるから、全面的な建て替えはまだ必要ないけど、冬は寒くて夏は暑くて……父が何回もリフォームして、何とか普通に住めるようになったんです」

「大きい家だと、色々苦労するもんですね」家族と住む家を出てからずっと狭いマンションで暮らしている岩倉にとって、家はあくまで仮住まい、何かあったらすぐに出ていくだけの場所に過ぎない。

「まあ、今は人が何人もいるから、にぎやかでいいですけどね。夜に一人になると、ぞっとしますよ。この辺、静か過ぎて、むしろ怖いんです。だから夜は、できるだけ呑みに行って、遅く帰るようにしてるんですけど」

「なかなか豪快な生活ですね」

「そうですか？　ただの怖がりですけど」未来が首を捻る。

「それにしても、よく連絡してくれました。小坂朋さんから連絡が入って、私たちは初めて浅野さんの居場所を知ったんです」

「朋さんには悪いことをしました」未来が首をすくめた。「テレビ電話で話しただけで、直接会ったこともないんですよ」

「それでも、ベストの連絡先でした。おかげですぐにこちらにも情報が入りました」

「他に、有紗の友だちの連絡先をすぐには思いつかなかったので」

それも警察的には幸運だった。岩倉たちは、有紗の友人全員に網を張ったわけではない。たまたま有紗と一番親しかった友人が、こちらの情報源になっていただけだ。

それから岩倉は、有紗が十日間暮らしていた部屋、転落した階段を確認した。階段はひどく急で、手すりを摑まないと上り下りに難儀するほどだった。そういう階段の常で、降りる方が危ない。足を踏み外したら、死ぬこともありそうだ。

岩倉は、階段の一番下の段に血痕を見つけた。そこに付箋を貼り――慰め程度だが、後で鑑識の作業をやりやすくするつもりもあった。他に、手すりの途中にも血痕。転げ落ちて、最初にここに額をぶつけて出血したのかもしれない。

有紗がしばらく暮らしていた部屋は、六畳間だった。こちらは特にリフォームもされていないようで、畳の色が変わっている。家具はなく、部屋の隅にきちんと畳まれた布団が置かれているだけだった。その上に、ピンクのボストンバッグが載っている。

「このバッグは、浅野さんのものですか？」

「そうです」

「この荷物を持って家を出ようとしたんじゃないんですか？」

「そうだと思いますけど、病院へ運ばれたので……階段の下に落ちていたのを、私がここへ持ってきました。有紗、またうちに戻って来るかもしれないし」

「今日、ご家族が病院へ来る予定です。これからどうするかは、ご家族と相談しなければいけません」

怪我の具合によっては、そのまま逮捕、勾留になる可能性も高い。ただし、頭を打っているから、このまま入院しなければならないかもしれない。

スマートフォンが鳴った。岩倉は未来に背中を向け、低い声で話し出した。彩香はうんざりした声を隠そうともしない。

「ガンさん、こっちに来てもらった方がいいかもしれません」

「ご両親か？」

「ええ。ハリケーンでいうとカテゴリー五、ですね」

「シンプソンスケールで、壊滅的なレベルってやつじゃないか……こっちは一段落したから、すぐ行くよ。危なかったら、首に鎮痛剤を注射してもらえ」

「そんな無茶な」

「暴れられるよりはましだ」

さて……病院へ戻るとなると、足がない。来た時はタクシー。八王子中央病院はここからかなり離れているのだ。丘を降りればバス便があるかもしれないが、それほど頻繁に走っているわけではあるまい。

少しフリーズしてしまったので事情を悟ったのか、未来が病院まで送ると申し出た。

「私も、有紗のご両親には会っておいた方がいいと思うんです。ずっとここにいさせて、連絡も取ってなかったんですから、申し訳ないです。責任があります」

「それは後にした方がいいと思います。ご両親が浅野さんに会って、事情を呑みこんでからにした方が……かなり強烈なお父さんですから、厳しい状況になりますよ」

「……分かりました」

この状態では、浅野が怒りまくるのも当然だろう。娘を拉致していたと判断して、未来に攻撃の矛先を向けてくる可能性もある。

捜査というより、人生相談を受けているような気分になってきた。

2

土曜日も出勤になってしまったが、これは仕方がない。朝から有紗に話が聞けそうだということだったので、午前九時に病院集合、と決まった。ただし有紗を緊張させないように、メンツは岩倉と彩香、醍醐と失踪課八方面分室の若い刑事の四人に限定する。前田が自分から手を上げて「病院に行きたい」と言ったので、結局五人になってしまったが。全員が病室に入ったら息苦しくなってしまうので、廊下での待機を命じる。

「申し訳ないな」岩倉は謝った。「やる気を削ぐみたいで」

「いえ、自分で勝手に言い出したので」前田が頭を下げた。「何かお役に立てることがあれば」

「仕事はいくらでもあるぞ」

昨夜、八王子のホテルに泊まったという浅野夫妻は、疲れた様子で病院に顔を出した。父親の、昨日の暴れぶりは大変なもので、病院の警備員が強引に叩き出す寸前だった。岩倉が何とか宥《なだ》め、土曜の朝に病院で落ち合うことで納得してもらったのだが……正直うんざりだった。気持ちは分かるが、場所はわきまえてもらわないと。

今日は別の医師が担当していたので、岩倉は真っ先に面会して、事情聴取の許可を求めた。

「もう薬は抜けています。今朝の段階で、血圧、体温とも正常。ただしまだ頭痛がひどいですし、腕と肩甲骨の骨折はかなり辛いようですから、長時間の会話は無理です」医師が早速釘を刺した。

「一時間では？」岩倉は人差し指を立てた。

「三十分でも無理かもしれません。休憩しながらではまずいですか？」

「三十分事情聴取、三十分休憩のような、ですか？」

「それで一応、ＯＫにします。ただし、本人が辛いと言ったら、すぐにやめて下さいね。血圧などはナースステーションでもモニターしていますから、容体が急変したら、こちらからもストップをかけます」

「プレッシャーをかけないように気をつけます」

しかし、事情聴取はすぐには始まらなかった。浅野が「先に娘に会わせろ」と騒ぎ出したのだ。例の、絶対に譲らない頑固な調子。岩倉は迷った末に、「五分だけ、いいです」と許可を出した。

「五分？　五分で何が話せる？」

浅野が右手を広げて、岩倉に向かって突き出した。相撲の鉄砲のような感じで、岩倉はかすかな不快感を覚えた。

「ご自分で無事を確認してもらうだけで、満足して下さい。後でいくらでも、話す時間は取れます。今は警察の捜査を優先させて下さい」

「娘のことなんだぞ！　十日も行方不明で、怪我もしてる。あんたはきちんと説明してくれないし、娘の口から聞くしかないじゃないか！」

「ですから、最初の五分です。その後の時間は我々に下さい」

「冗談じゃない！」

浅野がずかずかと病室に入って行った。妻の貴美が急いで後を追う。

「やばいですね、ガンさん」醍醐が溜息をついた。

「行方不明者が見つかると、家族はあんなもんじゃないのか」

「そうですけど、今回はちょっと激烈過ぎますね……見張っていた方がいいですよ」

彩香がいち早く動き出し、病室に入った。狭い個室なので、これ以上は入らない方がいい——急に、低い警戒音が聞こえてきた。低いが緊張感を誘う音色で、岩倉は慌てて病室を覗きこんだ。

「有紗！」浅野が叫び、有紗の右肩を摑んで揺さぶった。左腕を骨折していることをすっかり忘れている——猛烈な痛みが走ったのか、有紗が甲高い悲鳴を上げた。

看護師と医師が、病室の出入り口にいた岩倉を吹き飛ばしそうな勢いで飛びこんで来る。

「はい、全員出て下さい！　すぐです！」

「いや、先生——」浅野がごねた。

「早く出る！　治療できません！」

醍醐が部屋に入り、ベッドの脇にいた浅野の腕を摑んだ。浅野は「何するんだ！」と声を張り上げたが、体の大きな醍醐が相手ではどうしようもない。まず浅野が排除され、続いて彩香につき添われて貴美が出て来る。医師がチラリと岩倉を見て、力なく首を横に振った。

「醍醐、前田、お茶にお連れして」岩倉は低い声で指示した。

「そうしますか？」醍醐は不安そうだった。

「お茶なんかどうでもいい！　娘と話させてくれ！」浅野が叫ぶ。

「娘さんは興奮しています。ご両親の顔を見て緊張してしまったのかもしれません。血圧が急激に上がって、危ない状況です」適当に言ったのだが、さほど間違ってはいないだろう。先ほどのビープ音は、血圧か脈拍の急激な変化を伝えるものだったのではないだろうか。

「関係ない！　俺たちは親だ！」

「あなた……」貴美が脇から心配そうに言った。「ちょっと待ちましょうよ。有紗はどこかへ行くわけじゃないんですから」

「前は病院から抜け出したじゃないか！」

「あの時はあの時です。お茶を飲んで、落ち着きましょう。今朝はご飯も全然食べられなかったんだから」

「警視庁の経費で、モーニングセットを食べていただきますよ……どうせしばらくは会えないんですから、こんなところにいないで、時間潰しをすればいいんです。会えるようになったら、すぐにご案内しますから」

そう醍醐に諭されて、浅野夫妻は病院内のカフェへ去って行った。前田が背後を警戒するように後ろにつく。そのタイミングで医師が出て来た。相変わらずの呆れ顔だった。

「先ほどの方がお父さん？」

「ええ」

「困りましたね。上の血圧が一気に一九〇まで上がって……普段が九〇台ですから、辛かったと思いますよ」

「治療は……」

「降圧剤を投与しました。落ち着くまで、話をするのは待って下さい」

「どれぐらいかかりますか？」

「一時間」医師が人差し指を立てた。「一時間後に様子を見ます。それで判断しましょう」

「お願いします」

時間が空いてしまった。今の一件は、わざわざ鹿野に報告するようなことではないし、カフェで時間を潰そうとしたら浅野夫妻と鉢合わせする。結局、病室の近くで待つしかないようだった。仕方なく、自販機でミネラルウォーターを三本買ってくる。

「三十年ぐらい前が懐かしいよ」

「何ですか、いきなり」ボトルのキャップを捻り取りながら、彩香が言った。

「昔は――二十世紀は、病院で煙草が吸えたんだ」

「まさか」

「いや、本当に。通院患者だけじゃなくて、入院患者も、医者も看護師も――病院内に、喫煙場所が何ヶ所もあった」

「信じられないですね」

「その頃の喫煙率はどれぐらいだったかな。五割は超えていたかもしれない。つまり、煙草を吸う人が多数派だったから、どこでも煙草が吸えるようになっていた。嗜好は、時代によって変わるもんだな」

「すみません、その話のオチはなんですか？」

「昔は、病院でも煙草を吸って時間潰しができた、ということ。今は水を飲んで待つしかない」

「これも修業ですよ」

　修業は一時間に及んだ。途中、浅野夫妻が戻って来る。父親が落ち着いて見えるのは、モーニングセットを食べて腹が膨らんだからか、醍醐の話術で心が和んだからか。

　医師がやって来て、有紗の様子を見た。病室を出ると、「三十分ですよ」と岩倉に警告した。「モニターもチェックしてますからね」

「ご協力、感謝します」

　一礼して、岩倉は醍醐に視線を向けた。これはあくまで失踪課の案件なので、醍醐にも直接話を聴く権利がある。結局、病室の中には刑事が二人。彩香は自分のスマートフォンを振って見せた。通話状態にして、彩香にもやり取りを聞かせる、という打ち合わせをしていたので、その確認である。岩倉はうなずき、自分のスマートフォンから彩香に電話をかけた。

ベッド脇に椅子を引いて座り、同時にスマートフォンをサイドテーブルに置く。醍醐もスマートフォン——こちらは録音用だ——を置いた。そのまま少し離れて、病室の壁に背中を預ける。

「痛みはありますか？」

「痛い——頭と、腕と」有紗が震える声で答えた。しかし声量はそれなりにあるから、スマートフォンは声を拾えているだろう。

「話せますか？」

「話さないと駄目ですか」

「警察です」岩倉はバッジを示した。「警視庁捜査一課の岩倉です。あなたから見えるかどうか分かりませんが、壁際にいるでかい男が醍醐。失踪人捜査課の担当者です」

「そんなに何人も……」

「あなたは重要人物なんです。今月八日の月曜日から九日の火曜日にかけてのあなたの行動を確認させて下さい。喋る準備はできていますか？」

「私……」有紗がゆっくりと顔を背けた。腕と肩甲骨の痛みは相当ひどいようで、軽い動作でも表情が歪んでうめき声が漏れてしまう。頭にも包帯が巻いてあり、痛々しい。

「まず、聞いて下さい。あなたは、自宅近くの玉川学園前駅にある英央塾で、講師のアルバイトをしていますね？　週五回シフトに入っていて、今月八日も夜の二コマの授業を受け持った。終わったのが午後八時半で、後片づけを終えて塾を出たのは九時前——

そこで、水口さんと落ち合いましたね？　水口さんの車で、自宅近くまで送ってもらった」

「説教するんでしょう？」

「説教？　どうしてですか？」

「だから……不倫みたいなものだから……」

「水口さんは結婚しているわけではありません。女性と同居しているだけです。だから厳密に言えば、不倫ではなく、水口さんが二股かけていただけです」

「でも、そういうのに引っかかる女は……みたいに考えているでしょう。親に知られたら、おしまい」

「私は何も考えていませんよ。この商売では、色々な男女関係を見ました。あなたは、自分と水口さんの関係が倫理に反していると思っているかもしれないけど、とても信じられないような関係を、私は他にも知っています。そういうことであなたを追及する権利も追及するつもりもありません。私が知りたいのは事実です」

「私が人を殺したことでしょう？　はい、そうです。私が殺しました」有紗があっさり言った。いかにも自棄《やけ》になった口調だった。「殺さなければ殺されていたから。でも、そんなことを言っても信じてもらえないわよね」

「信じるための材料を探します」

「どういうこと？」

「あなたは、英雄かもしれない」

「え？」

「後で説明します。八日の午後十時前、水口さんはあなたの自宅まで徒歩五分ぐらいのところで、あなたを車から降ろした。ご家族に見られたくなかったんですよね？　いつもその辺りで降ろす、という話でした」

「だから、二股でも不倫でも何でも、そういう関係をうちの両親が知ったら、大変だから」

「特にお父さんが」

「私が怒られるのが嫌だからじゃないわよ。父のため。あの人、血圧が高いから、急に怒ったら、血管が切れそう」

「怒らせないように気をつけますよ」既に今日は一度怒らせてしまったのだが。「あなたが車を降りた場所は、かなり暗い、人通りが少ないところでしたね。しかも道路の片側が鬱蒼《うっそう》とした森だ。誰かが隠れてあなたを待ち構えていても、分からない」

「急に襲われたんです。後ろでガサガサって音がして、振り返ったら、顔に何か押しつけられて、意識がなくなって」

「麻酔薬？」

「分かりません。麻酔薬なんて使ったことないし。でも、気がついたら車に乗せられてました」

「助手席に、ですね。どんな車か覚えてますか？」

「その時は全然――気がついてはいたけど、意識は朦朧《もうろう》としてたから。それで、どこかで降ろされて。その頃には意識はかなりはっきりしてて、公園かどこかの近くにいたことは分かったけど、ナイフで脅されて、歩けって」

「助けは呼べなかったんですか」

「猿轡《さるぐつわ》をされてました。あと、親指と親指を……後ろで結ばれてて。解こうとしたんだけど、固くて痛くて、取れなくて」

澤田は結束バンドを使ったのではないだろうか。現場では見つかっていないが。

「それでナイフで脅されたまま、公園の中に入ったんですね」

「殺されると思って……真っ暗でどこにいるか分からなかったけど、広いところを歩かされて、階段を上がって……それで、途中で指が自由になったんです。こう……動かしていたら解けて」

「それで？」

「殴りました」

「向こうはナイフを持ってたのに？」

「逃げ出しても捕まると思ってたから、どうなってもいいやと思って。そうしたらナイフを落としたんです。その時に、タオルも落ちたんです。そのタオル……」

「あなたが顔に押しつけられたタオル」岩倉は指摘した。

「そこに何か、薬みたいなものが塗ってあると思って、拾って顔に押しつけたんです。そうしたら、意識は失わなかったけど、苦しみだして……ナイフを拾って刺しました。刺さないと、逃げられないと思ったから、何度も、何度も」

「それで現場から逃げたんですね」

「相手が倒れて動かなくなって」

有紗の声が震え出した。声の大きさは変わらないが、明らかに動揺している。岩倉はベッド脇のモニターを見た。血圧と脈拍はすぐに分かる。血圧は上が一一〇、下が六五。普段は上が九〇台というから少し高めだが、アラームが鳴らないから問題はないだろう。脈拍は七二。これもそれほど速いとは思えない。

「気分は悪くないですか？　めまいや吐き気は？」

「……大丈夫です。でも、寝たい」

「もう少し我慢して下さい」

「もう話せない」

「あと五分」

岩倉がパッと手を広げると、それに誘導されるように、有紗がゆっくりと首を動かした。右目だけから涙が溢れ、頬に筋を作る。両目から涙が出ないのは、自律神経がおかしくなっているからだろうか。

彩香にいてもらった方が安心できるのだが、人の出入りがあると有紗はまたひどく緊張してしまうだろう。ここは自分が頑張るしかない。

「その後、公園を離れたんですか」

「はい……それで、落ちていたものを拾って。スマホとか、バッグとか」

「ナイフは？」

「それは怖くて触れなかった……と思ったけど、タオルで拭って、その場に置いたままにして」

「指紋を拭い去った？　それは意識していたんですか？」

「分からない……何でそんなことをしたか、覚えてないです。とにかく道路に出て、車があったから……バッグに鍵が入っていたから、動くと思って」

「車でどうするつもりだったんですか？」

「逃げて……車はどこかで処理して……」

「行く当てはあった？」あったかもしれないと岩倉は想像していた。澤田の車は、十日近く発見されないままだったのだから。あの辺の地理に詳しければ、人目につかない場所が頭に入っていたかもしれない。

「全然」有紗の目が不自然に動く。何かを追っている様子ではなく、無意識のうちに動いているような感じだった。

「気分悪くないですか？」訊ねながらまた血圧と脈拍をチェックする。先ほどよりも上がっていた。ただし、まだアラームが鳴る気配はない。

「……大丈夫」声が虚ろだった。

「ちょっと休憩します」

岩倉は振り返り、醍醐に目配せした。外に出て、彩香と視線を交わす。

「澤田さんの解剖結果、もう一度確認してもらいました。麻酔薬のようなものが検出されていないか……皮膚に残っていないか」

「そこは俺も見てなかった」解剖結果にはざっと目を通しただけで、詳細まで頭に叩きこもうとしなかった。読んでいれば覚えているはずなのだが。「いや、遺体の口の端に、糸屑がついていた。あれは、タオルのものだったんじゃないかな……解剖結果はどうだった？」

「何もないですね。血液検査の結果、毒物等は検出できませんでした。皮膚についてははっきりした記載はないですけど、目視できた限り、異常はなかったそうです」

「明確に皮膚が爛《ただ》れているとか、赤くなっているとかしない限りは、調べないよな」

「何らかの麻酔薬を使って眠らせたということでしょうか」

「ああ。澤田が持っていたタオルが、そのために使われたんだろう。有紗さんが反撃した時にそのタオルを使った――薬物が残留していて、澤田に何らかの影響を及ぼしたのかもしれない。成分が薄れていても、一時的には力を奪えるような」

「仮定の話ですね。それに遺体はもう火葬されてしまったから、調べようがありません」彩香が首を横に振った。

「血液は保管してあるはずだ。もう一度検査を頼むしかないな。でも、体内に大量に入っていない限り、検出は難しいかもしれない」

「そんな薬品、ありますかね」

「分からない。俺は薬学部出身じゃないから」岩倉は肩をすくめた。

「有紗さん、相当苦しそうですけど、どうですか？」

「意識がはっきりしているとは言い難い。今の証言をそのまま証拠として採用できるかどうかは難しいだろう」

「澤田の車から女性のものらしい毛髪が見つかってるじゃないですか。あれが有紗さんのものだと分かれば……」

「長さは同じ感じだな。こういう状況になったら、科捜研も最優先でＤＮＡ型を照合してくれるだろう」

「そうですね」彩香がうなずき、腕時計に視線を落とした。「三十分休憩しますか？」

「いや、もう少し頑張る」岩倉は、少し離れた場所にあるベンチに座る浅野夫妻に目を向けた。「話の様子を聞きながらだと大変かもしれないけど、二人をケアしてやってくれ」

「今のところは静かです」

「さすがに疲れたのかもしれない。昨日から、感情がぐちゃぐちゃだろう。支援課に応援を頼むタイミングかもしれないな」

「そうですね……でも、ガンさんこそ、支援課のヘルプが欲しそうな顔ですよ」

「支援課より君の方が、よほど頼りになる」

「恐縮です」

普段なら笑いが弾ける軽口だが、今日は二人とも表情は硬いままだった。二人で書いていたシナリオが当たりつつあるのが嫌だった。

そして岩倉の頭の中には、その先のシナリオもある。これが当たるかどうかはまだ分からない。当たっているかどうか確かめるために、ここでの事情聴取を終えたら、すぐにでも調べねばならないことがあった。

病室に戻る。醍醐がベッドサイドで跪《ひざまず》き、有紗がペットボトルから水を飲むのを手助けしていた。まだストローで啜るしかないらしい。意外な重傷で、しばらく入院が必要になりそうだ。

醍醐が岩倉にうなずきかけ、すっと立ち上がる。手にしていた水のペットボトルは、サイドテーブルにそっと置いた。岩倉は先ほどと同じポジション——ベッド脇の椅子に戻った。水を飲んだせいか、有紗の顔には少しだけ血の気が戻っている。

「話せそうですか」

有紗が掠《かす》れた声で「はい」と言った。岩倉は座り直し——少し前屈みになって、大声を出さなくても彼女に聞こえるようにした。

「車に乗りこんだことは分かりました。どこまで乗って行ったんですか?」

「分からない……適当に走って、少し広い場所があったからそこに停めて」

「その後はどうしました？」

「歩いて……でも膝が痛くて……途中でタクシーに乗りました」

「流しのタクシー」

「はい」

「どこまで？」

「分かりません。家まで帰っちゃいけないって思って、すぐに『ここでいいです』って降りたんだけど、どこだか分からなくて」

「そのうち、別のタクシーの運転手さんに声をかけられたんですね？　それで救急車で病院に行った」

「はい」

「後で、あなたの荷物を調べさせてもらいます。タクシーに乗った時、現金で払いましたか？」

「いえ」

「電子マネー？」

「はい」

それなら、どの会社のタクシーに乗ったか、確認できるはずだ。タクシーを割り出せれば、彼女の証言が正確かどうか分かる。

「病院を抜け出しましたね。何故ですか」

「逮捕されると思ったから……」

「家に帰って、そこからも出ましたよね。やはり逮捕されると思ったんですか？　家族と一緒なら安全では？」

「誰も信用できない……話しても信じてもらえないと思ったから。それに、怖かった。人を殺しちゃった……段々怖くなって」

「それで、家を出て、メンターだった篠沢さんの家に匿ってもらったんですね？」

「どうしよう」有紗の唇が震え出す。「未来さんにも迷惑かけちゃった。人を殺して、先輩にも迷惑かけて……でも、未来さんしか、頼れる人がいなかったから」

「大丈夫です」岩倉はゆっくりとした口調で声をかけた。「あなたには時間がある。私たちと一緒にゆっくり考えましょう。今聞いた限りでは、どう考えても正当防衛です。それが証明できれば、あなたの罪はそれだけ軽くなる。今は当時のことをしっかり思い出して、嘘なく話してくれるのが一番なんです。そうすれば、これからどうするか、我々と一緒に考えられる。警察はあなたの敵じゃないですよ」

「だけど、私は人殺しだから！」有紗がいきなり叫んで、体を起こそうとした。しかし腕と肩甲骨を骨折している状態では上手くいくはずもなく、すぐにベッドに倒れこんでしまった。体がベッドに当たった衝撃で痛みが走ったのか、鋭く悲鳴を上げる。しかも、無事な右手で頭を押さえた。

「頭、大丈夫ですか？」岩倉は腰を浮かしかけた。

その時、血圧異常を告げるアラームが鳴り響いた。岩倉は椅子から立ち上がり、病室の出入り口まで引いた。すぐに看護師、続いて医師が入って来る。医師が岩倉を見て、険しい表情で「何かしましたか」と問い詰めた。

「シビアな話になっただけです」

「一度出て下さい。少し休んでもらった方がいいでしょう」

「まだ十分も経っていませんよ。三十分までは——」

「それはあくまで目安です」

仕方なく、岩倉は病室から出た。醍醐も後に続く。彩香、それに失踪課の若い刑事と合流し、今後の展開を相談した。

「無理せず、休み休みやるしかないだろうな」岩倉は結論を口にした。

「うちが替わりましょうか？」醍醐が申し出た。「一応、失踪者が見つかったわけですから、うちにも関係がある——というか、現段階ではうちの責任です」

「話、聞いてただろう？　うちの特捜の絡みになった。今や容疑者なんだ」

「それは分かりますけど……」醍醐は納得していない様子だった。

「とにかく今日は、しばらくつき合ってくれ。もう少し話せば、事態ははっきりしてくるだろう」

「了解です。ちょっと連絡してきます」

醍醐が若い刑事を連れて病室の前を離れた。ベンチに座る浅野が、ぼんやりした目つきで醍醐の背中を追う。

「説明しないといけないですね」彩香が暗い声で言った。

「いや、もう少し待とう。これは微妙な状況だ。容疑者はいるけど、逮捕できるわけでもない。家族とは接触できるから、何か余計なことを話し合って、話がおかしな方向へ流れていく可能性もある」

「ご両親には事情を説明せず、会わせないようにした方がいいですかね」

「ただしそれは、実質的には不可能だ。どうしたものか……」

「誰か居残って、面会する時には同席する、ぐらいしか手はないですね。話が変な方向に流れていったらストップをかける——そもそも、有紗さんに、警察以外に余計なことは言わないように警告しておく必要があります」

「ただし、あのご両親——特に父親の方はすぐにカッとなるからな。娘が人を殺したと知ったら……隠蔽工作を始めるかもしれない。証言を覆《くつがえ》させるとか、何か物証を見つけて消そうとするとか」

「釘を刺すしかないでしょう。二十四時間監視しておくわけにはいかないし、ご両親や有紗さんの身柄を確保するわけにはいきませんよね」

「取り敢えず俺は、もう少し話を聴いてからここを離れる」

「——うちの事件じゃないですよ。手出ししちゃ駄目です」

「何で俺が考えてることが分かった？」岩倉は目を見開いた。

「何だか、ガンさんの考えに染まってきたのかもしれません。弟子ですからね」

「じゃあ、師匠として聞くよ。君はこの件、どうすべきだと思う？　うちの事件じゃない。捜査を進めていけば、担当者に恥をかかせることになるかもしれない」岩倉は体を捻って、彩香に向き直った。

「ベースを調べましょう。それはうちでもできること――うちの特捜の責任です。それで何か出てきたら、担当部署に持ちこむ。そういう感じでどうですか？」

「ああ。調べる場所は――」

彩香がうなずく。何も言わずとも、岩倉と同じことを考えていると分かった。今思えば、初動の段階でもう少し詳しく調べておけばよかったと思う。被害者と加害者では、調べる精度に違いがあるのだが。

「念の為、病院とはパイプをつないでおくことにしよう――前田！」

近くにいた前田が飛んできた。岩倉は前田に、病院との連絡係を命じた。何かあった時には窓口になって、情報を拡散する起点になる。前田ががくがくとうなずき、気合いの入った表情を見せる。

「あくまで念の為だから」岩倉は釘を刺した。「あまり張り切り過ぎないように――」

その時、岩倉のスマートフォンが鳴った。通話可能エリアまで移動し、電話に出る。鹿野だった。現場指揮官は、先週から一日も休みなしで出続けていて、疲れが見える。今日の話で、一気に元気づけてやりたい——しかし岩倉が驚かされる結果になった。

「ガンさん、澤田のパソコン、解析が終了しました」

「何か出ましたか」

「ええ」鹿野が一瞬言葉を呑んだ。「こいつは、日本犯罪史に残る人間かもしれない」

「どういうことですか？」

鹿野の説明を聞き、岩倉は体が芯から凍りつくような感覚を覚えた。ここまでの捜査で、ぼんやりと浮かんでいた可能性だが、ここにきて一気にリアルな形になった。

「その件、向こうの特捜には……」

「まだ言ってません」

「もう少し待ってくれませんか？　澤田の部屋を調べたい。何か出てくるかもしれませんから」

「そっちはどうなったんですか？」

「浅野さんが、澤田を殺したと自供しました」

「殺した……」

鹿野の声が固まった。岩倉はその沈黙を少し嚙み締めた後で、事情を説明した。話し終えると、再起動した鹿野がぼそりとつぶやく。

「浅野有紗は、ある意味ヒーローじゃないですか」

「それは俺も思いましたけど、警察の捜査が遅れていたから、こういうことになったとも言えます」

「内輪の批判はやめましょう」鹿野がぴしりと言った。「今はそんなことを言っている場合じゃない。複数の事件を一気に解決するために動くべきです」

「こっちに人をお願いします。我々は次の捜査に向かいたいですし、浅野さんには監視が必要です。精神的に不安定になっているので、病院と協力して監視を続ける必要があります」

「すぐに人を出します。応援がそっちへ着いたら、ガンさんは交代して下さい。次の現場へも人を出しますから、合流して……連絡は密にして下さい」

「了解です」

ヒーローか……ヒーローかもしれない。しかしこのヒーローに待っているのは破滅だ。

3

岩倉と彩香は、澤田の家に移動した。電車の中では、会話は少ない。これから何が起きるか、二人ともある程度は予想できているのだ。明るく話し合う気分にはならない。

「警察官になってから、本気で喧嘩を売ったことはあるか？」岩倉は訊ねた。

「ないですね……今回、喧嘩を売ると思ってるんですか？」

「こっちにそのつもりはなくても、向こうは売られたと感じるかもしれない」

「ワンクッション置いて、月曜日はどうですかね。少し頭も整理したいですし」

「俺たちが頭を整理する必要はないよ。手に入った材料と推測の一部だけを、ぶつければいい。それでどう判断するかは、連中の自由だ」

「……ですかね」

「週末、何か予定があったんじゃないのか？」

「それは大丈夫ですけど……ガンさんこそ、娘さんと会わなくて平気ですか？」

「しょうがない、謝るさ。娘に謝るのは慣れてる」

彩香が薄《うっす》らと笑ったが、いかにも作り笑いという感じだった。岩倉ももう、溜息をつく気にもならない。


澤田の自宅には、鑑識課員も含めて五人が集まった。その場で最年長になる岩倉は、これからやることを指示した。

「前回の家宅捜索は、徹底して調べた感じじゃない。今日は、一平方センチメートル単位で調べたいんだ。特に、何か隠しているものがないか、徹底して探すようにしましょう」

「具体的に何を探すかは分かってるんですか？」若い鑑識課員が疑わしげに訊ねた。

「分からない。証拠、としか言いようがないんだ」

鑑識課員二人は、どことなく不満そうだった。まったくゼロの状態で家宅捜索をするのは慣れているだろう。しかし、一度調べた場所をもう一度というのは……自分たちの仕事が中途半端だと非難されたように感じているのではないだろうか。もちろん岩倉は、鑑識の観察眼、調査能力に全幅の信頼を置いている。鑑識が採用している分析などの技術も、日々アップデートされているのだし、昨日見つからなかったものが今日見つかることも珍しくない。それでも百パーセント完璧ということはあり得ず、見落としが出てしまうのも仕方がない。SCUの八神は、特殊な「目」の持ち主で、人には見えないものが見えるという。観察眼が鋭いというか、その場の「違和感」に気づく能力があるようだ。そういうのを何と呼ぶか知らないが、鑑識と一緒に現場を調べていて、先に証拠を見つけ出してしまうことも珍しくないし、後から写真を見ただけで何かを発見することもある。鑑識にいたら、日本最高の鑑識官になれる可能性もあるが、本人は捜査一課にこだわった。今はSCUに「出向」という感じだが、いずれ一課に戻ることを希望しているし、それは叶うだろう。

「先に始めててくれ」岩倉は彩香に声をかけた。

「ガンさんはお兄さん待ちですか？」

「ああ」岩倉は腕時計を見た。「間もなく来るはずなんだ」

泰人は今日、不動産屋と話をするために上京する予定になっていた。アパートを解約して荷物を運び出さなくてはならないから、その相談である。電話して、アパートまで来てもらうように頼んだのだった。

約束の時間は午後二時。時間ちょうどに、泰人が姿を見せた。白いシャツにジーンズ、ベージュ色のブルゾンという地味な格好で、額の汗をしきりにハンカチで拭っている。今日は最高気温二十五度超えの一日で蒸し暑く、しかも鶴川駅からこのアパートまでは結構な上り坂が続く。

「澤田さん」岩倉は声をかけ、さっと右手を挙げた。泰人が気づき、歩きながら頭を下げる。汗はひどく、髪がへたって頭皮に張りついているのが分かった。

「暑かったですよね？　申し訳ありません」

「いえ」

「車の中で話しませんか？　エアコンで涼むといいですよ」

「車って、パトカーですよね？」泰人が嫌そうな表情を浮かべた。

「パトカーでも、エアコンはちゃんと効きますから。私も、こんな暑いところで話すのは気が進まない」

泰人はまだ嫌そうにしていたが、結局は所轄の刑事が運転してきた覆面パトカーの後部座席に落ち着いた。岩倉はすかさず、用意しておいたペットボトルのお茶を渡してやった。

「あ、どうも」泰人が感情のこもらない礼を言った。このままだと飲まない予感がしたので、岩倉は自分の分のボトルに口をつけ、「お茶、どうぞ」と勧めた。それでも泰人は、ボトルを手の中で弄《もてあそ》ぶだけだった。

「不動産屋とは話はつきましたか？」

「ええ。今月分の家賃は前倒しで引き落とされているので、今月中に退去すればいいと」

「あまり時間がないですね」

「でも、家具らしい家具もないですから。いらないものは捨てて、家に持って帰るものなんかほとんどないですよ。服なんかも、あってもしょうがないし」ぶつぶつ言いながら、泰人がペットボトルのキャップを捻り取った。

「弟さんを殺した犯人が分かったかもしれません」

「え？」泰人が固まった。ペットボトルを口元へ持っていく途中で手が止まり、目を見開いて岩倉を凝視している。

「飲んで下さい」

「あ、いや……」

「緊張する話になります。飲んで、気持ちを落ち着けてもらえると、私としてもありがたいです」

　泰人が、何とかお茶を一口飲んだ。それからさらに目を大きく見開き、岩倉の顔をじっと見つめる。

「相手は——犯人は誰なんですか？」

「最初に言っておきますが、犯人と確定できてはいません。本人の供述、それに間接的な証拠がいくつかあるだけで、これからさらに裏づけ捜査を進めなければならないんです。一つだけ言っておけば、女性です」

「女性？　つき合っていた人と揉めたりとかしたんですか？」

「いえ、面識はない人です」

泰人の顔から血の気が引いた。今にも吐きそうに、顔面は蒼白になっている。

「大丈夫ですか？　気分が悪いなら……」

「申し訳ありません」泰人が力なく謝罪した。

「どうしてあなたが謝るんですか？」

「止められたかもしれない……相手はどんな人なんですか」

「十九歳の大学生です。本人の証言によると、弟さんに襲われて、逆襲して殺してしまったと」

「ああ……」泰人の喉仏が上下した。「クソ、ちゃんと見ておくべきだったんだ！」

「どういうことですか？」

泰人が、途切れ途切れに話し出す。岩倉は頭の中で話の断片をつなぎ合わせながら、怒りが膨れ上がるのを抑えられなかった。泰人が後悔するのも当然……本当に、何とかできなかったのかという思いが湧き上がってくる。家族がしっかりしていれば、こんな犯行は起きなかったのではないだろうか。

「それは何かの証拠というわけではありません」話し終え、荒い呼吸を整えようと肩を上下させている泰人に向かって、岩倉は声をかけた。

「いや、家族の責任です。我々が、ちゃんと面倒を見続けるべきだった」

「ずっとそうしているわけにはいかなかったでしょう」

「じゃあ、どうすればよかったんですか！」

泰人が怒りを爆発させる。それに対して、岩倉は何も言えなかった。すっかりオッサンになって還暦も近いというのに、こういう時に相手にかけるべき言葉も浮かばない。まだまだ修業が足りないと反省するしかなかった。

「——裁判だったら、影響が出る話かもしれませんよ」泰人から説明された話を聞いた彩香が、心配そうに言った。「警察的には、どうしようもない話です。古い話ですし……でも、裁判で家族の証言として出たら、裁判員には間違いなく影響を与えると思います」

「それは、有紗さんに対する情状酌量の材料になるという意味で？」

「そうです」

「どう使うかは考えよう……クローゼットの中はチェックしたか？」

「もちろんです」

「もう一回見てみよう」

岩倉は、クローゼットの扉を全開にした。折り畳み式の扉だが、全部開かないので、中を調べにくい。動かしてみると、少し上に持ち上げれば外れることが分かった。鑑識課員に声をかける。

「このクローゼットの扉、外したらまずいかな」

「構いませんよ。って言うか、もう中は調べてますけど」若い鑑識課員がむっとした口調で反論した。

「まあまあ、オッサンにも直に見させてくれよ、この扉を外さないと、暗くて中がちゃんと見えないんだ。最近、老眼がひどくてさ」

「うちの親父も老眼で困ってます」

「君の親父さん、何歳だ」

「五十五です」

俺より年下か……この年齢の人間の父親なら、それぐらいの歳でおかしくないだろう。しかし何となくショックを受けた。本当に、息子や娘のような年齢の人間と一緒に働くようになってしまったのか。

扉を外して壁に立てかける。安く古いアパートのせいか、扉はペラペラで軽かった。クローゼットの左側に、作りつけの小さなチェストがある。引き出しを全て確認したものの、中は下着やTシャツ類だけ。他の服も全て確認。上着のポケットまで全部検めたが、何も出てこない。後は上の棚……バッグがいくつか、それに靴の箱が置いてあるだけだ。全て確認したが、これはというものは出てこない。

「ガンさん、その辺、鑑識さんが全部見てましたよ」彩香が忠告する。

「自分で見ないと納得できないんだ」

「分かりますけど、そろそろ……あまり鑑識さんを怒らせても」

「了解」

扉をはめこもうとしたが、上手くいかない。彩香が「手伝いますか？」と申し出てくれたが、何だか意地になってしまって「大丈夫だ」と答えた。しかしバランスを崩して、チェストに激しくぶつけてしまう。その瞬間、何か固いものが折れた音がした。

「ヤバい」岩倉は舌打ちして扉をもう一度壁に立てかけ、チェストを確認した。ずれている……作りつけではなかったのか？　作りつけなら、木製の扉がぶつかったぐらいで壊れるとは思えない。

その場に屈みこんで見ると、チェストは右側にずれていた。そして近くに、小さなネジが二本、転がっている。何かおかしい……チェストを右に動かすと、クローゼットの床に穴が二ヶ所、空いているのが見えた。ネジを入れてみると、ちょうどサイズが合う。ただし完全にはねじこめず、一センチぐらい外に出ている――チェストを動かないようにするストッパーという感じだ。

「どうしました？」若い鑑識課員が横に屈みこんだ。

「このチェスト、ネジで動かないように固定されてた」

「賃貸で床に穴を開けると、後で大変じゃないですか？」

「だから普通は、こんなことしないだろう。気づかなかったか？」

「それは……」

岩倉はネジを外してチェストをずらした。左隅の壁にぴたりとくっつくように固定されていたらしいが……左側の壁には何もない。しかし、チェストをぐっと前に出して、クローゼットの背面を見た時に、異変に気づいた。

ジュエリーケースが出てきた。大きなものではなく、縦三十センチ、横幅十センチ弱で平べったい。クローゼットから出して部屋の床に置き、全員で上から見守る。

「こんなものが……」鑑識課員が戸惑いの表情を見せる。

「明らかに隠してあった。チェストの裏に隠して、チェストが動かないようにネジで固定していたんだ」

「開けますか」

「頼む」

「念のために下がって下さい」

この小さなジュエリーケースが爆発するとも思えなかったが、岩倉は指示に従った。二人の鑑識課員がケースを開けにかかる。二人の陰に隠れて、作業の実態は見えないが、ほどなく「開きました」と声がかかった。

岩倉は、彩香と並んでしゃがみこんだ。

「こういうジュエリーケースは……一般的かな？」彩香に訊ねる。

「ネックレス専用ですね」

「ネックレスは……男ものじゃないよな」中には四本の細いネックレスが入っている。

「よくある女性用です。四本分ですか……」

「四人分、だよ」

彩香がさっと岩倉の顔を見た。表情は険しい。

「ガンさん、何が言いたいんですか？」

「俺が言わなくても分かってるだろう、相棒」

彩香が引き攣った表情を浮かべ、無言でうなずく。若い鑑識課員は「何事ですか」と戸惑いを隠せなかった。

「これは押収して、徹底的に調べてくれ。DNA型が鑑定できるかどうかは分からないけど」澤田の殺害現場で発見されたネックレスには、たまたま毛髪がついていて、有紗のものだと確認できた。有紗自身も、そのネックレスがいつの間にかなくなっていたと証言した。現場で落としたのかもしれない……。

「分かりました」鑑識課員が、ジュエリーケースを証拠品袋に入れた。

現場の捜索はその後も続き、午後三時半。さすがにもう何も出てこないだろうと判断し、岩倉は捜索を打ち切った。そのまま町田署に戻る。

捜索結果を報告すると、鹿野は嫌そうな表情を浮かべた。

「本人のメモだけじゃなくて、物証になる可能性のあるものまで出てきましたか……」

唸《うな》るように言って腕を組む。

「一気に進めましょう」岩倉は提案した。

「一気に、とは？」

「今日は土曜日ですけど、連続殺人事件の特捜は動いているでしょう。本部が、ヘッドクオーターのようになってますよね？」

「そうですね」

「そこで話をさせてもらいましょう。強引に事件を解決するわけではないですが、材料を提示して向こうに判断してもらう。捜査は難しいかもしれませんが、早く動けば何か新しい事実が出てくるかもしれない。それでうちは、澤田さん殺しの捜査に専念すればいいんです」

「確かに、一連の事件に関係してはいるけど、あくまで別の事件ですからね」腕組みを解いて、鹿野がうなずいた。「じゃあ、早速連絡を取ってみますよ。幹部が集まっていれば、そのまま今日、説明しましょう」

「集まっていなければ、集まってもらいましょう。俺が説明に行きます」

「ガンさん、それはちょっと強引では……」鹿野が諭した。

「浅野有紗さんを助けないといけません。彼女は、結果的にこの事件を止めたヒーローだ。でも、人を殺してしまった事実と向き合って、精神的に参っています。このままだと、深刻なダメージを負うかもしれない。彼女が絡んだ事件の背景を明らかにすることで、精神的に楽にしてあげられるかもしれない。彼女はそもそも逃走できない状況で、怪我の痛みも抱えている。逮捕する必要もないでしょう。何とか助けたいんです」

「ガンさん、いつからそんな人情派になったんですか？　浅野有紗の正当防衛が認められるかどうかは微妙なところですよ？　目撃者はいない、物証もない……そんな状況で、無理をすることはないんじゃないですか？」

「人生が始まったばかりの若者です。この件で立ち直るには時間がかかるかもしれないけど、時間を持っているのが若者の特権ですよ。それを助けて、事件で苦しむ人を一人でも減らすのも、警察の仕事でしょう」

「……了解」鹿野が固定電話の受話器に手を伸ばした。「説明はガンさんに任せます。私はここを空けるわけにはいきませんから」

「もちろん、俺がやりますよ」

鹿野が電話をかけ始めた。岩倉は彩香を摑まえて話した。

「誰か、警視庁まで車を運転してくれる人を見つけてくれないか？」

「運転なら、私がしますけど」彩香がキョトンとした表情を浮かべる。

「いや、君はディスカッションの相手を頼む。移動の途中で、どこまで踏みこんで説明するか、相談したいんだ。デリケートな話だから、運転しながらでは無理だよ。電車だと、こういう際どい話はできないし」

「じゃあ、前田君に頼みましょう。でも係長、他の特捜を説得できますかね？　連続殺人事件は、一課長の直接指揮じゃないですか」

捜査一課では、それだけあの事件を重視しているということだ。普通、殺人事件などの特捜本部で指揮を執るのは、本部の係長と所轄の課長、そして「抑え」として管理官が入る。管理官は複数の特捜を抱えていることもあるので、常駐とは限らない。その上には理事官、課長がいて、課長は各特捜を回って報告を受け、刑事たちを督励するが、直接捜査方針を示すなどの指示をすることはない。係長、管理官が指揮を執るやり方は、戦後長い年月をかけて築かれたものである。岩倉の感覚でも、このやり方が一番効率がよかった。逆に、今の連続殺人事件の特捜は、上手く動いているとは言いにくいのではないだろうか。途中から「連続殺人」と判断されたので、後から全体を統括する上部の特捜を作った。人数も膨れ上がってしまい、きちんと情報共有ができているかどうかも定かではない。

鹿野の電話は二十分近くに及んだ。説明、説得、さらに上を説得。ようやく受話器を置くと、長々と息を吐いて天井を見上げる。額の汗を手の甲で拭ってから、岩倉に向かってうなずきかけた。

ゴーサインは出た。係長がこれだけ頑張って下準備してくれたのだから、後は自分が頑張らないと。

有紗を何とか救いたい。どういう救い方が正しいのかは分からなかったのだが。

4

午後九時。連続殺人事件の特捜本部の幹部が全員集まる会議というせいもあり、開会はこの遅い時間になってしまった。岩倉たちは午後八時には本部に入ったのだが、夕飯を食べ損ねている……彩香が、デスクの引き出しからチョコレートバーを取り出し、岩倉に一本差し出した。

「夕飯代わりにはなりませんけど、会議が終わるまではエネルギーが持ちますよ」

「遭難みたいじゃないか？　雪山でチョコレートを齧って生き延びる、的な」

「——やめて下さいよ。死にそうなわけじゃないんですから」

彩香が乱暴に包装を破り、チョコレートバーを齧った。その様子をみている限り、ひどく硬そうだ。咥《くわ》えて、思い切り手に力を入れて折っている。折れた瞬間には、衝撃で顔が素早く上下するほどだった。歯が折れたら大変だと思いながら、岩倉もチョコレートバーを齧った。ナッツとヌガーが入っているせいか、全体が強固に固まっている。手に力を入れて折ると、バキリと音がして、歯から脳天にまで衝撃が響いた。

硬いせいか、完全に噛み砕いて飲み下すまでに時間がかかる。それほど大きいものではないが、何度も噛むことで、ある程度の満腹感は得られそうだ。ゆっくり時間をかけてチョコレートバーを食べ、お茶で口中を洗う。

「これ、悪くないな」岩倉はうなずいた。

「本当に非常食ですけどね。こういうのを食べずに済むような人生を送りたいです」

「俺はカバンに常備するようにするよ。どんなにヤバい状況になっても、これで半日ぐらいは生き延びられそうだ」

「眠くならないように気をつけて下さいよ」

「そこまで腹は膨れていない」

岩倉は腹のところで手を組み、目を閉じた。車の中でずっと彩香と話し合ってきたことを、繰り返し考える。はっきりした事実はない。結論もない。自分たちが提供するのは、あくまで捜査の方向性を示す材料に過ぎないのだ。それを採用するかどうかは、連続殺人事件の特捜幹部が決めることだ。

「ガンさん、時間です」

言われて、はっと目を開ける。眠ってしまったか？　時間が飛んでいる……いや、変な時間に寝た後に特有の気持ちの悪さはない。集中し過ぎて、時間の感覚がおかしくなっていたのだろう。

「行くか」岩倉は両手で腿を叩いた。

「場所は七〇一会議室です」

「了解」

彩香が先に立って、さっさと出て行く。手にはタブレット端末。岩倉もタブレットは持っているが、使うことがあるとは思えなかった。

会議室に入ると、一課長の石本がもう来ていた。岩倉に気づくと大股で近づいて来て、「何事だ、ガンさん」と訊ねた。

「町田署の特捜、四件の連続殺人事件、全てが一気に解決するかもしれません」

「ああ？」石本が目を見開く。「何をやらかしたんだ、ガンさん」

「何もやらかしてません。幸運だっただけです──普通に捜査をしていたら、連続殺人事件に関する情報が引っかかってきただけです」

「分かった。思い切ってやってくれ。連続殺人事件の捜査は長引いて、現場の刑事から上層部まで、士気が落ちている。ガンさんの情報で、気合いを入れてやってくれ」

「気合いは入れませんが、捜査は進められればと思います」

「頼む」石本が岩倉の肩を叩いた。「伊東も頼むぞ。上手く岩倉をコントロールしてるみたいじゃないか」

「こんな面倒な人、いませんけど」

一瞬間を置いて、石本が声を上げて笑った。うなずきながら、会議室の前の方へ歩いていく。そのタイミングで、他の捜査幹部も部屋に入ってきた。第一・第二の事件を統括する管理官の福井《ふくい》、第三の事件の現場を指揮する係長の木野《きの》、第四の事件を担当する係長の下谷《したや》。他に、岩倉が顔を知らない刑事が何人か……所轄の幹部たちだろう。

「ガンさん、前に座ってくれ。伊東も」

石本に促されるまま、岩倉は前の席――石本の横に腰を下ろした。しかしすぐに立ち上がり、一礼する。最初から立ったままだった彩香は、岩倉に合わせて頭を下げた。そこへ遅れて、理事官の西条《さいじょう》が入ってくる。西条が全員の顔を見渡し、「では、町田署特捜の要請により、連続殺人事件に関する情報提供を行ってもらう」と開会を宣言する。

「ああ、西条、今日は俺が仕切る」石本が横から口を出した。「座ってくれ」

「しかし――」

「俺が仕切るぐらい重大な事態だと思ってくれ。いいな?」

「分かりました」小声で言って、西条が腰を下ろす。

気を遣ってくれたのだな、と岩倉にはすぐに分かった。西条は細かい上に非常に冷たい人間で、何か気になることがあると、相手が黙りこむまでネチネチと追及していく。刑事に必須の「粘り強さ」を体現しているとも言えるが、管理職がこれでは、捜査会議が長引くばかりで、現場の人間も精神的にダメージを受ける。石本は豪快なところがあり、細かいところは飛ばしてでもさっさと話を進め、できるだけ早く全体像を把握したがるタイプだ。

「捜査一課の岩倉です」立ったままだった岩倉はもう一度頭を下げた。「町田署の特捜本部に参加しています。その中で、連続殺人事件の容疑者が浮上しました」

会議室の中が一気にざわついた。岩倉は部屋の中が静まるのを待って続けた。

「容疑者、澤田友毅、二十九歳。住所は都下町田市鶴川一丁目。四月九日に遺体で発見

されています。我々はこの事件の捜査を担当しています」

「殺しの被害者が、連続殺人犯だっていうのか？」石本が声を張り上げた。

「その可能性が高い、ということです。まず、うちが捜査した殺人事件について説明させて下さい。澤田は、同じく町田市に住む浅野有紗さん、十九歳の大学生をストーキングしていた可能性が高い。八日午後十時過ぎ、澤田は浅野さんの自宅近くで、何らかの薬物を使って浅野さんを拉致し、自宅から少し離れた町田市内の公園まで連れていきました。そこで、乱暴目的ではなく純粋に浅野さんを殺そうとして逆襲に遭い、刺殺されました。凶器は、澤田が自分で持っていたナイフで、このナイフは澤田がネットで購入したことが分かっています」

「十九歳の女性が、二十九歳の男を制圧できるか？」石本が疑義を呈する。

「浅野さんは、何らかの薬物で自由を奪われたと証言しています。その薬物が染みこんだタオルを澤田が持っていて、それを顔に押しつけたら一瞬怯《ひる》んだと……残念ながら、解剖結果では、不自然な薬物などは検出されていません。保存してある血液などの再検査が必要かと思います。そして浅野さんは、現場から澤田のバッグやスマートフォンなどを奪って逃げました。自分の拉致に使われた車を奪って逃げたのですが、五分ほど走ったところで車を放棄して、近くを通りかかったタクシーを拾いました。それで十分ほど走ってから下りて……膝を負傷していて、フラフラしていたところを、別のタクシーの運転手に発見、保護されました。すぐに病院へ運びこまれましたが、治療を拒否して抜け出し、自宅へ戻りました。その直後に、自宅の車で逃走し、八王子在住の、大学の先輩の家に匿ってもらっていました。澤田の車は、現場の公園から少し離れた川崎市内で発見されて、ハンドルから浅野さんの指紋が採取されました。また、車内で採取された毛髪が浅野さんのものだということも分かっています。ただし、澤田のスマートフォンや、犯行に使われたタオルなどは発見されていません。浅野さんは捨てたと言っていますが、その場所は覚えていないということです」

「その先輩は、事情は知らなかったのか？」と石本。

「知らなかったと言っています。証言に矛盾はありませんし、浅野さんも同じように証言しています。浅野さんは九日の夜にこの人のところに転がりこんで、昨日、十九日までずっと家にいました。しかしずっと、人を殺した良心の呵責《かしやく》に耐えかねて、苦しんでいたんです。だから家を出て、警察に出頭しようとした。ところが膝を傷めていたせいで、階段を踏み外して、頭を打つなどの怪我を負って、現在入院中です。次第に話ができるようになってきていますが、まだ無理はできません。時間をかけて事情聴取する必要がありますが、逃走の恐れはありません。左腕、肩甲骨の骨折と脳震盪で、満足に動けない状態ですので。ただし、まだ監視を続けています。病院とも連携していますので、問題はないと思います」

「澤田という人間が殺されたのは分かった。そいつが、浅野有紗という女性をストーキングしていた可能性があるのも分かった」と石本。「それで、連続殺人事件との関連は？」

「澤田の自宅を捜索しました。パソコンが発見されていて、澤田が犯行の準備をしていたことが分かりました」

「何があった？」

「観察日記です。被害者――江田美優、柴崎礼、杉本愛菜、中島桃花、そして浅野有紗。澤田は全員を尾行、監視して、普段の生活パターンを詳細に記録していました。被害者は高校生、あるいは大学生です。バイトなどで帰宅が遅くなることを見越して、襲う計画を練っていたようです。普段の行動パターン、帰宅ルートなどを調べ上げて、メモで残していました」

「襲う準備……そんなに何人もか？」

「典型的な連続殺人と言っていいと思います」

「しかし、被害者は性的暴行を受けていない。こういう連続殺人の場合は、性的な動機が絡むことも多いが……」石本が首を捻る。

「浅野有紗さんも、暴行は受けていませんでした。犯人は、性的な欲求を満足させるためではなく、純粋に殺すことに喜びを見出していたのかもしれません」

会議室の中には、もう言葉もない。幹部たちの揺れる気持ちが、岩倉には手に取るように分かった。これまで何ヶ月も苦労してきたのに、まったく関係ない事件の絡みから、真相が判明しつつある。そして犯人は死んでおり、結局真相は、最後まで闇の中になるだろう。とはいえ、犯人の動機はふざけたもの——澤田がクソ野郎だったことに変わりはない。後味が最悪の事件になることだけは確定だ。

「もう一つ、澤田の自宅から、ネックレスが見つかっています。四本——連続殺人事件の被害者の数と同じです。全ての事件で、被害者のネックレスがなくなっていたことが確認されていたと思いますが」

「それは間違いない」石本が認めた。

「連続殺人の場合、犯人が被害者の持ち物を戦利品として持ち帰ることがあります。今回もそういうケースと判断しました。澤田はネックレスを専用のジュエリーケースに入れて、簡単には人目につかないところに隠していました。明らかに、自分だけの記念として持っていた感じです」

「動機が気になるが……」石本が腕組みをした。

「家族からの情報なんですが、澤田は高校時代に、近所に住む同年代の女性を襲ったことがあります。ただしその時は、家族——澤田のお兄さんが気づいてやめさせました。家族総出で謝って、警察沙汰にはならなかったのですが、澤田のお兄さんは、危ないものを感じていたそうです。大学進学で上京して一人暮らしを始めましたが、お兄さんだけは反対したそうです。女性を襲うことに興味を持っているようなので、一人暮らしをすると野放しになる可能性がある、それは避けたいと……しかしご両親は、むしろ厄介払いになると考えたようで、澤田を東京へ送り出しました」

だぜ」

「結果、事件が起きてるじゃねえか」石本が不機嫌な口調で言った。「家族の責任、大

「ご両親の責任は問えませんよ。父親は亡くなっていますし、母親は闘病中です。お兄さんは今回の件で衝撃を受けていて、下手に責任を追及したら、壊れてしまうかもしれない」

「しかし、加害者の家族だ。しかも、都内を震撼《しんかん》させている連続殺人犯の家族だぞ」西条が冷たく厳しい口調で言った。「すぐに、家族全員から事情聴取を行う。浅野有紗についても同様だ。ガンさん、報告はもういい。これから直ちに、捜査をリスタートさせる。それでいいですね、課長」

「ちょっと待って下さい」岩倉は、石本を挟んで横に座る西条に視線を向けた。「現在、浅野さんに対する厳しい事情聴取は無理です。本人は、澤田を殺したことを深く後悔していて、話す気はあります。ただし、体力、精神力が、現段階ではもちません。浅野のお兄さん——泰人さんも、地元の宇都宮で会社を経営して家族を支えています。無理に話を聴いて、精神的に揺さぶる意味があるとは思えません。とにかく、犯人は死んでいるんです。焦る必要はないでしょう」

「こっちはこの件で、何ヶ月も苦労してるんだ。さっさと決着をつけるんだよ！」

「ご苦労は察します。ただ、結果的には失敗しているんですよ」我ながら嫌な台詞だと思いながら、岩倉は言った。「浅野さんが澤田を殺さなかったら、まだ連続殺人が続い

ていたかもしれない。浅野さんが五人目の犠牲者になったかもしれない」

「俺たちの責任だって言うのか！」激昂した西条が立ち上がる。

「西条、座れ」石本がうんざりした口調で言った。「この件では、捜査一課は出遅れた。天下の警視庁捜査一課が、それほど難しくもない事件を解決できずに、犯人を泳がせてしまい、その結果、事件が四件も続いた——それは事実だ。そしてもちろん、責任は俺にある」

いきなり立ち上がった石本が、深々と頭を下げた。この状況では自分は座るべきだったかと岩倉は焦ったが、そう思った時にはもう、石本の頭はテーブルにつきそうになっていた。五秒、停止。石本が頭を上げ、真っ赤な顔で続ける。

「現場で捜査にあたっていた諸君らのやる気と正義感を無駄にしてしまった。俺の指揮のミスだ。世間の非難の声が高まっていたことも分かっている。だが、ここで焦らないでくれ。一刻も早い全容解明は望まれるが、絶対に失敗があってはいけない。今回は、スピードよりも正確さを重視して、捜査を進めて欲しい——ガンさん、他に情報は？」

「はい。被害者としての澤田について調べていました。大学卒業後は派遣会社に登録して仕事をするか、バイトでした。殺される直前には、川崎市内のガソリンスタンドでアルバイトをしていました。基本は昼間の作業で、夜は空けていた——この時間を利用して、ターゲットの調査を進めていたと思われます。ただし、どうやってターゲットを選んでいたかは、今のところまったく分かっていません。被害者のバイト先などを調べれば、澤田との関係が明らかになるかもしれませんが……その辺は、今後の捜査のポイントになるかもしれません」

「分かった」

「澤田のパソコンと、ネックレスの入ったジュエリーケースは、科捜研で鑑定をお願いしています。重要な証拠ですので、使って下さい」

「では、明日の朝九時、ここで再度捜査会議を開催する。全体の捜査の見直しだ。改めて指示をするので、全員集合するように。今夜はこれで解散とする！」

「起立！」西条が声をかけた。全員が一斉に立ち上がる。「捜査一課長に礼！」

ばっと頭が下がる。岩倉もそれに倣った。西条は岩倉を一睨みしただけで、さっさと会議室を出て行った。石本は岩倉に向かって顎をしゃくった——ついてこい、か。

岩倉と彩香は、一課長室に入った。

「お疲れ——まあ、座ってくれ」石本は自分のデスクではなく、ソファに腰を下ろした。一課長室では、いつでも幹部を集めて会議ができるように、十人ぐらいが座れるソファが用意されている。二人は、石本の斜め前の位置に腰かけた。

「さすがに疲れました」岩倉は両手を握って開いてを繰り返した。じっとりと汗をかいているのは、それだけ緊張していた証拠だろう。「オッサンが張り切ってやることじゃないですね」

「いや、これこそ、ガンさんに期待していたことだから」

「待ったをかけることかと思ってましたよ」

「待ったでも、ケツを蹴飛ばすでも、どちらでもいい。捜査に刺激を与えて欲しいんだ。最近の捜査一課の連中はすっかり大人しくなって、覇気がない。事件が解決すればそれでいいってわけじゃないんだ。正義感を持って仕事をする喜び、難しい事件を綺麗に解決する喜びを、若い刑事にも味わって欲しい。ガンさんには、若手にそういうことを経験させるメンターになって欲しいんだ……どうだ、伊東？　ガンさんと組んでると、そういう捜査の喜びを味わえるか？」

「お腹一杯です」

「だろうな」真顔で石本がうなずいた。「ま、消化不良にならないように気をつけてくれ……とにかくご苦労だった。まさかこんな形で解決するとは思わなかったが、捜査はこういうものだろう」

「自分ではコントロールできないこともありますからね。明日の捜査会議、私はどうしましょうか？」岩倉は訊ねた。

「筋からすると、鹿野に出てもらわねえとな。トータルで捜査をやり直さないといけないから、各特捜の責任者に出席してもらう」

「連絡しておきます」

「朝九時、な」石本が左手首の腕時計を右の人差し指で叩いた。

「課長はどうされるんですか？」

「大まかな捜査の割り振りを決めないといけねえから、これから理事官と膝詰め談判だよ。まあ、土曜日の夜に残業もいいだろう。記者連中を待たせて、イライラさせてやるよ」

「土曜日でも、記者連中は夜回りに来るんですか」捜査一課長の官舎には、毎晩のようにマスコミ各社の捜査一課担当記者が集まる。実に馬鹿馬鹿しいと思うのだが、各社五分の時間制限で、家に上がっての直接取材が許されるお約束になっている。

「連中に土日はない——最近は、何もなければ日曜日は夜回りなし、のルールを作ったけど、大抵何かあるんだよな。うちで言うことがなくても、連中の方で何かをぶつけに来るんだから」

「お疲れ様です——では、我々はこれで」岩倉は立ち上がった。

「ガンさん」石本が低い声で引き留めた。

「はい？」

「これからもかき回してくれよ」

「やり過ぎると、仲間に恨まれそうですが」

「俺がいる限り、カバーするよ。いなくなったら——その時までは、面倒見きれないけどな」

石本が豪快に笑った。何と無責任な……と思ったが、捜査一課長が世の中の全ての面倒を見きれるわけではない。ま、誰かに怒られたら頭を下げればいい。若い頃だったら、喧嘩して相手を叩きのめそうとしたはずだが、今はもう争いは避けたい気持ちの方が強い。定年が延びたと言っても、警察を去る日は遠くはないのだ。誰かと喧嘩して、時間を無駄にしている暇はない。

岩倉と彩香は、翌日も八王子の病院に詰めた。有紗から厳しく事情聴取するのはまだ無理だが、毎日少しでも話をして、関係をつないでおく必要がある。人は結局、よく知っている人間に対しては、積極的に話をするのだ。岩倉はこの役割を自分に課した——最後まで責任を負うつもりで。

有紗は、昨日よりはましな感じだった。今日はベッドを起こしており、上体を斜めにした状態で静かにテレビを見ていた。いや、テレビはついているのだが、音は消してあり、視線はテレビに向いていない。ぼうっとして、ただ時の流れに身を委ねているだけだった。

「おはようございます」

様子を確認してから病室に入る。母親の貴美がつき添っていた。

「今日は、ご主人はどうされたんですか」

「店にいます。ここにいても……」貴美が首を横に振った。

「後でまた来られますよね」

「夕方には」

岩倉はベッドの傍に進み出て、有紗に向かって目礼した。有紗が気づいて、ゆっくりと顔をこちらに向ける。しかしやはり、目は虚ろなままだった。脳震盪についてはさほど心配する必要はないと医師は言っていたのだが、この様子を見た限り、そうとは思えない。心配だった。

「おはようございます。体調は？」

「もう大丈夫です。普通に歩けます」目は虚ろなのに声ははっきりしているのが気味悪かった。本当に大丈夫だろうか？

「昨日、何度かお話ししました。私のことを覚えていますか？」

「刑事さん……ですよね？　名前は……ごめんなさい、覚えていません」

「警視庁捜査一課の岩倉です。あなたにはこれからも、事件について話をしてもらうことになります。我々がこれから、あなたの事情聴取を担当します。ただし、体が回復してからゆっくりと……無理はしませんから、まず体を治すことを第一に考えて下さい。病院にいる限りは、何も心配しないでいいですから。今後、普通に話ができるようになったら、改めて担当がついて事情を聴いていくことになります」

「でも、私は……人を殺しました」

「分かっています。でも今は、その件を無理に話す必要はありません。今日は、体調はどうですか？」

「ごめんなさい、今日は、ちょっと……」

「分かりました。昨日、私と話した内容を覚えていますか？」

「……はい」

「何か変更することはありますか？　もちろん、忘れていることを無理に思い出す必要はありません。時間をかけてゆっくりいきましょう」

「昨日言ったことは……全部間違いありません。本当のことです」

「では、少し待ちます。昨日あなたが話したことは、全部文書に落としてあります。調子がよくなったらそれを読んでもらって、事実関係に間違いがなければ捺印して下さい……拇印《ぼいん》で大丈夫ですから」岩倉は彼女に向かって親指を立てた。「それでは、その書類を見ながら、少し雑談でもしましょう。調子が悪くなったら、すぐにお医者さんを呼んでもらっていいですからね」

　岩倉は彩香に目配せした。「雑談」は彼女に任せることで、事前に打ち合わせが済んでいる。調書の確認は大事だが、それ以外にも、有紗をリラックスさせ、信頼関係を築く必要がある。それは自分ではなく彩香の方が得意だろう、と判断していた。彩香が前に進み出て、椅子を引いて座る。

「初めまして。伊東彩香です。岩倉の同僚です」

「はい……」

「水はいりませんか？」

「いえ……大丈夫です」

「欲しくなったら言って下さい」

岩倉は貴美に声をかけ、廊下に出た。貴美は外へ出ると、急に元気を失ったように見えた。娘の傍にいる時は気丈に振る舞っているのだろうが、離れると自分を支えるのさえ大変そうだった。

「娘はどうなるんですか」貴美がすがるような口調で聞いてきた。「逮捕されるんですか？　まさか、死刑とか」

「少なくともしばらくは、逮捕はありません。有紗さんには逃亡の恐れはありませんし、取り調べに対して素直に事実関係を話してくれています。現段階では、逮捕する必要はないと判断していますので、治療に専念してもらえれば」

「どんな刑罰が……本当に、死刑になんかならないですよね？」

「警察は、容疑者がどんな判決を受けるか、予想でも言えないことになっているんです」岩倉はさっと頭を下げた。「それを決めるのは裁判所で、警察は裁判には口を出せません。ただ、経験から言わせていただければ、有紗さんの行為は、自分の身を守るための正当防衛だった可能性が高いです」実際には過剰防衛と言える。相手の攻撃を止めるだけでなく、殺してしまったのだから。ただし裁判になったら、弁護側は、凶器を持っていた相手に対して「こうするしかなかった」という主張を展開するだろう。「警察は裁判には関われませんが、事件の処理に関して検察に意見書を出すことはできます。今回、有紗さんが不幸にして殺してしまった相手は、連続殺人犯の可能性が高いんです。

有紗さんは、さらに犯行が続くのを、身を以て防いだとも言えるんです」

「そんな……」

「私の感覚では、娘さんは被害者です。頑張って必死に反撃して、結果的に連続殺人を止めた――私が担当で捜査するなら、そういう意見書をつけます。でもこの件は、娘さんには言わないで下さい。今の段階では、変に期待されても困りますので。お母さんの胸の内にしまっておいてくれませんか？」

「分かりました」

「それとご主人のことなんですが……」

「ああ」貴美が苦笑した。「すみません、色々ご迷惑をおかけして」

「娘さんが大事なんですね。だから、あんなにむきになるんじゃないですか？」

「そうなんですけど、ちょっと行き過ぎなのは、本人も分かっているんですよ。娘のことになると、前後の見境がつかなくなって」

「私にも大学生の娘がいるから分かりますよ」岩倉は微笑んだ。「男親は、娘に弱いものです。これからいろいろなことが明らかになると、ご主人はまた頭に血が昇るかもしれません。血圧が心配ですから、そういうことにならないように……ご主人、五十三歳ですよね？」

「ええ」

「五十歳を超えると、何かと体に不都合が出てくるものです」岩倉自身は、特に体調の変化はなかったが……敢えて言えば、老眼がひどくなってきたことぐらいだ。しかしそれは、老眼鏡でカバーできる。

「そうですね。お医者さんにも、降圧剤を呑むように言われているんですけど、薬は嫌がっていて」

「だったらせめて、カリカリするようなことは避けないと。おおらかでいるように、気をつけてあげてくれませんか？　年齢が近い人間として、健康でいて欲しいんです」

「お気遣いいただいて、ありがとうございます」貴美が深々と頭を下げた。

これで事件は解決に向かうだろう。ただし岩倉は、有紗の取り調べを担当する気はなかった。係には専門の取り調べ担当がいる。まだ三十代の君津《きみつ》という刑事だ。将来に向けて経験を積むためにも、彼がきちんとやるべきだ。自分はあくまでサポートに徹しよう。これまでは、何かあるとすぐに前に出て「ちょっと待った」の一声をかけてきたが、これからはもう少し穏便なやり方を模索するのもいい。「捜査に刺激を与えて欲しい」と一課長は言っていたが、やり方が過激である必要はない。年齢なりに落ち着いて、しかし確実に刺激を与えてやる。

――と前向きに考えたのだが、何故か気持ちが上向かない。

この事件は岩倉に確実に影を落としている。しかし、どんな影なのかが分からない。

町田署の特捜は、一時的に足踏み状態になった。一番肝心の、有紗に対する事情聴取がままならなかったからだ。脳震盪については問題ないが、腕と肩甲骨の骨折の痛みがかなり激しく、有紗は痛み止めに頼っている。病院で出る痛み止めなので効果が強く、朦朧としている時間が長かった。

マスコミには既に、「連続殺人犯が新たな犯行を狙って返り討ちに遭った」という筋書きで伝えられていた。新聞は節度を持って報道しているが、テレビのワイドショーはひどい。岩倉は、明日発売の『週刊ジャパン』を警戒していた。芸能人のスキャンダルだけでなく事件記事にも強い週刊誌なので、有紗や澤田のことを派手に書いてくるのは間違いないだろう。家族もターゲットになりそうだった。そのため、総合支援課が乗り出して、ケアを始めている。報道を止めることはできないが、それ以前の段階、乱暴な取材があった場合などには、厳しく対処することになっている。

足踏み状態が続くと予想して、捜査員を休ませ、体制を立て直すために、鹿野は週半ばに交代で休みを取らせることにした。岩倉には、水曜日の休みが割り振られた。

5

一日中雨で、気温が上がらない一日だった。冬に逆戻りとは言わないが、とても桜が散った直後の陽気とも思えない。せっかく久々の休みなのに……と情けなくなる。結局日中は、洗濯と部屋の掃除で終わった。そして夕方からは、ずっと懸念していた千夏との面会。ずいぶん先延ばしにしてしまったので申し訳なく、自宅のある中目黒で評判のイタリア料理店を予約した。一度だけ実里と来たことがある店で、彼女の評価は「上品系イタリアン」。下品なイタリアンがあるのかと聞いてみたが、実里は笑うだけだった。

千夏は、約束の時間ちょうどに姿を見せた。就活中ということで、スーツ姿で来るのではないかと思ったが、ごく普通の格好である。白いカットソーに淡い黄色のカーディガン、薄手で丈の短いトレンチコート。

座るなり「ワイン、吞んでいい？」と切り出した。

「もちろん」千夏はいつの間にか、かなり酒を吞むようになっていた。特にどの酒が好きというわけではなく、食べ物の雰囲気に合わせる。岩倉も今夜は吞むことにして、白ワインをボトルで頼んだ。しかし千夏は、炭酸水ももらって、ワインを割っている。

「それはもったいないんじゃないか？」せっかくのいいワイン——いいかどうかは分からないが結構な値段だった——なのに。

「あ、でも、こういう吞み方は普通よ。スプリッツァーっていうんだって。一応、カクテルの一種。試してみる？」

「俺はこのままでいいよ」

軽く乾杯して酒に口をつける。娘と普通にグラスを合わせ、酒を酌み交わせる日が来たのがありがたい……離婚を巡るバタバタで嵐のようだった日々は、急速に過去のものになりつつある。

あらかじめコースを頼んでいたので、早速料理が運ばれてきた。前菜も確かに上品な感じ……量が少なめだが、今はこれぐらいの方がありがたい。前菜では、ブッラータというチーズとトマトのサラダが、特にフレッシュで美味かった。

「これって普通、モッツァレラで作るんじゃないか?」

「そもそもブッラータって、原材料がモッツァレラみたい」

「そうなのか?」

「モッツァレラチーズを袋状にして、その中に砕いたモッツァレラと生クリームを入れて……だからとろとろになるんだって」

「お前、いつの間にイタリア料理に詳しくなった?」

「こういうの、食べたら忘れないじゃない。美味しいから」

「イタリアンを食べる余裕があるのはいいことだよな。俺はこのところずっと、カレーと立ち食い蕎麦と弁当のローテーションだった」

「忙しかったんでしょう?」

「おかげで会えなかった。申し訳ない」

「仕事だからしょうがないけど」

千夏は今のところ、まったく平常運転という感じだ。こちらを敬遠するような時期もあったし、時々感情が爆発することもないではなかったが、このところは落ち着いて、大人同士の話ができる。今日もそんな感じだった。

パスタ、メーンと続き、岩倉は完全に満腹になってしまった。デザートはいらないぐらいだったが、せっかくなのでアフォガードを頼む。エスプレッソで苦味を加えたアイスクリームなら、胃に負担もかからないだろう。それに口中もさっぱりしそうだ。

「パパ、ちゃんと食事のマナーを覚えたね」千夏がからかうように言った。

「ああ?」

「デザートまでは面倒な話はしない、的な。食事は食事で楽しむ」

「今日は面倒な話なのか?」

「そういうわけじゃないけど」

「就活の相談だろう?」

「相談じゃなくて、ご報告」

「もう決まったのか?」予想外の展開だった。「民間企業では、内々定が出るのは六月頃じゃなかったか?」岩倉も、千夏の就活が気になって、色々調べてはいた。

「大きいところじゃないから、動きが早かったの。とにかく、早く決めたかったし」

「どこだ?」

「怒るかな」

「そんな、いい加減なところなのか?」

「そういうわけじゃないけど、パパにはショックかも」

「別に、違法な商売じゃなければショックは受けないよ」

「私、IT系にも詳しいのよ。独学で色々学んだから」

「そうか」妙に遠回しだな、と岩倉は警戒した。こういう時は、面倒な話になるに決まっている。

「IT系の業務をやれって言われたら、まあ、できるかなって感じ。今は、どの業界でも、ITの仕事ができる人間は引っ張りだこだから、ありがたいわ」

「もしかしたら出版か？ ずっとバイトしてたじゃないか」

「あれは面白かったけど、社員として働くとしたら、ちょっと忙し過ぎる感じなのよね。先輩がいる会社がたまたま、ネット系の仕事ができる学生を募集していて、それに乗ったの」

「ホームページの担当とか？」

「それもあるし、これから物販のシステムを作らないと。ネットでの販売もあるから」

「どういう会社なんだ？」

「怒らない？」

「怒るようなことじゃないだろう。就職の話なんだから」

怒りはしなかった。しかし困惑し、焦った。

いったい千夏は何を考えているのだ？

　その日の夜遅く、岩倉は実里と会った。撮影中だから会うのは難しいかと思ったのだが、実里は翌日は撮休で、時間を取ってもらえたのだった。とはいえ、中目黒の家まで来てもらうには遅い時間だったので、彼女の自宅近くにあるバーで落ち合う。ここは、二人にとって、密かな接触場所の一つだった。

　カウンターについて呑み物を頼んだ直後、岩倉は切り出した。

「勘弁してくれよ」

「あら、何が？」実里がさらりと言った。

「何がって……娘のことだよ」

「千夏ちゃん？　目から鼻に抜けるって、ああいう子のことを言うのよね」

「そうかな」

「社長が喜んでたわ。優秀な子が来てくれるから、来年度からはＥＣ部門を強化して、アパレルでも儲けられるようにしたいって」

「千夏は、ファッションに関しては普通だよ……普通だと思う」普通と言えるほど、ファッションが分かっているとは思わないが。

「千夏ちゃんがデザインするわけじゃないから。うちの事務所、モデルの子が結構いて、自分のブランドを持ちたいっていう話をよくしてるのよね。普通、そういうビジネスは事務所を離れてやるものだけど、うちの事務所は面倒見がいいから……社内起業みたいな感じにして、まずは実店舗じゃなくてネット販売で展開する——そういう計画で、Ｉ

T部門を強化する方針みたい」

千夏から聞いた説明と同じだった。まあ、今は世を上げてIT時代だから、千夏の言う通り、ITに詳しい人間はどこでも引っ張りだこなのだろう。

「うち、芸能事務所としてはいいところよ。一般の会社に比べてもホワイトだと思う。今まで、スキャンダルゼロだし」

「それは、所属タレントが品行方正だからじゃないか？」

「教育がちゃんとしてるのよ。社長は、元々レコード会社のプロデューサーで、社会人としての礼儀や常識がちゃんとしてる人だから。自分で作った会社がここまで大きくなっても、全然威張らないできっちりしてるのよ。所属タレントもそうだけど、スタッフもしっかりしてる。だから働きやすいわね」

「仕事、振られ過ぎじゃないか？」

「まだ大丈夫」実里が苦笑した。「バイトをやらなくてもやっていけるんだから、むしろ楽よ」

「蒲田時代はきつかった？」

「まあね。スケジュールの調整とかで、お店にはずいぶん面倒をかけたし」

「あのガールズバーも、すっかりご無沙汰だな」

「ガンさん、そういう店――女の子がいるような店、行かないの？」

「全然だな」

「最近は、じゃないの？」実里が面白そうに言った。「昔は遊んでた？」

「公務員の給料じゃ、派手に遊べないよ。「そもそも蒲田のガールズバーだって、君がいたから通ってたんだし」

「お世話になりまして」実里が言って笑った。

「いやいや……ところで問題は――君、千夏に俺たちの関係のこと、話したな？」

「ごめんね」実里が舌を出した。「あ、でも、謝ることじゃないわね。だって別に、悪いことしてるわけじゃないし」

「そうだけど……」岩倉は離婚が成立して、二人とも独身なのだ。しかしやはり、娘に知られたくはなかった。実里とつき合い始めたタイミングが問題……別居こそしていたが、まだ離婚はしていなかったのだ。

「千夏ちゃん、知ってたわよ」

「まさか」

「薄らと気づいてたみたい。どこかで見られたかもね」

「だったら、失敗だった……」

「でも千夏ちゃん、気にしてなかったでしょう？」

「そうは言ってたけど、本音は分からないな」

「たぶん、本当に気にしてないと思うわ。千夏ちゃんも大人よ。それに、ガンさんのところの夫婦関係が上手くいってないことは、子どもの頃から分かってたでしょう」

「ゆっくり話をする余裕は、今の私にはないけど、お茶を飲んで話したわ。仲良くなったのよ」

「マジか」予想外の展開に、岩倉は心拍数が速くなるのを意識した。

「いつもお世話になってます、なんて爽やかな声で言われて。猫被ってるのかって思ったけど、違うわね。本当に気にしていないっていうか……社員とタレントとしては普通につき合えると思う。ガンさんの娘さんとしては……まあ、もうちょっと話をしてみないと分からないけど、私は千夏ちゃん、好きよ」

「そう言ってもらえると嬉しいけど、何だか変な感じだな」

「そう?」

「そりゃあ……」上手く説明できないので、岩倉は頭の中で論理的に話を組み立て直そうとした。①自分と実里は、離婚が成立する前からつき合っていた。結婚生活は破綻していたとはいえ、実質的には不倫関係である②千夏は自分たちの関係を正確には知らなかったが、どこかで目撃して薄ら悟っていたらしい③千夏と実里は直接会って、事実関係を確認した④千夏は実里に対して平然と、かつ礼儀正しく振る舞っているようだが、本音はまだ分からない――結局、何の結論もない。

「会社で、一緒に仕事をするようなこと、あるのかな」

「ないんじゃない? 私はグッズがあるわけじゃないし、そもそもほとんど会社へ行かないから」

「そうなのか？」

「私たちの仕事って、基本的に現場でしょう？　事務所に行くのは、取材を受ける時とか、何か打ち合わせがある時ぐらいなのよ。事務所に入ったばかりの若い子は、仕事がない時は雑用を手伝うようにって言われてるけどね。社会人としての基本の仕事を覚えられるし、事務所の先輩や同僚に会える機会にもなるから。私はベテランだから、そういうのもないし」実里が肩をすくめる。

「なるほどね」

「そんなに心配しないで」実里が苦笑した。「千夏ちゃん、私に本音を話してくれたかどうかは分からないけど、悪意はないと思うわ。何とも思ってないっていう感じじゃないかしら。ガンさんの私生活を尊重してるのかもしれない」

「確かに、そんなに嫌そうではなかった」

むしろ、あまりにも平然とし過ぎていた感じがする。客観的に見れば「自分の父親が女優とつき合っている」わけだ。千夏はミーハーな性格ではないが、少しぐらい興奮してもいいのに。

あるいは、自分の中で気持ちの整理がつかずに、敢えて淡々と振る舞っているのかもしれない。結局、娘の気持ちは父親には理解できないのではないだろうか。

「予想外の展開で、ついていけないよ」

「まあまあ……軽く呑んで、リラックスして」

二人はグラスを合わせた。二人とも飲み物はバーボンのオンザロック。実里は普段あまり呑まないのだが、呑んでも乱れることはない。

「撮影の方、順調？」

「そうね。コロナ対策で、撮影期間が前倒しになったから、トラブルがなければ時間にはむしろ余裕があって……まあ、今回はそんなに難しい役じゃないし」

「そうか？」

「今のドラマって、奇抜な設定を作りたがるのよね。主人公が、世間には知られてない仕事をしてたり……でも今回は、本当に等身大っていう感じ。奇抜な設定じゃなくて、シナリオと演技力が問われるから、演じがいはあるけどね。私ね、ちょっと考えてることがあるの」

「何？」

「このドラマ、舞台にできないかと思って」

「テレビドラマから舞台？　映画とかじゃなくて？」

「うん。舞台向きだと思うんだ。ほとんど場所が動かないから……主人公の家のリビングルームで、三人が延々と話しているだけみたいな……アドリブも入れやすいし、絶対面白くする自信があるんだけどなあ」

「演者側から希望を出して、企画は通るものかね」

「そういうケースはあるわよ。問題は主演の三人のうち私以外の二人は、舞台経験がないこと」

「じゃあ、君が引っ張っていかないと」

「まあねえ」実里が頰杖をついた。「でも、誰でも初舞台はあるものだから。それにこれは、主演といっても三人芝居だから、プレッシャーは少ないはずよ」

「経験豊富な君からすればそうかもしれないけど……」

「テレビから映画だけじゃなくて、いろいろな展開があっていいと思うのよ」

「プロデューサー的なことにも興味が湧いてきた？」

「そういうわけじゃないけど。演じる楽しみの方が全然大きいしね……ガンさんの方、どう？　ずっと忙しかったみたいだけど」

「今は踊り場みたいな感じだけど、また忙しくなると思う……詳細は、明日の週刊ジャパンでも読んでくれよ。張り切って書いてくると思うから、それをベースに、俺が追加説明する」

「何か、話が逆っぽい感じだけど」

「俺の中でもまだ整理がつかないんだ。大袈裟に言えば、正義とは、みたいな感じの話なんだ」

「難しいね」

「簡単な話は一つもないよ」

「ガンさんはそれを、ずっと頑張ってきたんだね。えらい、えらい」

実里が突然手を伸ばし、岩倉の頭を撫でた。そんなことをされたのは何十年ぶり……思わず笑ってしまった。

「君は、人を驚かせるのが得意だね」

「サプライズ名人って言って。でも、オジサンだって、たまには頭を撫でられて、褒めてもらってもいいんじゃない？」

「世間の人が皆、君みたいにオジサンに優しかったら、もっといい世の中になるんだけどな。世のオジサンは今、なかなか辛い立場にあるんだ」

「今まで散々好き勝手にやってきたから、今バチが当たったと考えるべきかも」

「俺はずっと、謹厳実直に生きてきたんだけどなあ」

「それが勘違いとか？」

実里の笑い声に、スマートフォンの呼び出し音が重なった。仕事用の方……嫌な予感が膨れ上がる。岩倉は画面を見ないまま、実里に謝って店を出た。

「岩倉です」

「前田です」声が強張っている。「病院から連絡がありました。浅野さんが飛び降りたそうです」

「病院で？」思わず大きな声を出してしまい、通行人の視線が突き刺さるのを感じる。

「どういうことだ」

「夜になって、警察が引いて、病院側で警戒していたんですが、いつの間にか抜け出して……病室のある三階から飛び降りたそうです」

「容体は？」

「バイタルはあります。ただ、何とも言えません」

「すぐに行く」

「自分も行きます――」

返事をせず、電話を切って駆け出した。実里を店に置き去りにしてしまったことに気づき、走りながら電話をかける。呼吸が乱れ、実里が何度も聞き返す。しかしすぐに緊急事態だと悟ったのか「仕事ね？　それも大急ぎの仕事」とつぶやく。

「――そう」苦しい呼吸の中、何とか答える。

「こっちは大丈夫。気をつけてね」

電話を切り、全力疾走に切り替える。八王子まで行く最短の方法は、と考えたが、どうしてもまとまらない。

日付が変わる少し前、岩倉は病院に駆けこんだ。ＩＣＵに案内され、窓から有紗の様子を観察する。人工呼吸器につながれ、体のあちこちから管が出ている。「生かされている」という感じだった。窓のところからは顔が見えないが、見る気にもなれない。クソ、とつぶやいてからナースステーションに向かおうとしたところで、向こうからやって来る池永――最初に有紗の治療をした医師と出会した。

「先生……」

「よくないです」

池永が消え入りそうな声で言った。医者がこんな風に率直に言うのは珍しいので、岩倉は最悪の状態を予想した。一応生命は繋ぎとめたものの、回復する見込みはないのか――。

「どんな具合なんですか」

「三階の非常階段から飛び降りて、背中から落ちたんです。今現在分かっている怪我は、骨盤と背骨の骨折です。頭もまた打っていて、かなりの出血がありました。病院の敷地内でなかったら、亡くなっていてもおかしくなかった」

「不幸中の幸いですか」

「いや、単なる不幸です」

警察の判断ミスでもある。昼間はずっと、制服警官が交代で病室の前で警戒していた。しかし病院側は、面会時間が終わって消灯時間になる午後九時以降は、警察による警戒はやめて欲しいと言い出したのだ。夜間に警察官がいると患者が動揺するので、夜の警備は病院だけで行いたい――言い分はもっともなので受けてしまったが、拒否すべきだった。病院側は、病室の前に詰めて警戒しているわけではない。無理を言っても、二十四時間体制で警戒を続けるべきだった。

「警察の責任ですよ」

「いや、病院の……責任の押しつけあいをしても仕方ないですね」池永が首を横に振った。「意識は戻ると思います。ただ、下半身の自由が……致命的な麻痺が残るかもしれません」

「もう歩けないということですか」

「治療とリハビリでどこまで復活できるか……現段階では何とも言えません」

「そうですか……」

「ご家族には連絡しました。病院として、責任を持って対応するつもりです」

「警察もご家族には対応します」

「私が心配することではないですが、捜査は……」

「この状態では、本人に話を聴くのは難しいと思います。一時中断するしかないでしょうね」

「私は……警察の方にこんなことを言うのはまずいかもしれませんが、彼女はヒーローではないかと思ったんです。連続殺人犯を止めたヒーロー」

「私もそう思っていました。でも、このヒーローは、私が想像していたよりも強烈な心理的ダメージを受けていたんです。人を殺したと、何度も繰り返して、自分を責めるように話していました。彼女はそのダメージに負けて、自ら飛び降りたんでしょう。まず、心のケアを進めるべきでした」

「同感です。私たちは、同等の責任を背負いこみましたね」

「それと一緒に、生きていく覚悟を決めます」

「では……」池永が一礼して、ICUに入っていった。

岩倉はベンチに腰かけ、頭を抱えた。いい歳をして、俺は何をやってるんだ……読みが甘かった、では済まされない。一人の女性の人生を守りきれなかった。決して元に戻せないダメージ。

そこへ、前田が駆けこんで来た。ネクタイぬきのワイシャツにスーツ姿で、顔は汗だくになり、髪も乱れている。

「岩倉さん……」

「生きてはいる」

前田が大きく深呼吸した。しかし言葉は出てこない。

「よく冷静に知らせてくれた」

「いえ」

スマートフォンを取り出した。彩香か鹿野に電話をして……と思ったが、どこにも電話をかけず、ずっと握り締めたままにした。

「これは警察全体の責任だ」

「はい」

「俺も君も、責任を負った。だから反省して、これから何ができるかを考えなくちゃいけない」
「そのつもりです」前田が深刻な表情でうなずいた。
そう、それこそが、今の自分たちに科せられた罰なのだ、と岩倉は覚悟した。

本作品は文春文庫のための書き下ろしです。
本書はフィクションであり、実在の人物、
団体とは一切関係がありません。

文春文庫

英《えい》雄《ゆう》の悲《ひ》鳴《めい》

ラストライン7

定価はカバーに
表示してあります

2025年3月10日　第1刷

著　者　堂《どう》場《ば》瞬《しゆん》一《いち》

発行者　大沼貴之

発行所　株式会社　文藝春秋

東京都千代田区紀尾井町3-23　〒102-8008
TEL　03・3265・1211㈹
文藝春秋ホームページ　https://www.bunshun.co.jp

落丁、乱丁本は、お手数ですが小社製作部宛お送り下さい。送料小社負担でお取替致します。

印刷・TOPPANクロレ　製本・加藤製本

Printed in Japan
ISBN978-4-16-792339-6

文春文庫　堂場瞬一の本

（　）内は解説者。品切の節はご容赦下さい。

堂場瞬一
アナザーフェイス
家庭の事情で、捜査一課から閑職へ移り二年が経過した大友だが、誘拐事件が発生。元上司の福原は強引に捜査本部に彼を投入する……。最も刑事らしくない男の活躍を描く警察小説。
と-24-1

堂場瞬一
敗者の嘘
アナザーフェイス2
神保町で強盗放火殺人の容疑者が、任意同行後に自殺、その後真犯人と名乗る容疑者と幼馴染の女性弁護士が現れ、捜査は大混乱。合コン中の大友は、福原の命令でやむなく捜査に加わる。
と-24-2

堂場瞬一
第四の壁
アナザーフェイス3
大友がかつて所属していた劇団「アノニマス」の記念公演で、ワンマンな主宰の笹倉が、上演中に舞台の上で絶命する。その手口は、上演予定のシナリオそのものだった。　（仲村トオル）
と-24-3

堂場瞬一
消失者
アナザーフェイス4
町田の駅前、大友鉄は想定外の自殺騒ぎで現行犯の老スリを取り逃がしてしまう。その晩、死体が発見され……警察小説の面白さがすべて詰まった大人気シリーズ第四弾！
と-24-5

堂場瞬一
凍る炎
アナザーフェイス5
「燃える氷」メタンハイドレートをめぐる連続殺人事件。刑事総務課のイクメン大友鉄最大の危機を受けて、「追跡捜査係」シリーズの名コンビが共闘する特別コラボ小説！
と-24-6

堂場瞬一
高速の罠
アナザーフェイス6
父・大友鉄を訪ねて高速バスに乗った優斗は移動中に忽然と姿を消す――誘拐か事故か!?　張り巡らされた罠はあまりに大胆不敵だった。シリーズ最高傑作のノンストップサスペンス。
と-24-8

堂場瞬一
愚者の連鎖
アナザーフェイス7
刑事部参事官・後山の指令で、長く完全黙秘を続ける連続窃盗犯を取り調べることになった大友。めったに現場に顔を出さない後山や担当検事も所轄に現れる。沈黙の背後には何が？
と-24-10

堂場瞬一
潜る女
アナザーフェイス8

結婚詐欺グループの一員とおぼしき元シンクロ選手のインストラクター・荒川美智留。大友は得意の演技力で彼女の懐に飛び込んでいくのだが——。シリーズもいよいよ佳境に！

と-24-11

堂場瞬一
闇の叫び
アナザーフェイス9

同じ中学に子供が通う保護者を狙った連続殺傷事件が発生。刑事総務課のイクメン刑事、大友鉄も捜査に加わるが、容疑者は二転三転。犯人の動機とは？　シリーズ完結。（小橋めぐみ）

と-24-12

堂場瞬一
親子の肖像
アナザーフェイス0

初めて明かされる「アナザーフェイス」シリーズの原点。人質立てこもり事件に巻き込まれる表題作ほか、若き日の大友鉄の活躍を描く、珠玉の6篇！（対談・池田克彦）

と-24-7

堂場瞬一
虚報

有名教授が主宰するサイトとの関連が疑われる連続自殺事件。それを追う新聞記者がはまった思わぬ陥穽。新聞報道の最前線を活写した怒濤のエンターテインメント長編。（青木千恵）

と-24-4

堂場瞬一
ラストライン

定年まで十年の岩倉剛は捜査一課から異動した南大田署で独居老人の殺人事件に遭遇。さらに新聞記者の自殺も発覚し——。行く先々で事件を呼ぶベテラン刑事の新たな警察小説が始動！

と-24-14

堂場瞬一
割れた誇り
ラストライン2

女子大生殺しの容疑者が裁判で無罪となり自宅に戻ったが、近所は不穏な空気に。〝事件を呼ぶ〟ベテラン刑事・岩倉剛らが警戒をしている中、また次々と連続して事件が起きる——。

と-24-15

堂場瞬一
迷路の始まり
ラストライン3

殺された精密機械メーカー勤めの男と、女性経済評論家殺しの被害者とのつながりが判明。意見の相違で捜査から外された岩倉刑事が単独で真相に迫る中、徐々に犯罪組織が姿を現す。

と-24-16

中山七里
静おばあちゃんにおまかせ
警視庁の新米刑事・葛城は女子大生・円に難事件解決のヒントをもらう。円のブレーンは元裁判官の静おばあちゃん。イッキ読み必至の暮らし系社会派ミステリー。（佳多山大地）
な-71-1

中山七里
静おばあちゃんと要介護探偵
静の女学校時代の同級生が密室で死亡。事故か、自殺か、他殺か？　元裁判官で現役捜査陣の信頼も篤い静と、経済界のドン・玄太郎の〝迷〟コンビが五つの難事件に挑む！（瀧井朝世）
な-71-4

中山七里
銀齢探偵社
静おばあちゃんと要介護探偵2
車椅子の暴走老人・玄太郎が入院する事態に。その上、静の裁判官時代の同僚らが謎の不審死を遂げる。真相を追及する老老コンビのノンストップミステリー第2弾！（香山二三郎）
な-71-5

長岡弘樹
119
消防司令の今垣は川べりを歩くある女性と出会って……（「石を拾う女」）。他人を救うことはできるのか——短篇の名手が贈る、和佐見市消防署消防官たちの9つの物語。（西上心太）
な-84-1

鳴神響一
鎌倉署・小笠原亜澄の事件簿
稲村ヶ崎の落日
鎌倉山にある豪邸で文豪の死体が発見された。捜査一課の吉川は、鎌倉署の小笠原亜澄とコンビを組まされ捜査にあたるが……。謎の死と消えた原稿、凸凹コンビは無事に解決できるのか？
な-86-1

鳴神響一
鎌倉署・小笠原亜澄の事件簿
由比ヶ浜協奏曲
鎌倉で管弦楽団のコンサート中にコンサートマスターが殺される事件が起こった。早速、亜澄と元哉の凸凹コンビは事件を調べるが……。コンマスは何故殺されたのか？　シリーズ第二弾。
な-86-2

鳴神響一
鎌倉署・小笠原亜澄の事件簿
極楽寺逍遥
鎌倉大仏付近の丘の上で見つかった撲殺体。被害者の鰐淵貴遥は彼の父が所有するある美人画を熱心に研究していた。絵画に隠された悲しき謎に、亜澄と元哉の幼馴染コンビが挑む。
な-86-3

（　）内は解説者。品切の節はご容赦下さい。

三津田信三
白魔の塔
炭坑夫の次は海運の要から戦後復興を支えようと灯台守の職を選んだ物理波矢多。二十年の時を超える怪異が待ち受けるとも知らず……。大胆な構成に驚くシリーズ第二弾。（杉江松恋）
み-58-2

本岡　類
聖乳歯の迷宮
発掘されたイエス・キリストの乳歯からホモサピエンスとは異なるDNAが検出された。イエスは現生人類を超えた〈人類〉だったのか？　日本版「ダ・ヴィンチ・コード」登場！

も-36-1

山口恵以子
月下上海
昭和十七年。財閥令嬢にして人気画家の多江子は上海に招かれたが、過去のある事件をネタに脅される。謀略に巻き込まれた彼女の運命は……。松本清張賞受賞作。（西木正明）
や-53-3

薬丸　岳
死命
若くしてデイトレードで成功しながら、自身に秘められた殺人衝動に悩む榊信一。余命僅かと宣告された彼は欲望に忠実に生きると決意する。それは連続殺人の始まりだった。（郷原　宏）
や-61-1

矢月秀作
死してなお
かつて大分県警を震撼させた異常犯罪者・萩谷信。県警の三浦は、彼の半生を調べるため、少ない手掛りをもとに足跡を辿るのだが……。前代未聞の犯罪者はどのようにして生まれたのか？

や-68-4

柚月裕子
あしたの君へ
家裁調査官補として九州に配属された望月大地。彼は、罪を犯した少年少女、親権争い等の事案に懊悩しながら成長していく。一人前になろうと葛藤する青年を描く感動作。（益田浄子）
ゆ-13-1

横山秀夫
陰の季節
「全く新しい警察小説の誕生！」と選考委員の激賞を浴びた第五回松本清張賞受賞作「陰の季節」など、テレビ化で話題を呼んだ二渡が活躍するD県警シリーズ全四篇を収録。（北上次郎）
よ-18-1

横山秀夫
動機
三十冊の警察手帳が紛失した――。犯人は内部か外部か。日本推理作家協会賞を受賞した迫真の表題作他、女子高生殺しの前科を持つ男の苦悩を描く「逆転の夏」など全四篇。（香山二三郎）
よ-18-2

横山秀夫
クライマーズ・ハイ
日航機墜落事故が地元新聞社を襲った。衝立岩登攀を予定していた遊軍記者が全権デスクに任命される。組織、仕事、家族、人生の岐路に立たされた男の決断。渾身の感動傑作。（後藤正治）
よ-18-3

横山秀夫
64（ロクヨン）（上下）
昭和64年に起きたD県警史上最悪の未解決事件をめぐり刑事部と警務部が全面戦争に突入。その狭間に落ちた広報官三上は己の真を問われる。ミステリー界を席巻した究極の警察小説。
よ-18-4

米澤穂信
インシテミル
超高額の時給につられ集まった十二人を待っていたのは、より多くの報酬をめぐって互いに殺し合い、犯人を推理する生き残りゲームだった。俊英が放つ新感覚ミステリー。（香山二三郎）
よ-29-1

米澤穂信
Iの悲劇
無人になって6年が過ぎた山間の集落を再生させる、市長肝いりのプロジェクトが始動した。しかし、住民たちは次々とトラブルに見舞われ、一人また一人と去って行き……。（篠田節子）
よ-29-3

米澤穂信・新川帆立・結城真一郎
斜線堂有紀・中山七里・有栖川有栖
禁断の罠
ミステリの最前線で活躍する作家が放つ珠玉の6作を一気読み！　歪な三角関係、不可解な新入社員、迷惑動画の真相、夭折詩人の遺作の謎、悪を裁く復讐代行業、奇妙なミステリ講義……。
よ-29-50

吉永南央
萩を揺らす雨
紅雲町珈琲屋こよみ
観音さまが見下ろす街で、小さなコーヒー豆の店を営む気丈なおばあさんのお草さんが、店の常連たちとの会話がきっかけで、街で起きた事件の解決に奔走する連作短編集。（大矢博子）
よ-31-1